JILL SHALVIS
pasó accidentalmente

Editado por Harlequin Ibérica.
Una división de HarperCollins Ibérica, S.A.
Núñez de Balboa, 56
28001 Madrid

© 2017, Jill Shalvis
© 2018 Harlequin Ibérica, una división de HarperCollins Ibérica, S.A.
Pasó accidentalmente, n.º 154 - 26.4.18
Título original: Accidentally on Purpose
Publicado originalmente por HarperCollins Publishers LLC, New York, U.S.A.

Todos los derechos están reservados, incluidos los de reproducción total o parcial en cualquier formato o soporte.
Esta edición ha sido publicada con autorización de HarperCollins Publishers LLC, New York, U.S.A.
Esta es una obra de ficción. Nombres, caracteres, lugares, y situaciones son producto de la imaginación del autor o son utilizados ficticiamente, y cualquier parecido con persona, vivas o muertas, establecimientos de negocios (comerciales), hechos o situaciones son pura coincidencia.

® Harlequin, HQN y logotipo Harlequin son marcas registradas por Harlequin Enterprises Limited.
® y ™ son marcas registradas por Harlequin Enterprises Limited y sus filiales, utilizadas con licencia. Las marcas que lleven ® están registradas en la Oficina Española de Patentes y Marcas y en otros países.
Imagen de cubierta utilizada con permiso de Dreamstime.com.

I.S.B.N.: 978-84-9170-881-0
Depósito legal: M-2976-2018

Laura Reeth y Sarah Morgan
por su indefectible amistad.
Siempre en mi corazón.

Capítulo 1

#LlévameHastaTuLíder

Menos mal que a Elle Wheaton le gustaba estar al mando y dar órdenes, porque, aparte de la alegría de que la descripción de su trabajo incluyera esas dos cosas, no le pagaban suficiente por dirigir a todos los idiotas de su trabajo.

—Lo de anoche fue un desastre —dijo.

Su jefe, que no parecía ni mucho menos tan preocupado como ella, se encogió de hombros. Era muchas cosas y, entre ellas, propietario del Pacific Pier Building en el que estaban, situado en el distrito Cow Hollow de San Francisco. Un detalle que prefería guardarse para sí.

De hecho, solo una persona aparte de Ellen conocía la identidad de él, pero como encargada general del edificio, Elle lo dirigía todo sola y hacía siempre de intermediara con él. Una intermediaria tranquila y resuelta, aunque estuviera mal que lo dijera ella. Y aunque lo que había ocurrido la noche anterior había alterado parte de su calma.

—Tengo fe en ti —dijo él.

Ella lo miró.

–En otras palabras, «arréglalo, Elle, porque yo no quiero molestarme con eso».

–Eso también –repuso él con una sonrisa, al tiempo que se subía más las gafas en la nariz.

Ella se negó a dejarse conquistar. Sí, él era sexy, al modo un poco inconsciente de los empollones inteligentes, y sí, eran buenos amigos y ella lo quería, pero, en su mundo, el cariño tenía límites.

–Quizá deba resumirte el desastre –dijo–. Primero se apagaron a medianoche las luces de todas las salidas de emergencia del edificio. Y cuando la señora Winslowe, del 3D fue a sacar a su anciano perro para que hiciera sus asuntos, no podía ver la escalera. Con lo que el señor Nottingham, del 4A, que salía a hurtadillas del apartamento de su amante, el 3F, resbaló y cayó encima de la caca del perro.

–Tú no te puedes inventar eso –dijo él, sonriendo todavía.

Elle se cruzó de brazos.

–El señor Nottingham se rompió el tobillo y casi el trasero y necesitó una ambulancia. Es posible que ponga una demanda y a ti te hace gracia.

–Venga, Elle. Los dos sabemos que la vida puede ser muy dura si le dejas. Hay que encontrar diversión en alguna parte. Pagaremos la factura del hospital y le compraremos pantalones nuevos al señor Nottingham. Incluiré un fin de semana en algún sitio y puede llevarse a su novia, a su esposa, o a las dos si quiere. Lo arreglaremos.

Elle hizo una mueca y Spence sonrió.

–Toma algo de cafeína. Te noto muy baja.

Ella movió la cabeza.

–Mi vida no es normal –dijo.

—Olvídate de la normalidad. La normalidad no es para tanto. Bébete ese líquido verde asqueroso sin el que no puedes sobrevivir.

—Es té, friqui. Y podría sobrevivir sin él si fuera necesario —hizo una pausa—. Pero no puedo garantizar la seguridad de nadie más.

—Exactamente. Así que, ¿para qué correr riesgos?

Elle alzó los ojos al cielo. Se tomaba muy a pecho lo ocurrido la noche anterior. Conocía a todo el mundo en ese edificio, todos los negocios del primer piso y el segundo y a todos los inquilinos de los pisos tercero y cuarto, y se sentía responsable de todos ellos.

Y uno de ellos había tenido un accidente, lo cual era inaceptable.

—Te darás cuenta de que el sistema de las salidas de emergencia entra en el campo de la seguridad —dijo—. Lo que significa que la empresa de seguridad que contrataste nos ha fallado.

Spence, que seguía la línea de pensamiento de ella, ya no parecía divertido. Dejó su café sobre la mesa.

—No, Elle.

—Hace un año me buscaste para el puesto de encargada general. Me diste la misión de cubrirte las espaldas y los dos sabemos que lo hago muy bien. Así que voy a comentar este asunto con Archer, tu jefe de seguridad.

Él hizo una mueca.

—Al menos déjame evacuar el edificio antes de que os enfrentéis.

—No habrá pelea —repuso ella. Y si la había, no se lo diría—. Solo quiero hacer mi trabajo y eso incluye controlar a Archer Hunt.

—Técnicamente sí —admitió Spence—. Pero los dos sabemos que él solo responde ante sí mismo y, desde luego, no te considera su jefa. No considera a nadie su jefe.

Elle sonrió y se sirvió más té, que para ella era néctar de los dioses.

—Ese es su problema, no el mío.

Spence se puso de pie.

—No le gustará nada que le llames la atención tan pronto y enfadada.

—Eso no me importa nada.

—A mí sí —dijo Spence—. Es demasiado pronto para ayudarte a enterrarlo.

Ella soltó una risita. Su antagonismo con Archer estaba bien documentado. El problema era que Archer creía que gobernaba el mundo, incluida ella.

Pero en ella no mandaba nadie excepto ella misma.

—Si todo el mundo hiciera lo que tiene que hacer y me dejara en paz... —dijo.

Se interrumpió porque Spence ya no la escuchaba. Miraba por la ventana, con su cuerpo musculoso tenso de pronto, lo que hizo que ella se acercara a su lado para ver qué era lo que había atraído su interés.

Spence miraba fijamente a una mujer que salía de la cafetería. Era su ex, quien en otro tiempo había hecho todo lo posible por romperle el corazón.

—¿Quieres que la eche de aquí? —preguntó Elle—. O puedo hacer que la investiguen y la encuentren culpable de un crimen —comentó. Era broma. Más o menos.

—No necesito que te ocupes de mis citas —declaró él.

Teniendo en cuenta que era muy rico y que lo habían herido gravemente, sí necesitaba que investigaran a sus mujeres, pero Elle no discutió con él. Discutir con Spence era como hacerlo con un muro de ladrillo. Pero él no había salido con nadie desde lo de su ex, y habían pasado muchos meses desde aquello, y a ella le dolía el corazón porque ahora eso lo asustaba.

—Eh, por si no te has enterado, ahora se llevan los ingenieros mecánicos genios y empollones. Encontrarás a alguien mejor —mucho mejor, si de ella dependía.

Él siguió sin contestar y Elle alzó los ojos al cielo.

—¿Por qué son idiotas los hombres? —preguntó.

—Porque las mujeres no vienen con manuales de instrucciones —él se apartó de la ventana—. Tengo que irme. No mates a nadie hoy.

—De acuerdo.

Él se quedó mirándola.

—Está bien —ella suspiró—. No mataré a Archer.

Cuando se quedó sola, se puso brillo de labios, para ella, no para impresionar a Archer, y salió de su despacho. Caminó despacio por el pasillo abierto. Amaba aquel edificio y nunca se cansaba de admirar la arquitectura única de aquel sitio antiguo. Los ladrillos con ménsulas y cerchas vistas de hierro, los largos ventanales en cada apartamento, el patio de adoquines abajo con la enorme fuente a la que llegaban idiotas de todo San Francisco y más allá a echar monedas y pedir amor.

Ella estaba en el segundo piso del rincón norte, donde, si pegaba la nariz a la ventana de su despacho y si no había niebla, podía ver colina abajo hasta el Marina Green y la bahía, además de un trozo del puente Golden Gate.

Después de un año, seguía resultándole emocionante vivir en el corazón de la ciudad. Aunque se había criado no lejos de allí, había sido en un mundo muy distinto, y al menos diez escalones por debajo en la escala social.

Era todavía lo bastante temprano para que el lugar estuviera en silencio. Cuando pasó por el ascensor, se abrieron las puertas y salió la encargada de la limpieza empujando un carrito grande.

—Hola, tesoro —dijo Trudy con su voz de fumadora de tres décadas—. ¿Necesitas algo?

—No, todo va bien —dijo Elle. Estaba furiosa, pero aunque adoraba a Trudy, aquella mujer no era capaz de guardar un secreto ni para salvar su vida—. Solo disfrutando de esta hermosa mañana.

—¡Qué decepción! —contestó Trudy—. Pensaba que buscabas a ese tío bueno que dirige la empresa de investigación.

Elle casi estuvo a punto de atragantarse con la saliva.

—¿Tío bueno? —preguntó.

—Soy vieja, no estoy muerta —Trudy le guiñó un ojo y empujó su carrito por el vestíbulo.

Era cierto que Archer era irritablemente sexy, pero a Elle el factor sexy no le importaba nada. Le resbalaba. Prefería la seguridad y la estabilidad, cosas de las que había carecido casi toda su vida.

Dos cosas de las que nunca habían acusado a Archer.

En el otro extremo del vestíbulo se detuvo delante de una puerta que mostraba un cartel discreto: *Investigaciones Hunt*.

La empresa de investigación y seguridad de élite se sostenía principalmente por la reputación de Archer, no necesitaba anuncios ni *marketing*. Básicamente, Archer y los hombres a los que empleaba eran investigadores por su cuenta, personas a las que se contrataba y que no estaban necesariamente atados por la burocracia de la ley.

Lo cual era ideal para alguien como Archer. Las reglas nunca habían sido lo suyo.

Ella abrió la puerta y entró en la zona de recepción, que era mucho más grande que la suya. Líneas limpias y masculinas. Muebles grandes. Un gran espacio abierto. Y un tabique de cristal que separaba el frente de las oficinas interiores.

El mostrador de recepción estaba vacío. La recepcionista no había llegado todavía. Era demasiado temprano para Mollie, pero no para los demás empleados. A través del cristal, Elle podía ver parte de la oficina interior. Cinco hombres entraron por una puerta privada. Obviamente regresaban de algún tipo de trabajo que había necesitado que fueran armados, pues en aquel momento parecían una unidad de una fuerza especial.

Elle se detuvo en seco. Y el corazón le dio un vuelco porque, ¡cielo santo!, ellos estaban allí desnudándose de armas y de camisas y ella solo veía una masa de cuerpos espectaculares, sudorosos y tatuados, en una amplia variedad de colores de piel.

Era un espectáculo físico y no podía apartar la vista. De hecho, tampoco podía hablar, principalmente porque tenía la lengua fuera. Sus pies aprovecharon la paralización de su cerebro para llevarla a la puerta interior, donde quería pegar la cara al cristal.

Por suerte, le abrieron la puerta sin que lo pidiera. La conocían de sobra. Después de todo, su trabajo requería que trabajara en contacto con la firma de seguridad y ese era su mayor problema.

Trabajar con Archer Hunt era peligroso en muchos sentidos, entre ellos la historia que tenían en común y en la que ella se esforzaba por no pensar.

Todos la saludaron y después siguieron cada uno su camino y la dejaron sola con su intrépido líder.

Archer.

Hacía mucho tiempo que no se permitían estar a solas. De hecho, ella se había esforzado activamente por no quedarse a solas con él, y teniendo en cuenta lo fácil que había sido, solo le quedaba pensar que él había hecho lo mismo.

Archer, que no parecía especialmente preocupado por aquella llegada inesperada, la miró a los ojos. No se había quitado las armas ni la camisa y estaba vestido con traje de combate, con una Glock en una cadera, una pistola de aturdir en la otra y un revólver atado al muslo. La gorra militar iba echada hacia atrás, de un bolsillo del pantalón sobresalía el mango de un cuchillo y llevaba dos grupos de esposas atados al cinturón. Era un guerrero urbano, con un cable de comunicación bidireccional y un chaleco Kevlar atado en el pecho y por detrás, lo que indicaba que, dondequiera que hubieran estado, no acababan de volver de Disneylandia.

Elle se las arregló para sentirse a la vez horrorizada y excitada. Pero si la vida le había enseñado algo era a ocultar sus pensamientos y emociones, así que se mordió la lengua.

Archer frunció un poco los labios, como si le leyera el pensamiento, pero no dijo nada y se limitó a esperar. Y ella sabía por experiencia que podía esperar mucho, hasta el final de los tiempos de ser necesario.

Así que fue la primera en hablar.

–¿Ya ha sido una mañana ajetreada? –preguntó.

–Una noche ajetreada –respondió él.

Era grande y duro, y muy frustrante por distintas razones, entre ellas lo mucho que le gustaba en secreto y también el hecho de que le debía la vida.

Él empezó a quitarse las armas. La mayoría de los trabajos que hacía eran rutinarios. Investigaciones criminales, de empresa o de seguros, junto con contratos de seguridad de élite, de vigilancia, de fraude y de investigación de entornos corporativos. Pero otros no eran nada rutinarios, como las investigaciones forenses, el trabajo de caza recompensas, los contratos con el Gobierno... todos ellos con potencial peligroso.

En contraste, el contrato de seguridad que tenía con ese edificio resultaba soso e inocuo, pero ella sabía que era un favor que le hacía a Spence.

–Tenemos un problema –dijo Elle.

Él enarcó una ceja, el equivalente a una pregunta en cualquier otra persona.

Ella alzó los ojos al cielo y adoptó una postura defensiva, con los brazos en jarras.

–Las luces de las salidas de emergencia...

–Ya está resuelto –dijo él.

–Está bien, pero el señor Nottingham...

–También está resuelto.

Elle respiró hondo. No era fácil mirarlo directamente a los ojos porque era muy alto. Con un metro setenta y tres de estatura, ella no era pequeña, pero apenas le llegaba a los hombros. Odiaba que él tuviera la ventaja de la estatura en sus peleas. Y aquello iba a ser una pelea.

–¿Y qué pasó? –preguntó–. ¿Por qué se apagaron todas las luces a la vez?

–Ardillas.

–¿Cómo dices?

Los ojos penetrantes de él emitieron una combinación intensa de luz verde y clara, reflejando el hecho de que había visto lo peor de lo peor y era capaz de combatirlo con sus propias manos. Ella entendía que la mezcla de peligro y testosterona que emanaba de él en oleadas atraía al sexo contrario como la miel a las moscas, pero en aquel momento tenía ganas de pisotearle las botas Bates gigantes que llevaba. Sobre todo porque él no dijo nada más y, harta de su exhibición de macho, lo empujó en el pecho con el dedo. Sus pectorales no cedieron. «Estúpidos músculos», pensó ella.

—Oye —dijo—. Tengo inquilinos cabreados, un hombre en el hospital y un contrato firmado en el que garantizas la seguridad de la gente de este edificio. Así que necesito algo más que verte ahí callado. Dime qué demonios ocurre y, preferiblemente usando más de una palabra cada vez.

—Tienes que cuidar mucho cómo me hablas, Elle —repuso él.

Aquel hombre era impenetrable. Una isla. Y ella sabía que no le gustaba que lo interrogaran. Pero también sabía que el único modo de lidiar con él era no ceder. Archer no respetaba a los cobardes.

—Muy bien —dijo—. ¿Quieres hacer el favor de decirme qué demonios pasa aquí?

Entonces él pareció levemente divertido, quizá porque ella era la única que se atrevía a empujarlo.

—El otoño pasado te dije que tenías una colonia de ardillas en el tejado —comentó—. Te dije que tenías que contratar a alguien que bloqueara los agujeros que habían dejado los pájaros carpinteros el año anterior o tendrías problemas. Me aseguraste que lo arreglarías.

—Porque los paisajistas me dijeron que lo arreglarían.

Él se encogió de hombros.

—Pues o bien te engañaron o no lo hicieron correctamente. Una colonia entera de ardillas entró en las paredes y dio una fiesta. Anoche llegaron al cuarto de la electricidad y se comieron algunos cables.

Elle entendió entonces la actitud de él. Aquello no era culpa suya en absoluto.

Era culpa de ella.

—¿Qué fue de las ardillas? –preguntó.
—Probablemente estarán muertas en las paredes.
Ella parpadeó.
—¿Me estás diciendo que he matado a un montón de ardillas?
Él frunció los labios.
—¿Qué crees que habrían hecho los paisajistas? ¿Enviarlas de vacaciones a las Bahamas?
—Está bien —ella suspiró con fuerza—. Gracias por la explicación.
Se volvió para marcharse.
Él la agarró por el codo, cosa que provocó todo tipo de sensaciones extrañas en ella, y la retuvo.
—¿Qué? –preguntó ella.
—Espero una disculpa.
—Claro —musitó Elle—. Cuando se congele el infierno —alzó la barbilla, agradecida a los tacones de doce centímetros que le permitían, casi aunque no del todo, mirarlo directamente a los ojos—. Estoy al cargo de este edificio, lo que significa que estoy al cargo de todo lo que ocurre en él. También estoy al cargo de todos los que trabajan para este edificio.
Él inclinó la cabeza a un lado, divertido de nuevo.
—¿Quieres ser mi jefa, Elle? –preguntó con suavidad.
—Soy tu jefa.
Archer sonrió entonces abiertamente y ella contuvo el aliento. ¡Maldita sonrisa estúpida y sexy! Por no hablar del Cuerpo. Y sí, pensaba en él en mayúsculas porque no era para menos.
—Si no quieres andar raro mañana, deja de invadir mi espacio personal –dijo.
Era pura fanfarronería y los dos lo sabían. Ella llevaba solo un año en aquel trabajo y la había pillado por

sorpresa que él estuviera allí. Una coincidencia desafortunada. Antes de eso, hacía años que no tenían contacto, pero ella sabía todavía que nadie podía con él.

Era rápido y fuerte. Pero no era eso lo que lo volvía tan peligroso para ella. No, eran su inteligencia aguda, su ingenio rápido y que estaba dispuesto a llegar hasta donde fuera preciso por hacer lo que consideraba que debía hacer.

Y lo más importante de todo... El modo en que conseguía que ella se sintiera viva.

Él hizo lo que le pedía y se apartó, pero no sin antes hacer una pausa para asegurarse de que los dos supieran quién estaba al mando allí, y definitivamente, no era ella.

Nadie intimidaba como Archer, y en su línea de trabajo, podría estar en coma y aun así intimidar a todos los presentes. Tenía músculos encima de músculos, pero no daba la impresión de que los hubiera fortalecido al estilo de un culturista. En vez de eso, su cuerpo parecía fuerte y malote, con piel de caramelo que iba de dorada clara a café con leche según la estación y le daba un aire de un origen indeterminado.

Y sexy.

A él le funcionaba bien, pues le permitía encajar en casi todas las situaciones. Elle imaginaba que eso resultaría práctico en el trabajo. Pero con ella se mostraba cauteloso. Distante. Y sin embargo, ella había visto cómo la miraba en ocasiones, y las pocas veces que la había tocado, como cuando la acompañaba al cruzar una puerta con la mano en la espalda de ella, había mantenido el contacto más de lo necesario. Había siempre un anhelo sorprendente y confuso detrás de las miradas y de los contactos.

O eso, o era todo cosa de la imaginación de ella.

Aunque no importaba, pues seguía conteniéndose con ella. El problema era que ella también tenía anhelos. Anhelaba que la viera como mujer, lo bastante fuerte y capaz para estar a su lado.

Pero después de lo que habían vivido, sabía que eso no sucedería nunca. Se volvió, irritada por el modo en que todo su cuerpo parecía estar en alerta como siempre que él andaba cerca, por el modo en que cada centímetro de ella parecía vibrar bajo la superficie.

Debería haberle enviado un *email*.

Él esperó a que llegara a la puerta antes de hablar.

—Tengo un trabajo con el que necesito tu ayuda —dijo.

—No —contestó ella.

Él la miró.

Ella tomaba clases *online* de la universidad al amanecer. Su trabajo era exigente y le ocupaba ocho horas al día. De noche estudiaba para conseguir la licencia de contable. Algún día tendría una empresa propia de contabilidad y sería también la jefa, pero en un sentido distinto que Archer. Sería una jefa estable y respetable... con zapatos maravillosos. Pero entretanto, trabajaba como una burra solo para mantenerse a flote.

El problema era que las clases eran caras, muy caras. Vivir en San Francisco también. Y los zapatos buenos también. Además, los buenos trabajos no crecían en los árboles. Su anterior a ese había sido una pesadilla. Allí se sentía afortunada, y aunque le pagaban bien, la universidad se llevaba una gran parte. Para complementar el sueldo, aceptaba algún trabajillo ocasional con Archer cuando este necesitaba una mujer. Solía ser solo una distracción, pero a veces él aprovechaba habilidades que ella había adquirido mucho tiempo atrás.

—Es un trabajo retador —dijo él, que sabía bien cómo suscitar su interés—. Tengo que identificar a una persona y, si es nuestro hombre, necesitamos una distracción mientras tomamos prestado su ordenador portátil, que nunca pierde de vista.

Mmm. Definitivamente, era un reto.

—Supongo que no es una persona a la que te puedas acercar y preguntarle cómo se llama —comentó ella.

Él sonrió.

—Digamos que yo no le interesaría nada.

—¿No? ¿Y quién sí? —preguntó ella.

—Una rubia sexy de piernas largas con un vestido corto ceñido.

Una ola de calor brotó en el vientre de ella y se prolongó hacia arriba. ¡Maldición!

—Una con los dedos de carterista más pegajosos que he conocido nunca —añadió él.

Ella soltó una risita baja y salió a la zona de recepción. ¿Había alguien más sexy que un hombre que te conocía más que nadie? Cuando llegaba a la puerta delantera, esta se abrió y tropezó con alguien.

El hombre la sujetó para que no cayera.

—Lo siento mucho. ¿Se encuentra bien?

—Muy bien —dijo ella.

Él era treintañero, más o menos de su estatura, constitución media y llevaba un traje bueno. Sonreía amablemente y su expresión denotaba un interés viril.

—Mike Penham —dijo, tendiéndole la mano—. Soy cliente de Archer.

—Elle Wheathon —ella sonrió—. No soy cliente.

—Ah, una mujer misteriosa —dijo él con una sonrisa.

—No, solo ocupada —repuso ella.

Lanzó una última mirada a Archer. Fue un error, porque él la miraba con expresión inescrutable y ella sintió que su estúpido corazón saltaba en el pecho al verlo entrar en la habitación moviéndose con su gracia habitual a pesar de ir todavía armado como para una escaramuza tercermundista.

–Mike –saludó él al recién llegado–. Ven a la parte de atrás –miró a Elle–. ¿Esta noche, pues?

Como todavía no había encontrado el modo de decirle que no a aquel bastardo sexy, Elle asintió. Y por un instante, la máscara cayó de los ojos de él y su mirada verde dorada adquirió calidez cuando la despedía con un gesto.

Y ella cerró la puerta.

Capítulo 2

#AccidentalmenteAPropósito

—¡Caray, qué mujer tan espectacular! ¿Está libre?

Archer oyó la pregunta de Mike sobre Elle, pero no apartó la vista de ella hasta que sacó su hermoso trasero de la oficina.

—No.

Mike se golpeó el pecho con dramatismo.

—Eso me ha llegado al corazón. Me acabas de destrozar. Esa chica tiene mucho fuego. Adoro eso en una mujer.

Sí, Elle tenía fuego. Era como el sol. Si te acercabas mucho, te quemabas. Archer movió la cabeza y se dirigió a su oficina.

—No, pero en serio —dijo Mike, siguiéndolo—. Puedo intentarlo con ella, ¿verdad?

—No.

Mike se echó a reír. Era un grupo empresarial andante y un cliente sólido que le procuraba mucho negocio, pero eso no implicaba que él lo quisiera ver cerca de Elle.

Cierto que la rata callejera de dieciséis años, vulnerable, asustada y sola a la que había salvado la vida en una ocasión cuando él era un poli novato de veintidós años, ya no era una rata callejera. No estaba sola ni asustada ni era vulnerable. Era una mujer directa y dura.

Pero no estaba libre. ¡Demonios, no!

Aunque tampoco era suya.

La deseaba. Y mucho. Pero ella había trabajado como una mula para convertirse en la mujer que era ahora. Él sabía que le recordaba los malos tiempos y bajo ningún concepto se arriesgaría a hacerla retroceder ni a perjudicarla en ningún sentido. Había sufrido bastante sin que él fuera ahora a enfangarle el agua. Así que eran amigos.

O quizá la descripción más acertada era que *fingían* ser amigos.

Entró en su despacho e hizo señas a Mike de que se sentara.

—Tu mensaje decía que tienes un problema de seguridad —comentó.

—Uno importante —repuso Mike—. Creo que nuestro departamento digital tiene una filtración.

—¿Qué te hace pensar eso?

—Teníamos dos productos nuevos de comunicación de tecnología punta de los que nadie más sabía nada. Habíamos organizado una presentación a un cliente muy selectivo y confidencial...

—¿Cómo de selectivo? —preguntó Archer—. ¿Cómo de confidencial?

Mike frunció los labios.

—Digamos que mucho.

Archer leyó entre líneas y asumió que se trataba del gobierno de los Estados Unidos.

—A ver si lo adivino. Se os han adelantado.

—Nuestro principal competidor —repuso Mike, sombrío—. Pero es imposible que se nos hayan adelantado honradamente. Alguien tuvo que darles la información desde dentro.

—Eso es feo.

—Sí. Y ahora tengo que parar la filtración. ¿Te interesa?

Archer asintió.

—Me interesa, pero...

—Lo sé, lo sé —dijo Mike—. No hay garantías, bla, bla, bla. Ya me sé el rollo, pero, Hunt, tú no me has fallado todavía. Además, te voy a pagar mucho dinero para cerciorarme de que esta vez tampoco me falles.

Archer asintió.

—Considéralo hecho.

Cuando se marchó Mike, Archer inició planes para lidiar con ese trabajo y después se puso a trabajar en el plan de la distracción de esa noche.

Los había contratado una compañía de seguros. Algunos clientes se habían alzado en armas porque sostenían que habían pagado servicios adicionales que no habían recibido.

Resultaba que la compañía de seguros no había ofrecido esos servicios y no tenía registros de haber recibido las primas.

Había entrado en escena Investigaciones Hunt. Archer había escarbado y descubierto que todo empezaba con un agente de seguros *freelance* que había ofrecido por su cuenta a clientes ricos algunas oportunidades de mejora. Todo ello a cambio de primas adicionales. El agente se había embolsado esas primas, por supuesto sin mejorar las pólizas.

Con ayuda de Joe, el especialista informático de Archer, habían localizado al agente, un hombre que tenía múltiples alias pero usaba en ese momento el nombre de Chuck Smithson. La investigación había revelado también que Chuck era un solitario que no se fiaba de nadie. Iba de hotel en hotel y llevaba siempre un maletín consigo, donde seguramente guardaba su portátil y todos sus secretos. Y como vivía en un estado de paranoia y no había ningún modo de que pudieran piratearlo, necesitaban su ordenador para conseguir pruebas.

Durante su investigación, habían descubierto que Chuck tenía otro hábito; disfrutaba entrando en páginas de ligues de internet. Archer había recibido un *email* de Elle de que haría el trabajo y creado un perfil como cebo. Chuck había mordido el anzuelo y esperaba de hecho tomar una copa esa noche con «Candy Cunningham».

Lo único que quería Archer que hiciera Elle era identificar a Chuck y tenerlo ocupado mientras echaban un vistazo a su maletín y copiaban su disco duro. Esa prueba no sería admisible en un tribunal, pero la compañía de seguros no quería llevar el asunto tan lejos y arriesgarse a una vista pública sobre sus humillantes pérdidas. Solo querían que Investigaciones Hunt confirmara sus sospechas antes de calibrar el siguiente paso.

Archer envió un mensaje a su equipo y esperó a que volvieran a entrar, recién duchados, con cafeína en distintas formas en una mano y comida en la otra.

Max era jefe de la manada y, como llevaba ya dos meses con su novia Rory –un récord para él–, andaba con paso más ligero que antes. Se sentó enfrente de Archer en la mesa de conferencias, con Carl, su dóberman, a su lado. Carl era una gran contribución al equipo, pero en aquel momento lo único que tenía en la cabeza era el bollo gigante que su amo tenía en la mano.

Max le metió un buen trozo de dicho bollo en la boca.

—Todo listo para esta noche, jefe —dijo—. Tenemos cubiertas las entradas y salidas y Finn se encargará de que todos veamos lo que pasa.

Finn era el dueño y barman del O'Riley's, el pub situado en la planta baja del edificio donde tendría lugar la distracción. También era un amigo.

Archer no solía acercar tanto el trabajo a su base, pero nunca corría riesgos cuando estaba mezclada Elle.

Nunca.

Ella era un gran activo cuando necesitaba una distracción porque tenía facilidad para conseguir que un hombre olvidara que tenía cerebro. Él mismo había sido víctima de eso más de una vez. Ella se las había arreglado muchas veces para conseguirle información que le había permitido cerrar un caso, información que él no habría podido lograr sin derramar sangre.

Ella sostenía que hacía aquellos trabajos porque le gustaba el dinero. Archer sabía que eso no era toda la verdad. Le gustaba el dinero como solo puede gustarle a alguien que ha crecido sin él. Pero él sabía que no lo hacía por eso. No. Trabajaba para él cuando se lo pedía porque creía que estaba en deuda con él.

Pero en realidad era al contrario.

Los demás se pusieron cómodos. Joe, que además de ser su experto informático era también su mano derecha. Y luego estaban Lucas, Trev y Reyes. La sala de conferencias era grande, pero ellos también y la habitación parecía encogerse en su presencia.

—¿Por qué hueles a arce y beicon? —le preguntó Joe a Max.

—Porque estoy comiendo un dónut de arce y beicon —repuso este.

—¿En serio?

—En serio.

A Joe le gruñó el estómago con fuerza. Max soltó un suspiro y le lanzó una bolsa de papel blanco.

—Pero tienes que compartirlo con Carl —dijo—. Le prometí que le daría.

Carl soltó un ladrido.

Los demás protestaron.

—Yo quiero.

—¡Mierda, tío! Te lo pagaré.

Pero Joe sujetó la bolsa con firmeza, defendiéndola de los otros. Cuando la tuvo para sí, sacó el dónut, partió un trozo y se lo echó a Carl, que lo atrapó en el aire con un chasquido audible de sus enormes mandíbulas.

—Tronco —riñó Max al perro—. No lo has saboreado.

Carl se lamió el enorme hocico pero no apartó la vista de Joe, su nuevo mejor amigo.

Joe se comió el resto del dónut. Cerró los ojos, echó atrás la cabeza y lanzó un gemido.

—A lo mejor necesitas un momento a solas con esa cosa —comentó Archer con sequedad.

—Sí. ¡Qué maravilla!

—¿Verdad? —preguntó Max con una sonrisa—. Yo quiero casarme con este dónut y tener sus hijos.

Eso inició una conversación sucia y explícita que hizo reír a todos hasta que Archer abrió su portátil y la conversación y la diversión terminaron al instante.

Había que ponerse a trabajar.

Treinta minutos antes del asunto de la noche, Archer oyó que se abría la puerta exterior de sus oficinas y después oyó voces suaves.

La recepcionista, Mollie, saludaba a alguien.

Unos segundos después oyó un taconeo suave que se dirigía hacia él.

Mollie llevaba tacones. Algunas clientas también. Pero él conocía el sonido de aquel. Habría reconocido el paso suave y firme de Elle en cualquier parte.

Y de no haberlo hecho con la cabeza, el modo en que se había despertado su pene habría sido un buen aviso.

El mensaje de texto de Mollie anunciando la llegada llegó justo cuando Elle llamaba a la puerta y entraba. Se apoyó en la madera sin decir nada.

Estaba... espectacular. Elle era así. Siempre perfecta. Archer había tenido muchas mujeres en su vida. Sabía el esfuerzo que suponía y la cantidad de tiempo que empleaban en ello, así que no tenía ni idea de cómo lo hacía Elle un día sí y otro también. Pero ya fuera en el trabajo o en su vida personal, vestía de maravilla y nunca llevaba ni un solo mechón de su melena rubia fuera de su sitio. De hecho, en los once años que hacía que la conocía solo la había visto perder la compostura una vez y, desde luego, ella no le agradecería que le recordara aquella noche lejana y catastrófica.

Por la mañana temprano había llevado un traje de chaqueta rojo que transmitía éxito, y eso poco después de amanecer. En aquel momento lucía un vestido negro pequeño, muy pequeño. Sus tacones desafiaban a la gravedad, con correas sensuales alrededor de los tobillos y lazos en la parte de atrás, y su expresión decía que comía hombres para desayunar, almorzar y cenar.

Ella dio una vuelta lenta y él dejó de respirar y se levantó despacio de su silla.

—¡Madre mía, Elle!

—Yo no buscaba «madre mía». Buscaba imagen sensual sofisticada.

—Concedido —repuso él—. Pero estás espectacular. También eres un infarto y un aneurisma andantes. Un especie de todo-en-uno.

—Bien. Me preocupaba parecer una mujer de Post Street.

Él volvió a mirarla, disfrutando demasiado de la vista.

—Post Street está muy bien.

Ella alzó los ojos al cielo.

—Deberías acercarte a la esquina de Post con «Tócame las narices».

Él sonrió y se acercó a ella. Olía de maravilla, lo que hizo que quisiera acercar la cara al pelo de ella o, mejor todavía, a su cuello, para inhalarla como si fuera su dónut de arce y beicon particular. En vez de eso, le tendió un auricular.

—Estaremos todos conectados —dijo—. También te tendrán a la vista en todo momento. Los muchachos están ya colocados. Nuestro objetivo no está catalogado como armado y peligroso, pero...

—No quieres correr riesgos conmigo y bla, bla, bla —dijo ella con impaciencia. Tomó el auricular—. Ya lo he oído antes. No soy un copo de nieve especial, Archer. Si lo fuera, no estaría aquí. Tú no lo permitirías.

Era verdad. Pero él no podía controlar su necesidad de tenerla protegida y segura, del mismo modo que no podía dejar de respirar. Con ella siempre le había pasado eso.

Ella se puso el auricular y asintió.

—De acuerdo —dijo él—. Ahora...

—He leído el documento que me enviaste —lo interrumpió ella—. Soy Candy Cunningham, la chica que ha elegido Chuck y que cree que es su ligue de esta noche. Tengo que entrar, identificarlo, distraerlo hasta que hagáis lo que sea con el portátil que habrá con suerte en su maletín, y volver a salir.

–Y salir deprisa, Elle. No quiero que sepa que no...

–Que no soy Candy –dijo ella–. Creo que a estas alturas ya sé lo que hago. ¿Estás ya preparado para esto o tienes que retocarte el pintalabios?

Como ella llevaba ya el comunicador y él también, Archer oyó las risas de sus hombres en el oído. No se molestó en contestar. Con ellos exigía respeto, pero en lo relativo a controlar a Elle, no se hacía ilusiones.

Bajaron en el ascensor en silencio. Ella miraba las puertas y Archer la miraba a ella. No sabía cómo conseguía el vestido contener los pechos con aquel escote bajo en V. Amenazaban con escapar con cada movimiento que hacía ella.

Le pareció que las puertas tardaban mucho tiempo en abrirse. Tomó a Elle de la mano y esperó hasta que ella lo miró a los ojos.

–Tienes quince minutos para atraer su atención o largarte –le dijo–. Después de eso, pasamos al plan B.

–¿Cuál es?

–Un plan donde no entras tú.

–Con ese vestido solo necesitará un minuto –dijo Joe en el oído de Archer desde su punto ventajoso en el patio.

–Yo apuesto por quince segundos –intervino Reyes.

–Silencio –dijo Archer.

Siguió un silencio.

Elle hizo una mueca y se alejó, con los tacones resonando en los adoquines. Pasó la fuente que había en el centro y entró en el pub.

Archer se tomó un momento para serenarse —algo que tenía que hacer mucho cuando estaba con ella— y la siguió. Entraría como un cliente y la protegería dentro.

El pub O'Riley's era mitad bar, mitad restaurante. Las paredes de madera oscura le daban una sensación de antigüedad. De las vigas colgaban faroles de bronce y la madera rústica de los zócalos completaba una imagen que transmitía un mensaje: «Siéntate a descansar, pide buena comida y bebida y diviértete».

Divisar a Elle avanzando hacia la barra no fue difícil, pues la gente se abría ante ella como el Mar Rojo y le dejaba sitio. Se instaló en un taburete al lado de Chuck Smithson e hizo un gesto al barman.

Finn.

—Sin alcohol —murmuró Archer.

Finn, que también llevaba un comunicador, asintió, aunque ya habían hablado de aquello. En el trabajo no se permitía jamás tomar alcohol.

Elle esperó su bebida y tomó un sorbo, todo ello sin mirar a su hombre.

Chuck estaba sentado en el taburete de al lado. Medía alrededor de un metro sesenta y cinco, era fibroso, y con su ropa arrugada de aire académico y sus gafas negras de concha gruesa, o era un aspirante a *hípster* o intentaba imitar a un Harry Potter algo crecidito. Sus pies no llegaban al suelo, sino que estaban enganchados en una barra del taburete y tenía el maletín entre las botas. Se había girado a mirar fijamente a Elle, y cuando ella se volvió despacio como si observara la habitación, él se enderezó, se subió más las gafas y le dedicó una sonrisa esperanzada.

Ella le pagó con una sonrisa edulcorada que Archer no había visto nunca dirigida a él y que hizo que Chuck casi se cayera del taburete.

—Ella es muy especial —susurró Joe en los oídos de todos.

—Se te cae la baba —comentó Max.

—Se nos cae a todos —dijo Lucas—. Ella es una erección andante.

—Silencio —ordenó Archer en voz baja. Y todos obedecieron.

Todavía con aire dulce, y curiosamente tímido a pesar de su atuendo sexy, Elle se inclinó hacia Chuck. Archer la observaba fascinado, porque sabía que ella podía robar una cartera en segundos delante de sus narices y él no lo vería.

—¿Chuck? —susurró Elle.

Aunque había visto una foto de ella en el perfil de internet, Chuck tragó saliva con fuerza y asintió. Sus ojos se iluminaron como si acabara de descubrir que era la mañana de Navidad.

—¿Candy?

Ella se mordió el labio inferior y consiguió parecer recatada.

—¿Te importaría enseñarme un carné? —preguntó—. No te imaginas la cantidad de arrastrados con los que tengo que lidiar.

—Seguro que sí —musitó Chuck, comprensivo—. Es porque eres muy hermosa.

El tío estaba ya conquistado. Ella ni siquiera tendría que usar su habilidad de carterista. Archer sonrió ante su inteligencia y movió la cabeza con admiración. Le encantaba verla en acción, cosa que no sucedía muy a menudo.

Ella no se había molestado en ocultar que no le gustaba mucho él. Y no la culpaba. Lo asociaba con una parte mala de su pasado, y además, sabía que ella lo consideraba demasiado mandón y controlador, y ambas cosas eran ciertas.

Pero había que ser uno para reconocer a otro.

Chuck se levantó del taburete y sacó un billetero del bolsillo de atrás.

Elle, lo bastante lista para quitarse los tacones con los pies y reducir su estatura antes de ponerse también de pie, tomó los zapatos por las correas y los dejó colgados de un dedo. Luego se inclinó a mirar el carné de Chuck, dejando que su pelo cayera sobre su rostro. Archer estaba bastante seguro de que también había dejado que su pecho rozara el brazo de él.

Chuck tragó saliva con fuerza y parpadeó cuando Elle alzó su rostro sonriente hacia él.

—Encantado de conocerte, Chuck Smithson —dijo.

—Identidad confirmada —dijo Max en los comunicadores desde su puesto en la barra dos taburetes más allá, donde parecía absorto en un partido de baloncesto que trasmitía la televisión de detrás de la barra—. Estoy situado para actuar.

Ahora Elle solo tenía que separar a Chuck del maletín.

—¿Podemos bailar? —preguntó con timidez.

Archer no tenía un tipo de mujer favorito. Le gustaban de todas las formas y tamaños, y con una amplia variedad de personalidades. Pero la de tímida nunca lo había impresionado.

Hasta aquel momento. Incluso sabiendo que era pura actuación, sabiendo que Elle no tenía nada de tímida, quería acercarse, abrazarla con fuerza y reconfortarla. El impulso fue tan sorprendente que casi se perdió lo que sucedió después.

—¡Ah! —Chuck parpadeó ante Elle, todavía unos

cuantos centímetros más bajo que ella–. No soy un gran bailarín.

–Oh, no te preocupes –dijo ella con dulzura–. Todo el mundo lleva un bailarín dentro.

–Pero...

–¿Por favor? –pidió ella con suavidad, mirándolo con sus ojos azules.

Chuck terminó su copa de un trago.

–Para darme valor –dijo. Pidió otra a Finn por señas.

–Pónsela doble –ordenó Archer a Finn.

–Yo te llevo –prometió Elle, mientras Chuck se tragaba la segunda bebida. Lo tomó del brazo y tiró de él.

–Pero mis cosas... –él se volvió y miró el maletín en el suelo.

–Aquí está seguro –Elle miró a Finn–. ¿Verdad?

–Por supuesto –dijo este.

–Pero...

Pero nada. El pobre capullo no tenía ninguna posibilidad. Cuando Elle lo llevaba a la pista de baile, con él de espaldas a la barra, intervino Joe, agarró el maletín y desapareció.

En la pista de baile, pequeña y atestada, Elle empezó a mover su cuerpo, deslumbrando a Chuck –y a todos los demás hombres presentes– y dejándolo con la boca abierta.

A Archer no. No, él estaba en parada cardíaca porque si ella no tenía cuidado, se iba a salir del vestido.

–Joe, informa –dijo, frotándose el ojo izquierdo, donde había empezado a tener un tic.

–Estamos a unos centímetros de ver un pezón –susurró Max, esperanzado.

Archer tomó nota mentalmente de no matarlo luego.

–Joe –repitió.

—Necesito tres minutos más.

¡Mierda! Los segundos se arrastraban lentamente y en la pista de baile, Chuck se había acercado a Elle y sonreía de oreja a oreja mientras intentaba seguirle el paso.

Como si alguien pudiera.

—Hecho —dijo al fin Joe. Y Archer respiró por primera vez en los tres minutos más largos de su vida—. He copiado el disco duro.

Y en el instante siguiente, Archer vio cómo volvía a colocar el maletín debajo del taburete de Chuck.

Menos de dos segundos después, este se volvió desde la pista de baile y buscó con la vista su maletín, que seguía debajo del taburete.

—He terminado, jefe —dijo Joe—. Oh, y el tío lleva un puñado de carnés distintos además del portátil. Lo he escaneado todo.

—Elle —dijo Archer—. Sal ya.

La música estaba alta y en el pub había mucho ruido. La gente se divertía. Y, aparentemente, Chuck también, porque su valor líquido había hecho efecto. También le había dado confianza, pues no dejaba de intentar tocar a Elle a medida que los dos se movían juntos al ritmo de la música.

—Eres guapísima —le gritó en la cara.

Ella sonrió.

—No, me refiero a guapa de porno —él seguía gritando—. Soy un experto, créeme. ¿No lo has pensado nunca? Ganarías millones —sonrió—. Normalmente, cuando me emborracho, hablo muy alto. Pero ahora creo que no, porque tú no pareces asustada.

—¿Nunca echas de menos ser policía en momentos así? —preguntó Max en el oído de Archer—. Porque podrías detener a ese bastardo.

No, Archer no echaba de menos ser policía. Y lo que sí echaba de menos de aquella otra vida –a su padre, por ejemplo, por muy duro que hubiera sido–, lo había encerrado muy hondo en su interior. La pregunta allí era por qué demonios seguía bailando Elle. Le había dado la orden de salir. Se abrió paso entre la gente, entró en la pista y le dio una palmadita a Chuck en el hombro.

Este se volvió y alzó la vista hasta la cara de Archer.

–¡Ah! –gruñó.

Tragó saliva, soltó a Elle como si fuera una patata caliente y se largó como alma que lleva el diablo. Después de parar a recuperar su maletín, por supuesto.

Elle se inclinó a ponerse los zapatos de tacón.

Al parecer, con Archer necesitaba esa armadura. Este le pasó un brazo por la cintura para darle el apoyo que necesitaba para abrocharse los zapatos y esperó a que se enderezara para preguntar:

–¿Qué demonios ha sido eso?

–Yo haciendo mi trabajo –respondió ella.

–¿Desde cuándo es tu trabajo bailar sucio con un delincuente?

Ella entrecerró sus ojos fieros.

–Tú me dijiste que me acercara a él. Me dijiste que lo identificara y luego lo distrajera a cualquier precio.

–Vale, no –repuso él–. Yo no dije a cualquier precio.

Ella lo miró de hito en hito.

–¿Qué? –preguntó él.

–Nada –contestó ella con una voz fría como el hielo.

–¡Caray! –murmuró Joe en el oído de Archer–. Cuando una mujer dice «nada» con ese tono, definitivamente quiere decir algo, y tú deberías terminar la conversación. Es solo un aviso.

Archer se llevó un dedo al ojo, donde el tic era cada vez más intenso.

—Te he dicho que te fueras —musitó con lo que le parecía que era una calma perfecta y haciendo caso omiso de Joe, que ya era un muerto andante—. Cuando te digo algo, espero que me escuches.

Oyó un respingo colectivo de sus hombres en el oído, pero también lo ignoró.

—¡Guau! —dijo ella al fin.

—Vale —intervino Max—. Ahora tengo novia, así que esto me lo sé. Cuando Rory dice «guau» así, no es un cumplido. Significa que está pensando bien cómo y cuándo pagaré por mi estupidez.

—Estoy de acuerdo —musitó Joe—. Ella expresa su admiración porque un hombre pueda ser tan estúpido. Aborta la misión, jefe. Repito. Aborta la misión.

¡Mierda! Archer se sacó el auricular del oído, hizo lo mismo con el de Elle y se guardó los dos en el bolsillo.

Ella se encogió de hombros y se alejó, dejándolo en la pista de baile. Viéndola alejarse, Archer sintió un calambre extraño en el pecho. Irritación, decidió. Frustración. Aquella mujer lo enervaba como ninguna otra persona.

Y sin embargo, estaba pendiente de ella, le guardaba las espaldas. No podía explicar por qué, quizá porque costaba matar las costumbres arraigadas.

¿Pensaba ella alguna vez en aquella noche? Nunca había hecho referencia a ella, ni una sola vez. Y él nunca había sacado el tema, pues no quería recordarle nada malo.

Cuando salió de la pista de baile y se dirigió a la barra, ella estaba allí, recogiendo el chal que había dejado. Algo cayó de él al suelo.

Los dos se agacharon a la vez, pero Archer fue el primero en recogerlo. Cuando se dio cuenta de lo que tenía en la mano, alzó la cabeza y la miró sorprendido.

Era la pequeña navaja de bolsillo que le había dado él muchos años atrás.

Lo que significaba que ella sí pensaba en aquella noche.

Capítulo 3

#SiniestroTotal

Elle hizo un gesto para soltar la navaja de los dedos de Archer, pero el bastardo la agarraba bien. Empezó a tirar con fuerza, pero recordó que ya no dejaba que nadie la viera sudar y se obligó a quedarse quieta.

Archer no cedió.

—La tienes todavía —dijo con un susurro de sorpresa.

Lo cual resultaba también sorprendente en aquel hombre imperturbable.

Y sí, por supuesto que tenía la navaja. ¿De verdad creía él que no? Elle no se ruborizaba a menudo, pero sintió mucho calor en la cara. En parte por remordimientos, pero principalmente por mortificación.

Se había enseñado a sí misma a ser fuerte y segura de sí y a no mirar nunca atrás.

Jamás.

El sentimentalismo no tenía lugar en su vida. O eso se decía ella. Entonces, ¿por qué llevaba la navaja pequeña que le había dado Archer la noche en que la había salvado tantos años atrás? Sobre todo teniendo en cuenta que el recuerdo de cómo había intentado pagárselo —y la humillación de cómo le había ofrecido lo único que tenía, su cuerpo, y cómo lo había rechazado él— todavía hacía que le ardiera la cara. Lo peor había sido cuando él había desaparecido como si para él aquello no hubiera significado nada, cuando lo había sido todo para ella.

Tal vez no supiera por qué él había hecho lo que había hecho, pero no pensaba irse de allí sin la navaja. Era una placa. Un recuerdo de lo que había sido y de lo que era ahora.

Ninguno de los dos se había movido. La vida nocturna del pub continuaba a su alrededor. Risas, conversaciones, baile... Todo ello ignorante de la pequeña burbuja que formaban ellos dos acuclillados delante de la barra. A juzgar por el caso que les hacían, podrían haber estado solos.

Archer, apoyado con aparente facilidad en los talones, se inclinó más todavía, si eso era posible, hasta que sus rodillas tocaron las de ella. Se acercó tanto que ella podía ver cada mancha dorada de sus ojos almendrados. Cada una de las pestañas negras que enmarcaban sus ojos. Empezaba a salirle la barba y en su mandíbula fuerte se movía un músculo.

Una revelación rara en un hombre que podía ser una roca cuando quería.

El resto de él era tan grande, malote y amenazador como siempre. Su cuerpo fuerte lo bloqueaba todo detrás de él, y aunque podía resultar terrorífico cuando quería, con ella no lo era nunca. Con ella era cuidadoso. Cauteloso.

Distante.

Y eso último era lo que más odiaba ella.

Esa vez, cuando intentó quitarle la navaja, él se lo

permitió. Ella se levantó y lo miró fijamente desde arriba.

—¿Hemos terminado aquí? —preguntó.

Él se incorporó a su vez y se quedó mirándola.

—¿Y bien? —insistió ella.

—Nosotros nunca hemos terminado —dijo él.

Desde luego. Pero como a Elle no se le ocurrió una respuesta ingeniosa, dio media vuelta y se dirigió a la puerta. Salió a la noche fresca y cruzó el patio, iluminado con tiras de minúsculas luces blancas atadas en las fachadas de las tiendas y en los árboles pequeños alineados a lo largo del camino. San Francisco en febrero podía ser muchas cosas: helado, húmedo, seco, hasta cálido... Esa noche el cielo era una manta de terciopelo negro cuajado de diamantes. El aire era frío y vigorizante y se hacía patente en las nubes blancas que exhalaba ella, confiando en que las inhalaciones profundas le procuraran calma interior.

No fue así.

Se dirigió a la fuente situada en el centro del patio y se detuvo un momento para recuperarse.

En su vida había perseguido con cuidado y esmero las cosas de las que había carecido en su infancia y había ido a por ellas con empeño. Era una mujer controlada, fuerte y le gustaba pensar que también muy leal. Y la verdad era que sentía una lealtad increíble hacia Archer. Después de todo, él la había sacado de una situación mala y le estaba agradecida por ello. Él había cambiado el curso de su vida. Pero podía admitir para sí misma que en el fondo también le molestaba que él nunca hubiera parecido querer nada más de ella. Aunque eso no era ninguna sorpresa, teniendo en cuenta lo mucho que le había costado ella. Su primera carrera, por ejemplo.

Y su familia...

El agua de la fuente caía en chorros suaves a la base de cobre, que estaba llena de monedas. Aquella fuente llevaba allí cincuenta años más que el edificio de 1928 que la rodeaba, pues procedía de la época en la que todavía había vacas en Cow Hollow. Según el mito, si pedías ese deseo con un corazón sincero, encontrarías el amor verdadero.

Elle se estremeció. Nada más lejos de su intención.

Pero el mito había funcionado un número suficiente de veces en el último siglo como para que la gente siguiera creyendo en la leyenda. Y de hecho, dos buenos amigos de ella habían encontrado el amor gracias a aquella misma fuente.

Por lo que a Elle respectaba, solo un tonto pediría amor. El amor acarreaba problemas complicados y ella estaba muy bien sin complicaciones y problemas, muchas gracias.

–¿No vas a lanzar una moneda y pedir que te llegue el amor verdadero? –preguntó una voz áspera–. Es lo que hacen todos los demás.

Era el viejo Eddie, que vivía en el callejón. Por propia elección. Varios de los habituales del edificio, incluida ella, habían intentado ayudarle más de una vez, pero Eddie decía que llevaba un estilo de vida alternativo y que quería que le dejaran hacerlo en paz.

Esbozó una sonrisa que encajaba bien con su pelo blanco al estilo de Christopher Lloyd en la película *Regreso al futuro*, pantalones cortos de *surfing*, botas de agua y una sudadera de Cal Berkeley que ponía: *No tengas miedo, es orgánico* encima de una hoja de marihuana. Teniendo en cuenta que había asistido a Cal Berkeley en los setenta, después de freírse el cerebro en Woodstock, ella le devolvió la sonrisa.

—No pienso pedir amor verdadero —dijo—. Una isla desierta cálida, quizá. La paz mundial, seguro.

Pero nunca amor.

—Pru encontró a Finn pidiendo el deseo —le recordó él—. Y Willa encontró a Keane.

—Y yo me alegro por ellos —repuso ella—, pero no pediré el deseo.

—Mala suerte. Porque había pensado que, si querías tirar dinero, podías encontrarle un uso mejor.

—A ver si lo adivino —dijo ella—. ¿Tú estarías encantado de librarme de él?

—Yo mismo no lo habría dicho mejor.

—Que sepas que yo nunca tiro el dinero —replicó ella.

Pero deslizó la mano en el bolsillo oculto de su chal y sacó sus veinte dólares para emergencias, que no se habían caído en el bar. Por supuesto que no. Tenía que haber sido la navaja. Elle hizo una mueca y tendió el dinero a Eddie.

—Gracias, querida —él se guardó los veinte dólares y le dio un beso en cada mejilla—. Tengo el periódico de hoy. ¿Puedo recompensarte leyéndote tu horóscopo?

—No te molestes. Estoy segura de que el mío dice: «Por favor, no mates a nadie hoy».

Él soltó una risita.

—Y no es ningún secreto a quién matarías tú. Nuestro hombre es listo como un demonio. Y también intuitivo y un investigador muy bueno. Cuida de los suyos. Se dejaría matar por ti y los dos lo sabemos. Pero lo que no se le da bien es admitir sus sentimientos.

—¿Quién?

Eddie la miró con una cara que pedía que no fuera estúpida.

—¿Archer? —preguntó ella.

—¿Quién más dejarías tú que te volviera loca? —preguntó él.

Buena pregunta.

Él le dio una palmada en el brazo.

—Recuerda que en su vida no hay mucha suavidad ni sitio para la debilidad. Y tú eres una. No tiene ni la menor idea de qué hacer contigo y, como es un hombre de acción, eso lo confunde. Creo que deberías aflojar un poco con él.

Ella suspiró y abrió la boca para decir que Archer y ella nunca aflojaban el uno con el otro, pero el viejo se alejaba ya hacia su callejón, dejándola sola en la noche.

La historia de su vida.

Fue a sacar su teléfono para pedir un Uber y recordó que le había dado su teléfono a Spence para que se lo guardara durante la distracción. Y Spence probablemente seguiría sentado en la barra.

—¡Maldita sea! —exclamó.

Desanduvo lo andado y volvió a entrar en el pub.

Spence estaba sentado en el extremo más alejado de la barra, en la zona que Finn dejaba siempre reservada para su grupo. Pero ella no fijó su atención allí. No, ese honor le correspondió al otro extremo, donde Archer estaba sentado hablando con una mujer guapa que claramente quería ligar con él. Una mujer que se inclinaba hacia él con una mano de manicura perfecta en el bíceps de él. Sonreía con muchos dientes blancos rectos, con el pelo revuelto con esmero de un modo que transmitía que era posible que acabara de salir de la cama y no era contraria a volver a ella.

Elle alzó los ojos al cielo y se acercó a Spence. Pru estaba con él. Y Willa y Haley también. Willa dirigía South Bank, una tienda de mascotas situada en el patio, enfrente del pub. Haley trabajaba en la consulta de optometría del segundo piso y estaba libre en ese momento, pero llevaba varias semanas coqueteando con uno de los camareros de Finn y todo el mundo cruzaba los dedos para que acabara saliendo algo de allí.

Spence deslizó el teléfono de Elle por la barra en dirección a ella y, cuando le vio la cara, le pasó también su vaso.

—¿Jameson? —preguntó ella.

—Para ti solo lo mejor —dijo él. Observó divertido que ella bebía y empezaba a toser—. Despacio, tigresa.

Elle se volvió de espaldas a la zona de Archer y la mujer, que flirteaban ya abiertamente, y dio las gracias con un gesto de asentimiento a Finn, que le llevó otra copa.

—Por si sirve de algo, ha sido ella la que se le ha echado encima —dijo Willa, siempre la pacificadora del grupo. Willa tenía un corazón de santa.

Elle no.

—No me importa nada —dijo.

—Ajá —comentó Spence.

¿Por qué todos los hombres eran idiotas?

—¿Sabéis qué? —preguntó ella, dejando su vaso en la barra—. Me largo.

—¡Ah, vamos! —Spence le tomó la mano—. Quédate. Te dejaré que intentes darme una paliza a los dardos.

Ella lo apuntó con el dedo.

—Soy infinitamente mejor que tú a los dardos. Pero no. Esta noche no.

—Solo son las diez.

—Tengo que madrugar para clase y para el trabajo.

—Ser adulto significa que puedes hacer lo que quieras —comentó Spence.

Él lo decía porque había vendido su empresa novel dos años atrás por una cifra secreta pero grande y ya no tenía que estar metido en la rutina. En vez de trabajar, compraba cosas para divertirse, como aquel edificio, y hacía lo que le apetecía, que últimamente había sido pasear perros de la tienda de Willa. Elle sabía que solo lo hacía porque las mujeres adoraban a un hombre que les paseaba al perro.

—No, ser adulto es mirar en ambas direcciones antes de cruzar la calle y que entonces te caiga un avión encima —dijo Elle.

Él se echó a reír y ella empezó a alejarse. Pero en el último momento no pudo evitar mirar de nuevo al otro extremo del bar, donde Archer reía con la mujer y supo que no era lo bastante lista para «aflojar» con él ni para dejarlo en paz.

—Elle —dijo Willa detrás de ella—. Querida, puede que lo que estás planeando no sea buena idea.

Elle estaba de acuerdo.

—Yo no planeo nada —dijo—. Soy... espontánea.

—Pero tú nunca eres espontánea —intervino Pru—. Tú te haces un tablero en Pinterest antes de cambiarte el color del brillo de labios.

¡Maldición! Aquella historia era verdad.

—Eh, ese era un tablero secreto que te dejé ver porque querías comparar colores. Y ahora sé lo que hago.

—¿Estás segura? —preguntó Spence.

Elle los ignoró y se dirigió hacia Archer, sin saber muy bien qué era lo que la molestaba exactamente de que dejara que aquella mujer ligara con él. Bueno, sí, aquello era mentira. Sabía muy bien qué era lo que la molestaba, que nunca flirteara con ella. Absurdo. Ridículo. Estúpido.

¿Pero dejó que eso la detuviera? No, claro que no. Siguió andando hacia ellos, se inclinó entre los dos y le dio una palmadita a Archer en el hombro.

—Hola, me alegro de verte por aquí —dijo—. ¿Eso significa que ya se te ha curado el eczema que tenías por todo el cuerpo?

Lo miró de arriba abajo, deteniéndose accidentalmente en la entrepierna porque resultó que Trudy tenía razón. El paquete de él era impresionante.

Archer sacudió un poco la cabeza y casi sonrió.

—Me alegro de verte, Candy —dijo con calma, el muy imbécil.

Ella le lanzó una mirada de las de come-mierda-y-muérete y él, a cambio, sonrió abiertamente.

¡Maldición! Ella se arrepintió de no haber dicho «podredumbre del pene» en lugar de eczema. El eczema no era lo bastante malo. Furiosa ya, se volvió y salió a la noche. Pidió un Uber y se fue a su casa, un dúplex del tamaño de un sello de correos situado en Russian Hill.

Adoraba aquel sitio casi más que sus zapatos, aunque no pudiera darse la vuelta sin dar con los codos en las paredes. Era hogareño, pintoresco y cálido. Todo lo que nunca había sido su vida anterior.

Se preparó un té caliente, se sentó en la pequeña mesa de la minúscula cocina y allí estuvo horas haciendo deberes para sus dos clases de contabilidad.

Y sin pensar para nada en el irritante, pedante y arrogante Archer Hunt.

Capítulo 4

#Enloquecer

Archer vivía en un antiguo almacén reconvertido, cerca del puerto deportivo. Tenía un gimnasio en la planta baja y por la mañana temprano solía ir allí a golpear con ganas un saco de boxeo. Lo hacía para mantener el cuerpo en forma, pero también para despejar la mente.

Aunque ese día su mente no cooperaba.

Elle había conservado la navaja. Llevaba un trocito de él a todas partes y él no sabía qué pensar de eso. Y menos porque ella hacía todo lo posible por ignorarlo. Y cuando no lo ignoraba, lo trataba como a un mosquito en el parabrisas.

Archer lo entendía. Ella se merecía algo mejor de lo que él podía ofrecerle. Y además, nunca se arriesgaría a que estuviera con él porque se considerara en deuda con él. Por eso había levantado muros, para intentar mostrarse disciplinado en lo relativo a ella. Por el bien de ella.

Pero ella había conservado la navaja.

Archer se llevó la mano al bolsillo y sacó un ágata. La misma que ella le había dado a cambio de la navaja en un parque deteriorado la noche en la que todo se había ido a la mierda para los dos. Golpeando el saco de boxeo se recordó que Elle había cambiado.

Los dos habían cambiado.

Y ninguno tenía interés en volver atrás. Se duchó y se dirigió al trabajo, convencido de eso.

Cuando llegó, la luz de la mañana empezaba a caer sobre el patio del Pacific Pier Building. Los adoquines bajo sus pies brillaban por la leve niebla de la noche. Dejó atrás la fuente y subió las escaleras hasta el segundo piso, pero en lugar de girar a la derecha, giró a la izquierda.

Y acabó delante de una puerta que ponía *ELLE WHEATON, ENCARGADA GENERAL*.

Spence salió del despacho de ella y enarcó las cejas al verlo.

Y entonces pasó algo muy raro. Archer sintió una opresión en el vientre y la semilla de un sentimiento al que no puso nombre.

Había sido él el que había convencido a Spence de que contratara a Elle para aquel puesto. Pero luego había ocurrido algo inesperado. Spence y ella habían intimado mucho con el tiempo, mientras ella mantenía las distancias con él.

Eso no tenía por qué importarle, pero le importaba. Y no le gustó nada darse cuenta de que estaba celoso. Lo cabreaba sentir eso, pero era un hecho. Estaba bastante seguro de que, si fuera a haber algo entre Spence y Elle, habría pasado ya, pero con razón o sin ella, sentía el mordisco del monstruo verde.

—¿Qué ocurre? —preguntó Spence.

—Nada.

Spence lo miró un momento y sonrió.

—Ella te mastica a gusto y luego te escupe.

—Tonterías —Archer hizo una pausa—. Pero si fuera así, ¿qué tiene de divertido?

Spence le dio una palmada en el hombro.

—Va a ser divertido de ver.

—¿Qué va a ser divertido de ver?

—A ti derrotado —musitó Spence. Y después de esa frase enigmática, se alejó con las manos en los bolsillos y todavía con aire de regocijo.

Archer movió la cabeza y empujó la puerta del despacho de Elle. Estaba cerrada, pero teniendo en cuenta que acababa de salir Spence, era obvio que ella se encontraba allí. Siempre estaba a esa hora. Archer no sabía cuál era su objetivo final, pero sospechaba que el dominio del mundo y, para llegar allí, tomaba clases *online* de seis a ocho de la mañana varias mañanas a la semana. Hacía eso allí porque el internet en su casa no era muy fiable.

Se enfurecería si supiera cuánto sabía de ella, pero no tenía intención de decírselo nunca. Después de todo, valoraba su vida.

—Elle —dijo, llamando con los nudillos.

Nada.

Después del numerito de la noche anterior en el bar, se mostraba cautelosa. Una mujer inteligente. Pero no importaba. Como jefe de seguridad del edificio, él tenía llaves de todo, aunque no las sacó en ese momento porque no era estúpido.

Elle estaba al otro lado de esa puerta. La oía respirar y era probable que le disparara si entraba por su cuenta. Después de lo del «eczema corporal», sentía deseos de venganza, solo que su arma elegida serían sus manos. Las pondría alrededor del bonito cuello de ella y apretaría.

Aquel impulso no era nuevo, pero podía resistirlo.

Igual que resistía otro impulso más perturbador... Apretarla contra sí y besarla hasta que los dos se quedaran tontos. O al menos más tontos de lo que se sentía él en aquel momento.

Aquel impulso tampoco era nuevo, pero tampoco tenía intención de ceder a él.

—¿Qué quieres? —preguntó ella a través de la puerta.

—¿Quieres oír la lista larga o la corta?

Siguió un silencio.

—Tú —dijo él—. Tú eres mi problema.

—Estás enfadado por lo de anoche.

—¿Quieres decir porque insinuaste delante de todo el pub que tenía una enfermedad de transmisión sexual? —preguntó Archer.

Oyó un respingo detrás de sí. Se volvió y encontró a Trudy allí con su omnipresente carrito de la limpieza. La mujer bajó la vista a la entrepierna de él y a Archer le costó resistir el impulso de cubrírsela con la mano.

—La clínica de Post es muy buena —susurró Trudy—. Y, ah... discreta.

Archer oyó la risa de Elle y apretó los dientes.

—Es una broma —dijo.

—Claro que sí, querido —Trudy le dio una palmadita en el brazo—. Pero debo decir que mis fantasías acaban de recibir un duro golpe —suspiró. Se alejó con el carrito.

Archer se giró hacia la puerta cerrada.

—Y que conste —dijo Elle desde el otro lado—, que yo no dije nada de transmisión sexual. Aunque no me sorprende que tu mente siguiera esa dirección.

Él cerró los ojos e inhaló hondo para calmarse.

No lo consiguió.

—Muy bien —dijo ella—. Soy malísima disculpándome, pero supongo que anoche podría haberlo hecho mejor.

—Tienes razón —musitó él—. Eres malísima disculpándote.

Casi podía sentir la sonrisa de ella. Sintió también cuándo desapareció la sonrisa, así como la vacilación de ella antes de abrir la puerta. Tenía buenas razones para ello.

—Sabes que me las vas a pagar, ¿verdad? —dijo él con suavidad.

—¿Qué vas a hacer? ¿Esposarme y llevarme a rastras al pub para anunciar que solo te estaba estropeando el juego?

Él estuvo a punto de decir que, si alguna vez la esposaba, el pub sería el último lugar al que la llevaría, pero mantuvo la boca cerrada. No había necesidad de enturbiar las aguas con sus deseos, puesto que nunca se materializarían.

—No puedes esconderte eternamente, Elle. Te encontraré.

Se oyó un golpe sordo, seguido de un juramento apagado.

—¡Maldita sea! Por tu culpa he tirado el té.

Por alguna razón, eso mejoró mucho el humor de él, y con la primera sonrisa de la mañana, se volvió y se dirigió a su oficina.

—Hola, jefe —Mollie, la recepcionista y hermana pequeña de Joe, lo saludó animosa—. Acabo de dejar un montón de cosas en tu mesa, incluido el correo de ayer, que no llegaste a abrir.

A Archer se le daba bien resolver misterios y lidiar con la escoria del mundo. Muy bien. Pero no le gustaba nada el papeleo que acompañaba eso.

Entró en su despacho y miró el montón de papeles en su mesa como si fuera una bomba de relojería. Arriba del todo había un sobre pequeño, con una letra que desgraciadamente reconoció. Al tomarlo, sintió el cambio en la presión del aire, como si su padre, el capitán de policía, estuviera allí presente observándolo.

Juzgándolo.

Sintió el impulso de enderezarse y saludar, cosa que lo enfureció.

—Es una invitación a una fiesta de jubilación —dijo Mollie, que acababa de entrar con más papeles para su mesa.

Él alzó la cabeza y la miró.

—¿Cómo lo sabes?

Ella se encogió de hombros.

—Es la segunda invitación. Seguramente no contestaste a la primera y, cuando enviaron otra, sentí curiosidad.

—¿Has abierto mi correo?

—Es mi trabajo —contestó ella—. Esta vez él ha añadido una nota. Dice: *trae tu culo a casa*.

Archer arrojó el sobre sobre la mesa y se dirigió a la ventana. Había elegido aquella oficina porque desde allí podía ver el patio y también la calle. Le gustaba tener todos los ángulos abiertos. Y además, más allá de las calles de Cow Hollow, colina abajo, podía ver también la bahía.

—¿Quieres que la conteste por ti? —preguntó Mollie.

—Suena el teléfono.

—¡Oh! —ella escuchó un momento—. ¡Oh, mierda, tienes razón! —salió de la habitación.

Archer lanzó la invitación a la papelera.

Cuando otros tacones entraron en la estancia, giró el

cuello y vio que Elle se acercaba a la papelera y sacaba la invitación. Teniendo en cuenta que hacía trabajos para él con cierta frecuencia, su presencia allí no era nada extraordinario. De hecho, en aquel momento parecía sentirse como en casa.

–¿Te sientes valiente? –preguntó él.

–¿Tu padre se jubila el mes que viene? –preguntó ella, leyendo la invitación.

Él cerró los ojos y resistió el impulso de golpearse la cabeza en la ventana.

–¿Por qué siempre contestas a una pregunta con otra? –preguntó.

–Deberías ir a esto –dijo ella con suavidad, alzando la vista hacia él.

Archer estaba seguro de que sería mala idea. No iba mucho por su casa. Era más fácil mantenerse alejado. Once años atrás había sido un policía novato en una misión conjunta. Cuando las cosas se habían torcido y había tenido que decidir en un abrir y cerrar de ojos si ponía en peligro toda la operación para salvar a una chica, no había vacilado.

Aquello no había sido extraño en él. Siempre había seguido su propio código ético, lo que él pensaba que estaba bien o mal. El problema era que ese código suyo no siempre seguía al pie de la letra el código legal.

La chica era menor de edad e intentaba devolver algo que había robado su hermana. Pero eso no importaba. Ella estaba en el lugar equivocado en el momento equivocado, lo que no significaba que no supiera el peligro en el que se había colocado. Lo sabía. Y lo había hecho de todos modos. Y esa muestra de valentía, de lealtad y de desesperación por hacer lo correcto le había llegado a Archer al corazón.

Sí. En aquel tiempo todavía tenía corazón.

Miró a Elle a los ojos. Eran del mismo color azul claro que aquella noche. Profundos y llenos de secretos.

—¿Cuánto hace que no lo ves? —preguntó ella.

—En Navidad. Comimos juntos.

Elle asintió.

—¿Y la vez anterior a esa?

Testaruda hasta el fin.

—La Navidad anterior —admitió él.

Ella no lo riñó. No juzgó. Solo asintió con la cabeza.

—Lo siento —dijo.

—No hay nada que sentir.

Ella movió la cabeza.

—Es muy amable por tu parte intentar ocultármelo, pero yo sé que es culpa mía.

Aquello lo tomó desprevenido, algo que solo ella solía conseguir con cierta regularidad.

—Dos cosas —dijo él—. Una, no soy amable. No tengo ni un hueso amable en el cuerpo. Y dos, esto no es culpa tuya. Es mía.

Ella lo miró fijamente a los ojos. Archer sabía que ella se creía una fortaleza. Con las puertas bien cerradas, sin traicionarse nunca.

Pero él también la conocía, quizá mejor que nadie más, lo que significaba que hacía tiempo que había catalogado sus expresiones. Estaba preocupada por él, algo que Archer odiaba.

—Oye, olvídalo, ¿de acuerdo?

—Si tú prometes ir a la fiesta de la jubilación —contestó ella.

Archer suspiró. Aquella mujer era tan terca como un pit bull.

—Promételo —dijo ella con suavidad.

Él era humano. Cometía errores. Pero se esforzaba mucho por no repetir ninguno. Y, sin embargo, seguía mirándola a los ojos y hundiéndose en ellos.

Todas las veces.

—Archer.

Él sabía que ella no se rendiría ni se callaría hasta que lo dijera, así que acabó por ceder.

—Está bien. Si tú prometes no volver a hablar de esto, iré.

Ella asintió despacio con la cabeza, se volvió y salió del despacho.

—¡Eh! —gritó él—. No has dicho qué querías.

—Como me has hecho tirar el té, he venido a por café del que os prepara Mollie cada mañana.

Archer movió la cabeza y se giró hacia la ventana, pero no veía las vistas. Veía los sucesos de aquella noche de tanto tiempo atrás, que pasaban por su cerebro como una serie de diapositivas. Especialmente lo que había pasado después de que se estropeara la redada. A Elle, abrazando su cuerpo, con la ropa rota, sangrando por varios cortes y arañazos, con los ojos brillantes de bravuconería falsa y el cuerpo temblando. Se había introducido más en aquel parque deteriorado y él había tenido que esforzarse por encontrarla.

Estaba en un columpio, sentada muy quieta. Muy sola.

Él se había dicho que ya había hecho bastante permitiendo que escapara de la escena, que tenía que alejarse. Pero no podía, aunque él también había pasado lo suyo. Después de todo, se acababa de cargar toda su vida y, sin embargo, allí estaba, preocupándose por la chica que había sido el líquido inflamable en el fuego con el que había hecho explotar su carrera.

Había querido llevarla a un doctor, pero ella se había negado a ir a ninguna parte con él. Así que le había dado su navaja de bolsillo y le había dicho que podía usarla para protegerse de él si lo creía necesario.

Luego la había llevado a una clínica de Urgencias para que la miraran. Había necesitado puntos en la mejilla, donde había recibido un buen golpe, pero, gracias a Dios, esa había sido la peor de sus heridas. Luego la había llevado a su casa y la había acostado en su sofá, donde ella había dormido como un tronco.

O como una chica que hacía tanto tiempo que no estaba segura, que había olvidado lo que era dormir de verdad.

Archer sabía eso porque había velado su sueño durante horas. Por la mañana le había hecho el desayuno y luego había ido a ducharse. Cuando volvió, ella se había ido y encima de las mantas dobladas con las que había dormido estaba el ágata.

A él casi lo habían expulsado del Cuerpo, y con razón. Había metido la pata en distintos niveles y a su padre le costó conseguir que lo suspendieran temporalmente en lugar de expulsarlo del todo.

Pero Archer se había ido de todos modos. Había comprendido que no estaba hecho para tener las manos atadas solo porque su idea del bien y del mal no encajaba con las normas, y su padre se había enfurecido de tal modo, que habían pasado años sin hablarse, a lo que no había ayudado el hecho de que, desde que su madre muriera de cáncer diez años atrás, nunca se habían entendido mucho. En ausencia de la pacificadora de la familia, no quedaba nadie que mediara.

Al final habían conseguido volver a estar en la misma habitación sin pelearse por las malas decisiones de

Archer. Incluso hablaban ya de vez en cuando. Navidades. Cumpleaños. Aquella vez, unos años atrás, en los que a su padre le habían pegado un tiro en la pierna en el trabajo que seguía siendo su vida. Archer entendía eso. Como entendía también que su padre, el policía duro, jamás comprendería que él había hecho lo que tenía que hacer.

Ni por qué.

Y, sin embargo, acababa de prometerle a Elle que iría a la fiesta de jubilación, donde probablemente tendría que ver a casi todo el Cuerpo de Policía.

Uno de esos días tendría que descifrar el poder extraño que tenía Elle sobre él.

Pero todavía no.

Capítulo 5

#TodoEsMejorConChocolate

Ese fin de semana, Archer fue de acampada con algunos de los muchachos. Era algo que intentaban hacer cada pocos meses, cuando todos tenían unos días libres a la vez. Incluía viajar en todoterreno, pescar y normalmente alguna estupidez, puesto que todos eran muy competitivos. Pero nadie había muerto todavía y solo habían tenido que ir a Urgencias en una ocasión, cuando habían retado a Joe a subirse a un árbol y se había caído y roto la clavícula.

Conducía Archer. Spence iba a su lado y Joe y Finn en el asiento de atrás. Había una hora y media de viaje hasta el Parque Nacional Big Basin Redwoods y pararon por el camino a comprar provisiones.

Cerveza y cebo.

Cuando llegaron, Archer salió del vehículo y respiró profundamente. La ciudad había desaparecido. Estaban en las montañas, rodeados de árboles de más de cien metros y de naturaleza suficiente para tranquilizar hasta la mente más ajetreada.

La razón por la que había ido allí.

Pasaron el día caminando, pescando y haciendo apuestas cada vez más ridículas, la última de ellas que el que pescara menos peces tenía que zambullirse en el río. Era febrero. El río era un baño de hielo.

Archer, muy motivado por la idea de seguir seco, pescó tres peces. Spence y Joe pescaron dos cada uno.

Finn solo consiguió pescar uno y gruñó todo el tiempo que tardó en quedarse en bañador, sin dejar de murmurar advertencias contra la hipotermia.

Los demás simplemente sonreían y se felicitaban por su brillantez mientras Finn entraba y salía del agua en un tiempo récord.

–Quizá deberías aprender a pescar –comentó Spence.

Finn volvió a vestirse rápidamente y le hizo un gesto obsceno con el dedo.

Archer echó más leña al fuego y empujó a Finn cerca de las llamas. Había sido divertido verlo perder. También descubrir que era el mejor pescador de todos ellos. Pero eso no implicaba que quisiera que Finn muriera de hipotermia.

–Si hubieras perdido tú –le dijo Finn a Spence–, no habrías tenido agallas para entrar en el agua.

–Oh, tengo agallas. Agallas para acercarme al agua y descubrir un alga en la superficie. Un alga come piel –Spence sonrió–. Un alga que dice que es peligroso nadar ahí.

Finn parpadeó.

–¡Ah! No he pensado en eso.

Spence se tocó la sien.

–Esto no es solo una percha para el sombrero.

El sol se ponía deprisa allá arriba. Un momento era de día y, al siguiente, noche profunda. Atizaron más el fuego y bebieron cerveza mientras Archer cocinaba el pescado. Mientras lo hacía, Spence revisó las provisiones y lanzó un juramento.

Todos se volvieron a mirarlo.

–¿Dónde está la comida basura? –preguntó.

–En el recipiente gris –contestó Finn–. Lo llené personalmente con chocolate, galletas Graham y nubecillas gigantes porque la última vez que compré las pequeñas, no dejasteis de darme la paliza durante dos días.

–No hay recipiente gris –dijo Spence–. ¿Dónde está el recipiente gris?

–¡Mierda! –exclamó Finn–. Creo que no lo subí al vehículo.

–No podemos acampar sin preparar nubecillas con chocolate y galletas en la hoguera –comentó Joe, escandalizado–. Llevo todo el día esperándolas.

Archer asintió. Pensaba igual. Pero la tienda más próxima estaba a treinta minutos y todos habían bebido unas cuantas cervezas.

–Lástima que Google Express no reparta en Tombuctú.

–Si hubiera sabido que Finn iba a ser tan estúpido, habría programado mi dron para que nos trajera las provisiones –comentó Spence.

–La culpa es de Finn –dijo Joe–. Que lo arregle él.

–¿Cómo? –preguntó el aludido–. ¿Cómo demonios esperas que lo arregle?

–Llama a Pru –sugirió Spence.

–¿Que la llame qué?

–Dile que venga y nos traiga provisiones.

Finn soltó una risita áspera.

–No puedo hacer eso.

–¿Pero sí puedes enviarle un mensaje por Face Time para ver si le has comprado los tampones correctos, como hiciste la semana pasada? –preguntó Archer.

—¡Eh! —Finn lo apuntó con el dedo—. Eso era nuestro secreto.

—Llámala —dijo Spence.

—Se reirá de mí y me mandará a la mierda.

—¿Ves?, esa es la cosa —musitó Joe, con aire lógico—. Todos estamos solteros. No tenemos a nadie a quien llamar sin quedar como idiotas. Pero tú ya tienes a Pru, ¿y a quién le importa que se ría de ti?

Spence asintió en aprobación de esa lógica. Archer también.

—Está bien. Pero que conste que me importa a mí —repuso Finn, a la defensiva.

Spence sacó su teléfono.

—¿Qué haces? —preguntó Finn, que parecía nervioso.

—Espera —dijo Spence. Habló en el teléfono—: ¿Pru? Finn te necesita.

—¡Oh, Dios mío! —protestó Finn, intentando sin éxito quitarle el teléfono a Spence—. Dame eso.

Spence cubrió el teléfono con la mano y flexionó los músculos, esquivando a Finn.

—He entrenado —susurró con orgullo.

—Al menos dile que no me he roto la clavícula cayéndome de un árbol —exigió Finn.

—Una vez —murmuró Joe—. Eso solo me pasó una vez.

—Finn necesita que traigas los ingredientes para hacer nubecillas con chocolate —le dijo Spence a Pru—. Las nubecillas más grandes que encuentres. Y suficientes para... —miró a los muchachos y contó cuatro— ocho.

Todos asintieron. Ración doble era lo suyo.

Lo último que había planeado Elle para el sábado por la noche era conducir hasta Big Basin en la oscuridad con Pru y Kylie para llevarle a Finn un artículo misterioso que necesitaba urgentemente. Habían intentado que fuera también Willa, pero Keane y ella habían apagado los teléfonos móviles.

Eran listos.

Y seguramente estarían apareándose como conejos.

Elle no los culpaba por ello. Más bien le daban envidia.

—Gracias por acompañarme —dijo Pru—. Estoy segura de que las dos estabais ocupadas.

Kylie se echó a reír.

—Si por ocupada te refieres a estar en casa intentando aumentar mis puntuaciones en el programa de entrenamiento Lumosity, sí, estaba muy ocupada.

Elle conducía el vehículo de Finn porque Pru no tenía coche y además no encontraba sus gafas. Elle no era campista. De hecho, no había acampado jamás. No entendía el encanto de dormir en el suelo o tener que ir al baño en la naturaleza. No, ella necesitaba electricidad y un váter con cisterna.

Hacía mucho rato que habían dejado atrás la ciudad y nunca había visto tanta oscuridad. Se inclinó más hacia el parabrisas con la vista fija en la noche negra. La carretera era complicada y no quería perderse el desvío.

—No puedo creer que hagamos esto. Nos debe una. Y grande. ¿Y se puede saber qué es lo que llevamos?

—Es complicado —repuso Pru sin comprometerse. Había una bolsa marrón grande a sus pies.

—¿Cómo de complicado?

Algo en el silencio de Pru hizo que se le encogiera el estómago a Elle. Miró un segundo a Pru.

—Está acampando solo, ¿verdad? Porque eso es lo que dijiste. Aunque acampar solo es estúpido y egoísta por el peligro que supone, y Finn no es ninguna de esas dos cosas.

—¡Gira a la derecha! —gritó Kylie desde el asiento de atrás. La joven llevaba la nariz pegada a la pantalla del móvil—. En ocho metros.

Elle giró a la derecha y la carretera de asfalto pasó a ser un carril de grava que la obligó a concentrarse intensamente durante el kilómetro que tardaron en llegar a la zona de acampada.

—Creo que se me han caído la mitad de los empastes —dijo Kylie.

—Zona de acampada veinticuatro —dijo Pru.

Cinco minutos después doblaron una esquina y llegaron a la zona correcta. Elle aparcó con calma, apagó el motor y miró la hoguera, alrededor de la cual se sentaban uno, dos, tres... cuatro figuras de hombre, una de las cuales se parecía sospechosamente a Archer. Sintió irritación.

—¡Maldita sea, Pru!

—No es lo que crees —se apresuró a decir Pru.

—¿No? Porque yo creo que eres una mentirosa.

—Está bien, pues sí es un poco lo que crees —repuso Pru, con aire de derrota—, pero principalmente no quería conducir hasta aquí sola. Sabía que no vendrías si te decía que Archer estaba aquí y necesitaba traerles las nubecillas y el chocolate. Estaban desesperados.

Mientras hablaba, los hombres se levantaron y se giraron hacia ellas con distintos grados de expresividad. Finn sonreía de oreja a oreja, claramente contento de ver a Pru. Spence se mostraba esperanzado, cosa que tenía sentido ahora que Elle conocía su verdadera misión. Spence jamás había conocido un postre que no adorara.

Archer nunca había sido muy expresivo, pero parecía mucho más relajado de lo que Elle lo había visto nunca.

La naturaleza le sentaba bien.

Al menos hasta que su mirada atravesó el parabrisas, donde no habría visto nada si Kylie no hubiera elegido ese momento para abrir su puerta de modo que la luz interior las iluminó como si estuvieran en un acuario.

Archer se quedó un momento inmóvil y su sonrisa despreocupada desapareció.

Fantástico. Le había arruinado la velada. Igual que le había arruinado la vida en otro tiempo. Era bueno saber que todavía tenía esa capacidad.

—Acabemos con esto de una vez —dijo con calma.

Pero tenía un momento interior y privado de pánico y ansiedad. Se sentía como la hija estúpida de dieciséis años de una estafadora que las colocaba continuamente a su hermana Morgan y a ella en situaciones desesperadas, las usaba como peones y las hacía vivir como ladrones nocturnas.

Finn y Joe se adelantaron como cachorros impacientes y tomaron la bolsa de papel marrón. Mejor dicho, Joe agarró la bolsa y Finn abrazó a Pru como si no se hubieran visto ese mismo día. De hecho, teniendo en cuenta como empezaron a besarse, más bien era como si no se hubieran visto en años.

Joe sonrió a Kylie y Elle.

—Bienvenidas. Venid a calentaros al fuego.

—No nos quedamos —respondió Elle.

—Oh, ¿solo unos minutos? —preguntó Pru, tras separar su boca de la de Finn—. ¿Por favor?

Elle se miró los tacones. Había asumido que sería una entrega rápida. Era sábado, pero ella había trabajado y había ido directamente desde su despacho. Y como no esperaba quedarse, no se había molestado en cambiarse.

Joe comprendió enseguida el problema.

—Espera —dijo.

Corrió hacia la hoguera, le puso la bolsa a Spence en los brazos y regresó a por Elle.

Antes de que esta pudiera detenerlo, la tomó en brazos y la transportó hasta la hoguera.

—Sé lo que piensas de las acampadas —dijo.

—Joe —ella se rio—. Bájame.

—¿Tengo que hacerlo?

—¡Sí!

En otras circunstancias, quizá habría disfrutado del contacto físico de estar pegada a un hombre. Joe era alto, musculoso y muy sexy. Tenía una sonrisa traviesa que prometía a una chica que se lo haría pasar bien y Elle sabía, por cotilleos, que también tenía la habilidad de cumplir esa promesa silenciosa.

Pero lo único que sentía ella era que le faltaba el aire porque notaba la mirada de Archer clavada en ella. Oscura. Valorando.

—No es solo que Elle no haga acampadas —dijo él con sequedad—. Es que tampoco usa zapatos de andar. Ni, al parecer, chaquetas —se quitó el anorak y se acercó a ella.

El calor inicial que había sentido ella al darse cuenta de lo bien que la conocía se desvaneció cuando vio su intención.

—No es necesario —dijo, con los ojos fijos en la camisa azul de franela que llevaba él debajo, abierta encima de una camiseta a juego, con ambas prendas resaltando sus hombros anchos.

—Tienes los labios azules —dijo él. La envolvió en su anorak, deliciosamente caliente por el calor de su cuerpo y que, para aumentar aún más la tortura, también olía a él. O sea, de un modo delicioso.

Ella abrió la boca para decir algo, aunque no sabía

qué, pero no hizo falta, pues en el momento en el que terminó de colocarle su anorak, él se alejó y volvió al fuego.

—Yo no tengo frío —comentó Pru—. Llevo mis vaqueros de acampar nuevos. Llevan forro polar por dentro —hizo un giro—. Son gruesos, así que además no me clavaré astillas si me siento delante de ese fuego.

Se detuvo y se giró para intentar verse el trasero.

—Espera. ¿Son demasiado gruesos? ¿Me hacen gorda?

La expresión de pánico de la cara de Finn mejoró un poco el humor de Elle.

Pru lo miró fijamente.

—¿Me hacen gorda? —repitió.

—No —Finn parecía un ciervo delante de los faros de un coche—. Por supuesto que no.

Joe le dio un codazo.

—Cuando una mujer pregunta si parece gorda, no basta con decir que no. Tienes que parecer muy sorprendido por la pregunta. Da un salto hacia atrás si es necesario.

Finn agarró a Pru, la estrechó contra sí y le hundió los dedos en el pelo mirándola a los ojos.

—No creo que esos pantalones te hagan gorda. No creo que estés gorda con nada. Y adoro cada centímetro de tu cuerpo.

Pru sonrió.

—Gracias, cariño. Yo también te quiero.

Él entrecerró los ojos.

—Eso era una prueba.

—Sí —ella lo besó—. Pero no te preocupes. La has pasado.

Elle volvió a sentir envidia y se preguntó si alguna vez se sentiría tan cómoda con alguien como para hablar como lo había hecho Pru, y delante de la gente, como si no le importara que el mundo entero supiera cuánto quería a Finn. Elle siempre había asumido que esa clase de amor te hacía débil. Pero en Pru y Finn no había nada que le pareciera débil.

Asaron al fuego nubecillas con galletas de chocolate. Elle intentaba no meterle prisa a Pru, pero quería salir de allí antes de hacer alguna estupidez. Como fundir parte de chocolate en el cuerpo caliente de Archer y lamerlo.

—¡Verdad o atrevimiento! —decidió Joe, repartiendo cervezas.

—¿Ahora tenemos doce años? —preguntó Elle.

Joe sonrió relajado, lo que le recordó que ellos llevaban ya delantera con la cerveza. Una delantera de todo el día.

—¿Gallina?

La pregunta partió de Archer, pronunciada con una voz baja y sexy, y a Elle le dio un vuelco el estómago. Se arriesgó a mirarlo y sorprendió una sonrisa depredadora en sus labios. De pronto tuvo la sensación de que hacía más calor. ¿O era que su temperatura interna no dejaba de subir?

—Creo que los juegos son una bobada.

—¡Empiezo yo! —exclamó Pru. Dio una palmada—. ¡Spence! ¿Verdad o atrevimiento?

El interpelado pensó un momento, hasta que Pru le hizo gesto de que se apresurara.

—Dame un minuto —dijo él—. Estoy intentando decidir cómo vas a ser de malvada si elijo atrevimiento.

Pru sonrió y Spence lanzó un juramento.

—Está bien —dijo—. Muy malvada. Verdad.

—Eso no es divertido —Pru hizo una mueca.

—Lo que no es divertido es bañarse en el río en febrero. Verdad —repitió él con firmeza.

—Hmm —Pru lo miró atentamente—. ¿Qué quieres de la vida?

Él se acarició la barbilla con aire serio.

—Tacos. ¿Qué? —preguntó cuando ella alzó los ojos al cielo—. Hemos comido pescado, pero sigo hambriento. ¿Habéis traído algo más aparte del postre?

Spence siempre tenía hambre, así que nadie le hizo caso.

—¡Ahora yo! —intervino Kelly, saltando en el tronco en el que estaba sentada y dando palmadas—. Elle. ¿Verdad o atrevimiento?

Elle entrecerró los ojos.

—¿Por qué yo?

—¿Verdad o atrevimiento? —repitió Kylie.

Elle suspiró.

—Verdad. Pero solo porque no pienso dejar este tronco por una prueba estúpida.

—Está bien —repuso Kylie. Lo dijo con tanta alegría que Elle adivinó que había caído en su trampa, fuera la que fuera—. Tú siempre estás fantástica, perfectamente arreglada.

—Gracias, pero eso no es una pregunta.

—¿Alguna vez dejas que te vea alguien cuando no estás perfecta?

Archer hizo una mueca, pero se convirtió en una tos cuando Elle lo miró de hito en hito.

—No —respondió ella a Kylie—. Me toca —miró a Archer—. ¿Verdad o atrevimiento?

—Verdad —contestó él.

—¿Cuál es el riesgo más grande que has corrido en tu vida?

—Jugar a esto contigo.

Todos menos Elle se echaron a reír. ¡Qué idiotas!

—Eso no cuenta —dijo Pru en defensa de Elle—. Puede repetir ella.

—Está bien —Elle miró de nuevo a Archer—. ¿Verdad o atrevimiento?

—¿De verdad quieres ir a por mí otra vez? Dos cero no quedará bien en tu currículum.

—¿Quién es el gallina ahora? —preguntó ella, aunque todos sabían que Archer era muchas cosas, pero gallina no era una de ellas.

—Para ser justos —dijo Finn—, la última persona que perdió tuvo que desnudarse y meterse en el agua. Lo sé porque fui yo.

—Y el agua estaba fría —añadió Spence.

—¿Cómo lo sabes? —preguntó Finn—. Tú no tuviste que meterte.

Spence enarcó las cejas.

—Se notaba.

Finn achicó los ojos.

—Eh, el encogimiento existe de verdad.

—Verdad —contestó Archer a Elle.

Ella preparó mentalmente los puños.

—¿Cuál es tu momento más embarazoso? —preguntó.

Él no contestó, se limitó a mirarla.

—Vamos —lo animó ella, aunque no sabía por qué jugaba con fuego—. Yo te diré el mío si tú me dices el tuyo.

Él bajó la voz de un modo que le produjo a ella cosquillas en la columna.

—Yo ya sé el tuyo.

En realidad no era así, pero Elle se negaba a debatirlo allí.

—Muy bien. Adaptaré la pregunta. ¿Qué es de lo que más te arrepientes?

Archer de nuevo se limitó a mirarla.

—¿Te niegas a contestar? —preguntó ella—. Porque ya sabes cuál es el atrevimiento.

—Cuidado con el encogimiento —murmuró Spence.

—Sí —repuso Archer sin vacilar, con la vista fija en los ojos de ella—. Me niego a contestar.

Elle, segura de que él cambiaría de idea si pensaba que tenía que bañarse, señaló el río.

Pero debería haber sabido que era imposible hacer cambiar de idea a Archer cuando tomaba una decisión. Igual que años atrás había decidido que ella era una rata callejera todavía joven y vulnerable a la que había que proteger y nada más, tampoco ahora se iba a dejar presionar para contestar una pregunta que no quería contestar. En vez de eso, se levantó y se acercó al borde del agua. Las sombras ocultaban la mayor parte de él, pero todavía se veía su figura. Y aunque él la irritaba por el mero hecho de existir, no podía negar que solo su figura conseguía alterarle el pulso.

A menos de seis metros de allí, y al parecer sin importarle tener espectadores, empezó a quitarse la ropa. Lo hizo con rapidez y eficiencia. Dejó caer la camisa y la camiseta al suelo, se quitó las botas y los calcetines y a continuación los vaqueros, todo ello sin mirar atrás.

—¿Dónde está tu pistola? —le preguntó Joe.

—En el maletero del coche —repuso Archer—. Para evitar matar a alguien que me cabree esta noche.

Los demás hablaban y reían alrededor de la hoguera, pero Elle no podía apartar la vista de Archer.

Este ya solo llevaba un calzoncillo corto. Y luego también se lo quitó y caminó unos pasos en el agua antes de sumergirse y desaparecer bajo la superficie negra brillante de la corriente del río.

Capítulo 6

#CarpeDiem

Elle se esforzaba por ver el punto en el que había desaparecido Archer.

—¡Está en el agua! —exclamó horrorizada.

—Sí —dijo Finn—. Lo has retado tú.

—Pero... pero es una maldita locura. Le entrará hipotermia.

—A mí no me pasó —dijo Finn.

—Solo encogimiento —intervino Spence con una sonrisa de suficiencia.

Finn le lanzó una lata de cerveza vacía, que Spence esquivó con facilidad.

Y Archer seguía sin reaparecer.

Elle se puso de pie. Esperó. Y cuando ya no pudo más, echó a andar hacia el borde del agua.

—¿Tú también te vas a desnudar? —preguntó Joe, esperanzado.

Ella se volvió y lo miró de hito en hito.

Él parpadeó y señaló a Spence. Este le dio un empujón que lo tiró del tronco.

—¡Eh! —dijo Joe desde el suelo—. Es verdad que has entrenado.

—Te lo dije.

Ella siguió andando hacia el agua.

—Elle, él está bien, quédate en la hoguera —dijo Finn.

Ella se detuvo, pero no volvió a sentarse.

—Es un gran nadador —le aseguró Joe—. Una vez lo vi lanzarse desde un embarcadero de diez metros a la bahía para salvar a un bañista en medio de una tormenta. Y ni se inmutó.

En el río, que tenía que estar congelado puesto que era invierno, emergió por fin una cabeza oscura. Y después un cuerpo. Archer salió del agua como un Adonis, caminando tranquilamente. En la orilla se pasó las manos por el cuerpo, escurriéndose el agua antes de inclinarse a por la ropa y los zapatos. Luego, desnudo todavía, volvió al fuego y se quedó de pie dejando que lo secara el calor.

—Verdad —le dijo Finn a Pru.

Esta miraba a Archer con la boca abierta.

—¿Eh?

—Verdad —repitió Finn. Agitó una mano ante la cara de ella—. ¿Hola? Mujer, he dicho verdad.

—Perdona —Pru sonrió algo avergonzada—. Me he distraído con la estatua de dios griego que hay delante del fuego.

—Pensaba que tu estatua de dios griego era yo.

—Por supuesto que lo eres —repuso Pru. Le dio una palmada en la pierna sin apartar todavía la vista de Archer.

Kylie parecía tener el mismo problema que Pru.

—¡Guau! —exclamó.

Archer se vistió y se sentó al lado de Elle en el tronco. Sacudió la cabeza y voló agua desde su pelo.

—¡Eh! —dijo ella—. No todos estamos locos —lo miró y comprendió que debía de estar congelado—. Espera, deja que te devuelva el anorak.

—Estoy bien.

Pues muy bien. Si quería mostrarse testarudo, mejor para ella. Elle quería estar caliente.

Pru sonreía a Finn.

—Esperaba que pidieras verdad. ¿Por qué has sido tú el pobre tonto que ha tenido que convencer a alguien de que viniera aquí esta noche? ¿Por qué no Spence, Joe o Archer?

Finn le devolvió la sonrisa.

—Ninguno de ellos tienen una chica sexy a la que llamar.

Ella rio y Finn miró a Archer, que estaba sentado a su lado.

—¿Verdad o atrevimiento? —preguntó.

—Atrevimiento —repuso Archer.

—¿En serio? —preguntó Finn—. ¿No quieres pedir verdad y ahorrarte otro posible chapuzón?

—Muy bien. Verdad.

Finn sonrió con malicia.

—¿Qué hay entre Elle y tú?

Elle contuvo el aliento e hizo lo posible por parecer tan neutral como Suiza.

Archer no apartó los ojos de Finn.

—Nada —dijo.

—Eso no es cierto —contestó Finn.

Pero en opinión de Elle, sí lo era. Entre Archer y ella no había nada.

Y ese era precisamente el problema.

Ella quería que lo hubiera. No sabía por qué, pero lo deseaba mucho. Bueno, está bien, sí lo sabía. Sospechaba que era porque él había sido su héroe en una ocasión, había obrado en beneficio de ella por la única razón de que creía que era lo correcto. No había habido motivos ulteriores, no había querido nada de ella.

Y eso había sido toda una novedad para ella. Nunca lo había olvidado. Sabía lo que eso le había costado a él porque le había seguido la pista lo mejor que había podido. Que, por supuesto, no había sido muy bien. Había acabado por perdérsela. Hasta que había entrado a trabajar en el Pacific Pier Building, claro.

—Si no crees que eso es la verdad —dijo Archer con calma—, ponme un reto.

Finn sonrió.

—Está bien. Te reto a que consigas que Elle diga que no hay nada entre vosotros.

Archer suspiró.

—Necesitamos hablar un momento.

—No lo necesitamos —repuso Elle.

—Hablad todo lo que queráis —contestó Finn, como si no la hubiera oído a ella. Movió la cabeza.

Archer lo apuntó con el dedo e hizo ademán de que disparaba una pistola, pero se levantó. Tomó a Elle de la mano y la apartó del fuego en dirección al bosque.

—¡Eh! —protestó ella, que tenía que correr para no quedarse atrás—. Mis zapatos...

Él aflojó el paso y, sin volverse, le pasó una mano por el muslo y la subió a borrico.

Eso la dejó momentáneamente perpleja. Oh, más concretamente, la sensación de la espalda de él en su pecho la dejó atónita. Como también la sensación de sus brazos, que ahora sostenían las piernas de ella.

—¡Bájame!

—El terreno es irregular y lleno de tierra —repuso él—. ¿Quieres estropear tus Guccis?

—Son de Kate Spade —y no, no quería estropearlos. Suspiró y dejó caer la frente en el hombro musculoso de él.

Pero eso no ayudó nada, pues dejaba el cuello de él a pocos centímetros de su boca. Tenía una garganta estupenda e, incluso después de un día en el bosque pescando, caminando y solo Dios sabía qué más, seguía teniendo un olor muy sexy.

—¿Me estás olfateando? —preguntó él.

Ella se quedó paralizada, con la nariz apretada en el cuello de él.

—No.

—Sí —él parecía divertido—. Acabas de inhalarme como si fuera uno de los pasteles de la cafetería.

Más tarde ella juraría que no sabía lo que le había ocurrido, pero lo mordió. No con fuerza, fue más bien un mordisquito. Con muchos dientes.

—¿Pero qué...? —Archer se detuvo y la dejó deslizarse por su cuerpo abajo.

Y cuando notó el contacto íntimo del trasero de él en sus partes, Elle sintió que temblaba.

Él se volvió a mirarla con expresión oscura e inescrutable.

—¿Qué ha sido eso? —preguntó.

Elle plantó los tacones en el suelo y puso los brazos en jarras. Era el único modo de lidiar con él, como si se tratara de un animal salvaje. Hacerse tan grande y tan alta como pudiera y negarse a achicarse.

Pero no tenía ni idea de lo que le había pasado por la cabeza. Tal vez rabia porque él leyera en ella como si fuera un libro abierto. Definitivamente, frustración porque la ponía tan tensa que a veces fantaseaba con él por la noche. O por el día. Y lo que más le costaba admitir...

Vergüenza por sentir aquello. Si él llegaba a saberlo, se sentiría horrorizado y ella tendría que mudarse a Siberia.

—Oh, por favor —se burló, intentando ocultar su vergüenza. Lo único que lamentaba era no haberle mordido más fuerte—. No se te ocurra decirme que te he hecho daño. Eres tan impenetrable como una roca.

—¿Crees que no se me puede hacer daño? —preguntó él con una sonrisa de incredulidad.

—Creo que no dejarás que se te note —Elle no se dio cuenta de que estaban tan cerca uno del otro hasta que respiró hondo y sintió que su pecho rozaba el torso de él.

—¿Qué sabes tú de mis sentimientos, Elle? —preguntó él, rozando con su aliento la sien de ella.

Y, justo entonces, una tensión nueva se apoderó de ella, junto con algo más, algo que se desplazó por todas las terminaciones nerviosas de su cuerpo.

—Nada —contestó—. No sé nada de tus sentimientos porque eres una isla para mí.

—¿Sí? Pues tú eres Siberia.

—¿Qué demonios significa eso? —quiso saber ella—. ¿Quieres decir que soy fría?

—Como el hielo.

Aquello resultaba curioso, porque estaba tan furiosa que sentía calor y no podía pensar ni podía hablar, así que se cruzó de brazos, encerrándose en sí misma, lo cual, por supuesto, le daba la razón a él. Y solo porque quizá en el fondo quería conocer los sentimientos de él, quería conocerlos más que ninguna otra cosa, quería saber lo que le importaba, que podía tocarlo y hacerle daño, lo empujó fuerte en el pecho.

Él le agarró la muñeca con los dedos.

—Basta.

Sí, eso sería lo más inteligente, desde luego. Pero ella

nunca había sido muy lista en lo relativo a él, así que utilizó la mano derecha para hacerle un gesto obsceno con el dedo corazón.

—¿Cómo te parece esto de frío, cavernícola y...?

Él lanzó un juramento en voz baja, le agarró también la mano derecha y se acercó de tal modo, que no solo la hizo callar, sino que además ella retrocedió unos pasos, hasta que su espalda tropezó con un árbol y Archer aprovechó eso para sujetarla contra el tronco.

Elle contuvo el aliento. Él se quedó inmóvil y miró la boca de ella. Colocó ambas manos planas en el enorme árbol, una a cada lado de ella, exhaló despacio y descansó la mejilla en el pelo de ella.

—Me vuelves loco —murmuró, con su voz resonando a través de su pecho y el de ella.

Sus palabras formaban tal contraste con sus actos, que la mente de ella tardó un momento en asimilarlas.

—Sí, bueno, lo mismo digo —consiguió contestar, desconcertada por el modo natural en que se apoyaba en ella, sujetándola allí con su peso, inmovilizándola por completo.

Y ese no era su mayor problema...

La estaba excitando. «Muévete», pensó.

Y él empezaba a hacer justamente eso cuando ella hizo algo que no podría explicar ni en un millón de años. Le agarró la camisa con los puños, alzó la cara y lo besó.

Sintió una sacudida de sorpresa en el cuerpo grande de él y lo sujetó con más fuerza. Lanzó un gemido de necesidad y él se quedó muy quieto. Al instante siguiente, la rodeó con sus brazos y le devolvió el beso. La besó lenta y profundamente, sin prisa.

Zarcillos de placer innegable atravesaron el cuerpo de ella, haciendo que se derritieran sus huesos. Seguía enfadada. Muy enfadada. Y, sin embargo, no podía recordar por qué. Eso, unido a su frustración sexual y su necesidad, contribuyó a bloquearle la mente.

Pero no el cuerpo.

Su cuerpo reaccionó como si hubiera estado años privado de contacto, lo cual era verdad. Ella se movió contra él, o más bien se retorció, intentando desesperadamente acercarse más. Le echó los brazos al cuello para colocarlo en una posición mejor y besarlo. Cuando sus lenguas se tocaron, generaron tanto calor, que ella casi salió ardiendo e intentó escalar por el cuerpo de él como si fuera las espalderas de un gimnasio.

Eso arrancó un gemido en lo hondo de la garganta de él.

El sonido más sexy que Elle había oído jamás.

De pronto estaban los dos agarrándose, esforzándose por acercarse aún más, intentando aferrar algo con las manos. Ella no se cansaba de él, de su calor, de la fuerza innegable que había en cada centímetro de su cuerpo. Estaban de pie en un lugar no lejos del fuego, donde cualquiera podía aparecer ante ellos, pero no le importaba.

Cuando por fin se separaron para buscar aire, se miraron mutuamente. A Elle le habría gustado tener la última palabra apartándolo y alejándose como si no hubiera pasado nada, pero no podía. No podía literalmente, porque los huesos de sus piernas se habían ido de vacaciones, dejándola aferrada a él.

—No malinterpretes esto –dijo, temblorosa–, es que no encuentro mis pies.

Archer soltó una risita en el cuello de ella y el movimiento de la boca de él en su piel caliente hizo que ella encorvara los dedos de los pies. Como sus manos seguían en el pelo de él, tiró hacia sí y empezaron a besarse otra vez.

O la misma.

Era una locura, pero tenía la sensación de que se moriría si no lo tocaba. Aparentemente, él sentía lo mismo porque, mientras ella deslizaba las manos debajo de la camisa de él y las pasaba por su pecho y su abdomen, él le apartó el anorak y le puso las manos en los pechos, como si tocarla fuera más vital que la sangre que circulaba por sus venas.

Ella creía que la piel de él estaría fría por el baño en el río, pero estaba caliente al tacto. La sensación de él era maravillosa y ella incluso llegó al botón de la bragueta de los Levi's de él antes de que Archer se soltara y retrocediera un paso.

Menos mal que ella tenía todavía el árbol detrás o se habría caído al suelo.

Archer, que tampoco parecía muy firme sobre sus pies, se llevó una mano al pelo y agarró un mechón sedoso como si se hubiera vuelto loco.

Ella sí se había vuelto loca. Estaba... atónita. Sorprendida. Y sin aliento. Se llevó una mano al corazón, que latía con fuerza, para ver si podía mantenerlo en el pecho, pues se lanzaba contra su caja torácica con cada latido.

–La próxima vez –dijo ella, temblorosa–, haremos esto sin espectadores cerca.

Él la miró y el corazón de ella dejó de golpear como un tambor. Dejó de latir. Porque entendió lo que decía la expresión de él. Que no habría una próxima vez.

–Está bien. Borra eso.

–Elle...

–No. No importa.

—Somos... amigos —dijo él—. Te conozco desde que eras una cría.

Ella no quería oír el resto del discurso. Porque sí, quizá sentía algo en secreto por él y sí, quizá se había enamorado mucho tiempo atrás, pero había confiado en que él la viera como la mujer que era en ese momento. Una mujer fuerte y triunfadora.

Y claramente, aquello no iba a ocurrir. Nunca pasaría nada y ella no podía seguir esperándolo. Eso era algo triste y desesperado y ella no era ninguna de las dos cosas. Le había dado un año entero, ¿y qué era lo que esperaba exactamente? Archer no representaba ninguna de las cosas que ella quería. Desde luego, no representaba seguridad.

Ni amor.

Porque eso era lo que ella quería. Ahora ya lo sabía.

Y quizá él la quisiera a su modo. Como amigo. Como una persona a la que había protegido una vez y a la que protegería siempre. Ella lo entendía, pero ya era hora de tomar las riendas. Empezó por enderezarse la blusa —¿cuándo se había desabrochado?— y miró cuidadosamente a su alrededor en lugar de encontrarse con los ojos de él, pues no estaba segura de lo que vería en ellos. Ni de lo que quería ver. Sería agradable que él sintiera una parte del desconcierto que sentía ella, pero tenía la impresión de que vería arrepentimiento y eso la enfurecería más todavía. Aun así, se arriesgó a echar un vistazo y se encontró con la expresión impenetrable de él, la que no dejaba traslucir nada.

Archer no dijo nada. Aquel hombre era tan obstinado como... Bueno, como ella. Era más paciente que Job.

Desgraciadamente, ella no. Nunca le gustaba esperar, ni a que hirviera el té ni el internet lento ni, por supuesto, a que hablara Archer. Así que pasó a la ofensiva.

—Escucha, vamos a atribuir eso a... —dijo.

Buscó una razón lógica para explicar por qué se había comportado de aquel modo, pero no la encontró.

—Es la altitud —dijo. Sí aquello era—. La altitud hace que sea difícil pensar.

Él era una silueta oscura en la noche. No la tocaba, pero seguía cerca.

—Aquí no estamos a mucha altitud —dijo.

¿En serio? ¿Ni siquiera podía concederle eso? Elle se puso a la defensiva.

—Oye, sé que te he besado yo, ¿pero sabes qué? Tú has respondido, y con lengua. De hecho, tú has ido más lejos, señor Guay. Así que échame una mano y piensa en algo mejor.

Como él no contestó, ella empezó a alejarse de nuevo y casi se cayó de culo cuando sus tacones se hundieron en la tierra blanda. No le importó.

—Voy a volver a la hoguera antes de que te hagas la idea equivocada —dijo—. Les voy a decir que no hay nada entre nosotros. Menos que nada.

—Eres tú —dijo él.

—¿Qué soy yo?

—Lo que más lamento. Eres tú.

«¿Qué?».

Pero después de aquella declaración sorprendente, él se alejó el primero y volvió a la hoguera. Elle parpadeó y vaciló, pero solo un momento. Luego se apresuró a reunirse con él, porque aunque quería matarlo, eso no implicaba que tuviera intención de quedarse atrás como cebo de osos. De eso nada.

Capítulo 7

#CalgonLlévameContigo

Las chicas no se quedaron a pasar la noche. Lo votaron y Pru era la única que quería quedarse. Kylie y Elle tenían más sentido común.

—Necesito mi almohada —dijo Kylie cuando las tres se reunieron a conferenciar detrás de un árbol.

—Yo necesito no estar en la montaña —intervino Elle. Pero lo que quería decir era que necesitaba estar al menos a cien kilómetros de distancia de Archer.

—Lo sé, lo entiendo —Pru suspiró—. De verdad que sí. Dadme un minuto para despedirme de Finn.

Kylie la observó alejarse y apartarse de la hoguera con Finn.

—Va a necesitar más de un minuto.

—Sí —contestó Elle. Pero no pensaba en Pru y en Finn. ¿Ella era lo que más lamentaba Archer? ¿Y qué significaba eso?

—Voy a tostar otra nubecilla mientras esperamos —dijo Kylie. Y volvió a la hoguera.

Elle se quedó detrás del árbol, afectada todavía, mirando a través de las ramas el cielo nocturno, que era claro, fresco y espectacular.

Sintió que Archer se acercaba, percibió su calor y su fuerza y, como siempre, el cuerpo de ella se quedó inmóvil, aunque no apartó los ojos del cielo.

—¿Qué has querido decir? —preguntó.

Él no fingió que no entendía.

—Aquella noche —repuso—. No te saqué antes de que te hirieran. Eso es lo que más lamento.

El aire escapó de los pulmones de ella ante aquella declaración inesperada y la inundaron recuerdos no bienvenidos. Morgan y ella se habían ido de casa seis meses antes de aquella noche, dejando a su madre estafadora con sus asuntos. Las hermanas querían una vida mejor, libre de problemas. O, al menos, eso era lo que quería Elle, de dieciséis años, pero a Morgan, de dieciocho, le costaba trabajo dejar atrás los problemas.

Sin que Elle lo supiera, Morgan había empezado a trabajar para Lars, su problemático novio, en el mismo campo que su madre. Cuando Lars se metió en un asunto turbio relacionado con un atraco a una joyería donde había muchas antigüedades rusas valiosísimas, Morgan se asustó y se lo contó a Elle. Quería escapar de aquello, pero no sabía cómo.

Elle le dijo que ella lo arreglaría. Y lo intentó. Le llevó a Lars la parte del botín que Morgan tenía en su poder y le dijo que dejara en paz a su hermana si no quería que le pasara algo malo. No había nada que pudiera hacerle, pero se lo dio para librar a Morgan.

Desgraciadamente, dos cosas salieron mal. La primera, que Lars no se mostró nada contento. De hecho, la empujó contra la pared con intención de golpearla y quizá algo más. Había empezado a poner en práctica esa intención cuando llegó el segundo problema.

Se produjo una redada policial. Al parecer, además de antigüedades ilegales, el novio vendía también droga. Y ella estaba allí con una prueba en la mano. Deberían haberla capturado con los demás y haberla detenido, pero aquella noche tuvo un ángel de la guardia.

Archer.

Él trabajaba como infiltrado y destruyó su tapadera para ayudarla. Aquello le costó mucho. Su trabajo y su relación con su padre.

Elle no sabía cómo había podido perdonarla. O quizá no lo había hecho, teniendo en cuenta que habían pasado muchos años sin que tuvieran ningún contacto. Eso había cambiado el año anterior, cuando ella había entrado a trabajar en el mismo edificio de Investigaciones Hunt, pero no podía decir que hubieran avanzado mucho, puesto que siempre que estaban juntos en el mismo lugar, o se peleaban como críos o se mostraban tan incómodos como dos extraños.

Y ahora podía añadir a la lista una tercera opción. La de besarse como si su vida dependiera de ello.

Pero lo que más recordaba cuando pensaba en aquella noche era lo sola que se sentía. Sola, asustada y arrinconada en aquel parque viejo. Y Archer la había visto así. No era raro que no la deseara. Para él seguía siendo aquella cría. Lo que había madurado y crecido desde entonces, el éxito que había tenido, nada de eso podía borrar la horrible primera impresión que había causado.

Y como ocurría siempre que pensaba en ello, sintió un nudo en el estómago. Tragó saliva con fuerza y movió la cabeza.

—Tú no eras responsable de mí, Archer. Yo estaba allí

por voluntad propia. Lo que ocurrió fue culpa mía. Todo lo que pasó aquella noche fue culpa mía.

—Y, sin embargo, nunca me has perdonado por ello —comentó él.

A ella se le encogió el corazón de tal modo, que tuvo que cerrar los ojos y respirar profundamente para intentar recuperarse. No podía creer que él pensara así.

—No era a ti a quien tenía que perdonar —contestó—. Era a mí misma.

Él no dijo nada y ella abrió los ojos.

Pero igual que aquella noche de tanto tiempo atrás, estaba sola.

Cuatro noches después, tras varios largos días de trabajo y horas y horas de hacer deberes en su despacho, Elle bajó las escaleras y cruzó el patio para dirigirse al pub a por las famosas alitas de pollo de Finn y un vaso alto de algo que animara mucho.

Esa noche había recibido un mensaje de Finn recordándole que era noche de *country*. Como concesión a eso, Elle había cambiado los tacones por unas botas camperas y añadido un sombrero vaquero y un cinturón que la definía como REBELDE en la hebilla de plata.

No había hablado con Archer desde el desastre del beso.

Y aunque no se había encontrado con él, Archer sí había estado muy presente en sus sueños, y en ellos no se alejaba. De hecho, siempre que pensaba en todo lo que le había hecho en la profundidad oscura de su mundo de fantasía, se ponía a sudar sin remedio.

No podía dejar de imaginar lo que pasaría si alguna vez eran tan tontos como para intentar de nuevo tragarse las amígdalas del otro. Su vagina podía estallar en llamas.

Pero no serían tan estúpidos. O al menos, no lo sería él. Después de todo, había sido Archer el que había pisado el freno. Y no había mirado atrás.

Aquella era la segunda vez. Elle no solía llevar la cuenta, pero era preciso que recordara eso la próxima vez que él apareciera detrás de sus párpados por la noche. No era el hombre indicado para ella. Y nunca lo sería.

Jamás.

Y si ese pensamiento dolía, lo escondió muy hondo. Eso se le daba muy bien. Había escondido muchas cosas malas antes. Como renunciar a tener nunca nada que se pareciera a una familia «normal». No había conocido a su padre y hacía mucho tiempo que se había alejado de su madre. Había tenido que hacer lo mismo con su hermana, aunque eso había sido mucho más difícil y todavía la atormentaba.

¿Y qué si Archer no la deseaba? No era nada nuevo.

Al otro lado del patio se cruzó con Kylie, que estaba al lado de la fuente. Llevaba unos vaqueros ceñidos que realzaban su cuerpo pequeño. Tenían un roto en una rodilla y otro a través del muslo contrario. Llevaba un cinturón de herramientas y una cazadora de cuero y conseguía dar al mismo tiempo una imagen increíblemente femenina y gamberra.

A Elle le gustaba su imagen, aunque pensaba que no le vendría mal algo de carmín. No para complacer a ningún hombre ni nada de eso. Solo porque ese día se veía pálida y necesitaba un poco de color.

Kylie suspiró como si el día hubiera sido largo y difícil y se apartó el largo cabello castaño, dejando un rastro de serrín en él.

—¡Ah! —Elle se lo señaló, pero Kylie agitó una mano en el aire como si no le importara. A su lado, atado con una correa azul brillante, estaba Vinnie, un cachorro al que había rescatado. Cuatro meses atrás era solo cabeza y orejas, y lo bastante pequeño para caber en un bolsillo de ella.

Seguía siendo solo cabeza y orejas, y todavía podía crecer y convertirse o en una rata grande o en un bulldog francés. Aún no se sabía.

En cualquier caso, Vinnie llevaba una corbata de bolo, preparado para una noche de *country* en el pub. Alzó hacia ella sus cálidos ojos marrones, que bailaban con la clase de alegría de vivir que solo puede mostrar un perro.

—Estás muy guapo, vaquero —le dijo Elle.

Vinnie jadeó de contento y se tumbó en los adoquines para mostrar sus atributos.

—Igualito que un hombre —dijo Elle con una risita. Pero se inclinó a rascarle la tripa. Alzó la vista hacia Kylie—. Miras el agua como si fuera tu enemiga mortal. ¿Qué pasa?

Kylie se encogió de hombros.

—A ti te va a parecer una estupidez.

—Ponme a prueba.

—Está bien. Intento decidir si confío lo bastante en el amor para desearlo —mostró una moneda que tenía en la mano.

—¿Eso es lo que haces aquí? —preguntó ella—. ¿Intentas reunir valor para pedir amor?

—Bueno, sí —Kylie la miró—. Tanto Pru como Willa encontraron el amor como resultado directo de haberlo pedido.

—¿Crees eso de verdad?

Kylie se mordió el labio inferior y miró a Willa y Keane, que salían de la escalera tomados de la mano y desaparecían por la verja de hierro que daba a la calle.

—Quiero creerlo —Kylie miró a Elle—. ¿Tú nunca tienes la tentación?

Quizá por un segundo... Pero ya lo había superado, ahora que había arruinado el sueño de otra persona.

—No sé —contestó Elle—. Pero sé una cosa. No querría tener que pedirlo. Si tiene que ocurrir, quiero que ocurra de un modo orgánico.

Kylie parpadeó.

—¡Guau! Eso no me lo esperaba de ti. Eres muy romántica.

Ella tampoco había esperado aquello, pero, desgraciadamente, era cierto. Soltó una risita y movió la cabeza.

—A fin de cuentas, da igual lo que yo piense. Lo que importa es lo que creas tú —le quitó a Kylie la moneda de veinticinco centavos y la arrojó al agua—. Tráele a Kylie amor verdadero —le dijo a la fuente. Miró a la otra—. Ya está. Ahora no está en nuestras manos. Ya está hecho.

Kylie sonrió.

—¿Porque tú lo has considerado así?

—Exactamente.

Kylie movió la cabeza, sonriendo todavía.

—¿El mundo entero cumple tus órdenes?

A Elle le hacían mucho aquella pregunta.

—Cuando sabe lo que le conviene, sí —respondió.

Kylie sonrió.

—¿Y te vas a reír de mí si te digo que quiero creer que se cumplirá el deseo?

—En tu cara no —repuso Elle—. ¿Tienes hambre? Porque necesito desesperadamente alitas de pollo de Finn y no te imaginas lo mucho que necesito una copa para acompañarlas.

—Sí —contestó Kylie con fervor.

—Muy bien, pues. Pero antes... —Elle le quitó a Kylie el serrín del pelo lo mejor que pudo.

El pub estaba atestado. Por suerte para ellas, Finn siempre dejaba un extremo de la barra abierto para la gente que vivía y trabajaba en el edificio. Pru, Haley, Willa y Keane estaban ya allí, con distintas prendas de atuendo vaquero.

Kylie se sentó, pero Elle se quedó de pie mientras comían las alitas. Llevaba todo el día sentada y temía que se le quedara el culo plano. No estaba dispuesta a renunciar a sus curvas solo porque trabajaba como una esclava para tener una vida mejor que la que había tenido antes.

Quería la buena vida y las curvas, ambas cosas.

—Ahí hay un vaquero infeliz —Pru señaló una de las mesas, donde había una familia sentada con dos niños pequeños que tenían más salsa barbacoa encima de la que tenía la comida. El de dos años gritaba a pleno pulmón y el otro, algo mayor, sonreía de oreja a oreja.

Elle se estremeció.

—¿Te imaginas?

—Sí —repuso Pru con una sonrisa.

Willa asintió con aire sensiblero.

—No puede ser más difícil que tener mascotas —dijo—. Al menos los niños acaban aprendiendo a usar el váter.

Keane, su novio, se echó a reír.

—¡Qué romántica!

—Siempre —repuso Willa—. Quizá deberíamos ir a practicar la procreación.

Keane se inclinó a besarla.

—Cuando quieras.

—Tú también —le dijo Finn a Pru—. Solo tienes que decirlo. No me importa nada practicar la procreación.

Elle observó un minuto más a los pequeños. Los niños tendían a ponerla nerviosa. Eran como bombas de relojería esperando explotar.

—No sé si me veo con niños —admitió.

—Eh, serías una madre estupenda —comentó Pru con sinceridad—. Eres fuerte y lista y siempre apoyas a la gente que te importa. En serio, cualquier niño tendría suerte de que fueras su madre.

—Pero todo eso del parto... —comentó Elle—. Parece una estrategia de salida muy pobre, ¿no?

Notó una palmadita en el hombro y, cuando se volvió, se encontró con un hombre atractivo que llevaba un traje muy bueno. Y una sonrisa fantástica. «Mike», recordó. Uno de los clientes de Archer.

—Hola —dijo él—. ¡Qué sorpresa encontrarte aquí!

—Tú sabes que trabajo en el edificio —dijo ella.

Él se frotó la mandíbula y sonrió.

—Está bien, esperaba verte aquí. Me gustaría invitarte a bailar, porque ese suele ser mi modo de ligar, pero Archer me dijo firmemente que no estabas libre.

Ella dejó el vaso en la barra y respiró hondo.

—¿Te dijo qué?

Mike asintió y tomó unos frutos secos de un bol que había sobre la barra.

—Sí. La verdad es que fue muy claro al respecto.

Archer, el hombre que no la quería para sí mismo, había dicho que no estaba libre. Elle sentía que le salía vapor por las orejas. No había estado con un hombre desde... Desde hacía siglos. De hecho, no se había acostado con nadie en dos años y sus órganos empezaban a amotinarse.

—Te dijo que no estoy libre —repitió, para asegurarse antes de empezar a planear la muerte de Archer.

Una muerte lenta y dolorosa.

—Sí —repuso Mike—. Creo que sus palabras exactas fueron: «terreno vedado» y «ni lo sueñes».

Elle hervía de rabia. Pero parte de esa rabia era contra sí misma, porque no aprendía nunca. Archer jamás dejaría de considerarla una responsabilidad y ella se debía a sí misma pasar página y encontrar a un hombre que la viera como algo más que a una chica asustada y vulnerable.

—Hola, Rebelde —murmuró Spence a sus espaldas. Se había acercado durante la conversación anterior—. No tiene sentido cometer un asesinato antes de terminar tu copa.

—¿Estás seguro? —preguntó ella—. Porque yo le veo mucho sentido.

Spence movió la cabeza.

—No estoy de humor para pagar tu fianza hoy.

—¿Mañana, pues? —preguntó ella. Pero suspiró al ver la expresión de firmeza de él—. Olvídalo. Odio el color naranja y creo que los chándales son obra del diablo.

—Así me gusta —comentó Spence—. Siempre pensando.

Mike, que había seguido la conversación, sonrió.

—O sea que quieres decir que Archer estaba equivocado.

Oh, sí. Equivocado a muchos niveles. Y ella tiró mentalmente la toalla. Ya estaba bien. Había llegado el momento de olvidarse de él y buscarse una vida.

—Digo que Archer no debería hablar por mí —comentó.

Miró con más atención a Mike, un hombre triunfador, inteligente y apuesto. Cierto que no hacía que le latiera con fuerza el corazón, pero quizá ella pudiera trabajar en eso.

—Estoy sentado ahí, tomando una copa con unos amigos —él señaló una mesa donde tres hombres bebían cerveza y miraban un partido en una de las teles de pantalla gigante de la pared—. Han apostado conmigo a que no podría iniciar una conversación con la mujer más hermosa del bar —sonrió—. ¿Quieres probar que se equivocan y venirte a cenar conmigo con su dinero?

Elle decidió que necesitaba una segunda opinión y miró a Spence, que negó lentamente con la cabeza.

—Negativo —dijo—. Es una mala idea.

Elle cambió de idea respecto a la segunda opinión. Se volvió hacia Mike. La impulsividad nunca había sido lo suyo, pero siempre había una primera vez para todo.

—Sí —dijo.

—¡Por Dios! —murmuró Spence.

Mike sonrió.

—Estupendo. Vámonos.

—¿Irnos? —preguntó ella, que esperaba que siguieran en el pub.

—¡Oh! Tengo en mente algo muy distinto al pub, por estupendo que sea —dijo él—. ¿Te fías de mí?

—¡Diablos, no!

Mike se echó a reír.

—Una mujer sincera. Me encanta. Y además lista. Tengo una idea. Te prometo que lo pasarás bien y, si no lo consigo, puedes decirle a Archer que me castigue. ¿Qué te parece eso?

—Yo lucho mis propias batallas.

—Muy bien. Pues me das tú una paliza.

Estaban ya en la puerta del pub, con la mano de Mike en la espalda de ella cuando Elle sintió un cosquilleo en la nuca. Volvió la cabeza y se encontró con la mirada de Archer, que había salido de la sala de billar y tenía los ojos fijos en ella.

Ella dudó un segundo en la puerta, con Mike a su lado y Archer en su visión periférica. El rostro de este último era inexpresivo. Se mostraba tan tranquilo e impenetrable como siempre y eso fue lo que acabó de convencerla. Si no quería que saliera con otro, debería haberla invitado a salir él, antes de que ella hubiera cambiado de idea respecto a él, claro.

—¿Estás bien? —preguntó Mike, aparentemente ignorante de la presencia de Archer.

Elle no lo sabía. Sospechaba que no, pero eso nunca le había impedido fingir que sí.

—Pues claro que estoy bien —dijo, ejercitando su poder de enterrar hondo sus sentimientos.

Media hora después se encontró subiendo a un helicóptero para una gira de la ciudad. No había hecho nada así en toda su vida y el corazón le latía con fuerza en el pecho cuando el aparato se elevaba en el aire.

Mike, sentado a su lado, demostró ser un gran guía. Le mostró una vista de San Francisco que ella no había visto nunca desde ese ángulo. El Golden Gate, la isla de Alcatraz, El Fisherman's Wharf... Hasta sobrevolaron Punta Reyes, donde ella pudo ver toda la ladera cubierta por una manta de verdes, naranjas y marrones, con los acantilados rodando hacia el mar. La luz del sol arrancaba brillos al mar azul profundo.

Y entonces, hacia la mitad de su hora de vuelo, el piloto habló en privado con Mike a través de sus comunicadores.

—¿Qué ocurre? —preguntó Elle, al ver que volvían.

Mike sonrió, pero era una sonrisa incómoda.

—¿Estás completamente segura de que eres libre?
—¡Pues claro que estoy segura!
Él le tomó la mano.
—El helicóptero es propiedad de un empresario amigo mío que contrata su seguridad con la empresa de Archer.
Elle tuvo un mal presentimiento.
—¿Y qué?
—Que de pronto necesitan este helicóptero en otra parte. Creo que Archer nos ha bloqueado.
Aquello era el colmo. Elle pensó que tendría que encontrar el modo de estar guapa con un chándal naranja porque seguramente iría a la cárcel por asesinato en primer grado.
Mike se tomó bien aquello. Tan bien que, cuando la acompañó a casa, le dejó darle un beso de buenas noches. Elle se quedó inmóvil al sentir el contacto de su boca, suave pero firme, y deseó perderse en esa conexión. La boca de él era cálida y agradable. Besaba bien, pero, por otra parte, los mujeriegos solían hacerlo. Hasta provocó algunas chispas cuando movió su cuerpo firme contra el de ella.
Pero ningún fuego.
¡Maldición!
Cuando Mike se apartó, su mirada expresaba buen humor.
—Gracias por intentarlo –dijo. Le dio un beso suave en la mejilla y se alejó.
Elle lo observó alejarse y sacó su teléfono.

Cuando sonó el teléfono, Archer estaba tumbado en el tejado de un edificio de cuatro plantas en el Mission District. Miraba por unos prismáticos y observaba el edificio que tenía enfrente. Definitivamente, no necesitaba el helicóptero que había pedido.

No tenía que mirar el teléfono para saber de quién era el mensaje.

Elle.

Lo ignoró mientras pensaba en ella, algo que llevaba tanto tiempo haciendo que ya debería haberse acostumbrado. Con los años había intentado entrenarse a no pensar en ella, y casi lo había conseguido. Hasta el año anterior, cuando se había enterado de que la habían despedido de un empleo por negarse a acostarse con su jefe. El motivo oficial de su despido no había sido ese. Oficialmente la habían despedido por acceder a documentos para los que no estaba autorizada y violar su contrato de confidencialidad al reenviar «accidentalmente» *emails* de la empresa fuera de la empresa.

Técnicamente, aquello era verdad. Pero Archer conocía toda la historia. Después de que Elle se hubiera negado a acostarse con el impresentable de su jefe, él había amenazado con despedirla. Ella, en lugar de acudir a Recursos Humanos, había tomado el asunto en sus manos y, como medida de protección, había enviado *emails* entre el impresentable y su amante... a la esposa de él.

¿Cómo sabía Archer todo eso? Porque le seguía la pista. Sí, había invadido su intimidad y sí, era un hombre enfermo. Le daba igual. Hacía mucho que se había dado cuenta de que, en lo que a ella se refería, no podía evitarlo.

Y cuando Spence compró el Pacific Pier Building, no le costó mucho convencerlo de que la contratara para el puesto de encargada general. Después de todo, ella era excelente en su trabajo.

Nunca le había contado su parte en aquello, y no tenía intención de decírselo jamás. Valoraba su vida. Además, había creído sinceramente que, después de tanto tiempo alejado de ella, no le costaría mucho mantener las distancias cuando estuviera en el edificio. Su intención había sido darle una oportunidad de llevar una vida plena y feliz, incluido encontrar a un hombre con el que pudiera relajarse, un hombre que no la hubiera visto en su momento más vulnerable.

En realidad, mantener las distancias había sido lo más difícil que había hecho jamás. Se odiaba por desearla tanto. Ahora y entonces. Entonces era una cría y ese deseo no tenía sentido. Por eso se había esforzado tanto por mantenerla a salvo a lo largo de los años. A salvo para la vida que se merecía después de un comienzo tan duro. Y sí, la ilusión de la distancia se había convertido en una amiga para él.

Al menos hasta la noche de la acampada, cuando Finn había llamado a las chicas. Porque la ilusión de la distancia se había evaporado en el momento en el que Elle lo había besado en la boca. Y después de probar su sabor, había perdido también el juicio.

Elle tenía razón en una cosa. Aquello no podía volver a ocurrir.

Cediendo a la curiosidad, por fin sacó el teléfono y leyó el mensaje:

Elle: Te voy a besar.
Archer: ¿Con lengua?
Elle: A matar. Te voy a MATAR. ¡Maldito autocorrector!

Archer sonrió como un idiota y la llamó a través del Bluetooth. Seguía sonriendo cuando ella descolgó el teléfono.

—Espero ese beso con impaciencia —dijo.

—¿Me has llamado para decirme eso? —preguntó ella con voz fría—. Las llamadas solo son para cuando muere alguien, Archer. Y hasta eso se puede decir con un mensaje.

Archer oyó un bufido en su oído, lo que le recordó que sus hombres podían oírlos a través de los comunicadores. Suspiró.

—¿Querías algo, Elle?

—Saber cuándo estarás en casa para matarte.

Archer captó varios resoplidos apagados en el oído.

—Vale, estupendo —contestó—. Gracias por la información.

Pero ella había cortado ya la llamada.

Y como el fugitivo al que vigilaba apareció entonces en el edificio de enfrente, Archer hizo lo que mejor se le daba. Guardó el teléfono y se concentró en el trabajo.

Elle se dijo que tenía que acostarse. Eran las diez y necesitaba descansar. Se quitó las botas, pero en lugar de guardarlas cuidadosamente en su lugar del armario, como hacía siempre, las dejó caer al suelo. Empezó a desnudarse, pero miró el portátil y se le ocurrió una idea.

Archer quizá estuviera trabajando, pero eso no implicaba que no pudiera enviarle un correo electrónico contándole lo que pensaba de que metiera la nariz en sus asuntos y le saboteara la primera cita que había tenido en siglos. Abrió el portátil y empezó a escribir, con los dedos moviéndose con furia por el teclado, describiendo con mucho detalle lo impresentable que era.

En el fondo era una mujer de negocios. Conocía el valor de mantener sus cartas ocultas. Hacía mucho que se había enseñado paciencia y también la necesidad de no precipitarse en las decisiones. A menudo se había obligado a dejar decisiones difíciles para el día siguiente antes de permitirse reaccionar. Así que, normalmente, habría pospuesto aquel *email* hasta por la mañana.

Pero esa vez no pudo hacerlo.

Envió el correo.

Luego terminó de prepararse para acostarse. Guardó sus cosas, incluidas las botas camperas, se desmaquilló, se puso crema hidratante y se lavó los dientes.

Cuando se metió en la cama, miró el techo y repasó mentalmente todas las palabras del *email*. Lo había llamado bastantes cosas y había terminado diciendo: «No me llames, no me escribas, no vengas a mi despacho, Nada de nada nunca más».

Y lo decía en serio. Asintió para sí, se volvió, golpeó la almohada con el puño e intentó dormir.

«Nada de nada nunca más».

Esas palabras la atormentaban. Implicaría no volver a trabajar juntos, y quizá no verlo más, y eso le provocó la primera punzada de lo que posiblemente eran remordimientos. La mitad del tiempo quería matarlo, pero la otra mitad... Bueno, no sabía bien lo que era, pero sabía que lo echaría de menos, fuera lo que fuera. Tal vez renunciara al amor entre ellos, pero eso no significaba que tuviera que renunciar a su... ¿amistad? ¿Era eso lo que tenían? No lo sabía, pero sabía que no estaba preparada para echarlo totalmente de su vida.

También tenía que pensar en el dinero que le pagaba cuando trabajaba para él, dinero que financiaba su afición a los zapatos. Y además estaban sus hombres, a todos los cuales adoraba.

«Nada de nada nunca más».

Elle se dijo que debía poner aquello en perspectiva. Lo que él había hecho esa noche, interrumpir su cita con Mike, estaba mal. Definitivamente se había pasado de la raya, pero si era sincera, ella también, al salir con alguien con el que tenía que lidiar como cliente.

Los dos habían hecho mal. Principalmente él, pero ella también podía aceptar parte de la culpa.

«Nada de nada nunca más».

Y cuando se dio cuenta de lo que significaban esas palabras, se quedó sin aliento y abrió los ojos.

¿Qué había hecho?

Se había dejado llevar por su temperamento y lo había expulsado de su vida en lugar de simplemente hacérselo pagar. ¡Maldición! Hacérselo pagar habría sido mucho más satisfactorio. Se sentó en la cama y envió un mensaje a Spence.

Elle: ¿Hay algún modo de borrar un email *una vez enviado?*

Spence: ¿Qué has hecho?

Elle: Es una pregunta de sí o no.

Spence: No. No sin cometer un delito. ¿Qué te propones, Elle?

Ella decidió que era mejor no dar explicaciones. Y además, sabía lo que tenía que hacer. Allanar el despacho de Archer y borrar el correo, con suerte antes de que él lo viera en el móvil, cosa que probablemente no haría puesto que estaba en una misión.

Ningún problema.

Spence: ¿Elle?
Spence: En serio, Elle. Contesta o te envió a la policía.

Elle: La persona con la que quieres hablar se encomienda a la Quinta enmienda.

Y entonces, como sabía lo listo que era Spence, desconectó el teléfono para que él no rastreara sus pasos y la detuviera. Porque nada podía detenerla.

Capítulo 8

#SéTodoLoQuePuedasSer

Elle salió de la cama y se vistió apresuradamente. Por primera vez en su vida, se ponía ropa sin pensar en lo que hacía. Se recogió el pelo en una coleta y salió de su apartamento.

Tomó un taxi porque no podía molestarse en esperar un Uber. Cuando llegó al Pacific Pier Building, cruzó corriendo el patio, que a esa hora de la noche estaba vacío.

Pero el pub seguía abierto y tuvo la suerte de encontrar a Spence en la sala de billar, jugando con Finn y Keane. No vio a Archer y confió en que siguiera trabajando, pero como era un bastardo taimado, tenía que asegurarse. Disimuló que estaba sin aliento y asustada y se acercó a la mesa de billar, donde saludó con un abrazo a Keane y luego a Finn. Dejó a Spence para el final y él enarcó las cejas cuando ella lo abrazó con calor.

—Creía que estabas en una cita –dijo–. Y te encomendabas a la Quinta Enmienda.

—Sí. Bueno, ¿dónde está el cuarto mosquetero?

—En una misión —él la miró un momento—. ¿Qué te propones?

¡Maldición! Ese era el problema de tener a un genio como amigo. Lo veía todo. Lo sabía todo. Y podía pensar diez pasos por delante de ella.

—Nada —contestó Elle.

Añadió una sonrisa, porque ella sabía algo que él desconocía. Que su gran cerebro tenía un fallo fatal: le faltaba experiencia para derrotar a una mujer con una misión.

—Me alegro de verte, pero tengo que irme —dijo.

Él la agarró con fuerza del jersey.

—Sabes que puedes llamarme cuando me necesites.

—Sí.

—Antes de que llegue la policía.

Ella se echó a reír.

—Sí —lo abrazó—. Es tarde. Tendría que estar ya en la cama. No quiero convertirme en calabaza.

Salió del pub, pero no respiró tranquila hasta que estuvo en el segundo piso, en la puerta de Investigaciones Hunt. Abrió el puño y miró lo que había sacado del bolsillo de Spence.

Sus llaves, entre ellas la llave maestra del edificio.

Sí, esa noche era una delincuente y le salía de un modo natural.

Su plan era sencillo. Entrar en el despacho de Archer, acceder a su *email*, borrar el mensaje —asumiendo que él no lo hubiera leído todavía— y salir de allí sin ser detectada. Pensar que le hacía eso a un especialista en seguridad la hizo dudar, pero estaban en juego su orgullo y cualquier interacción futura con Archer. Aunque nunca habría nada más que una simple amistad.

Entró en Investigaciones Hunt y tuvo su primer contratiempo. No tenía llave para la puerta interior de los despachos de atrás. Pero un momento... Había luz allí.

—¿Elle?

La joven estuvo a punto de tragarse la lengua cuando apareció Joe desde el otro lado de la partición de cristal. La miraba sorprendido.

—Hola —repuso—. Trabajas muy tarde.

—Por el estúpido informe de una misión que se ha torcido antes.

A ella se le paró el corazón.

—¿Cómo se ha torcido?

Joe respiró hondo.

—El tipo lanzó un cuchillo antes de que pudiéramos quitarle las armas y digamos que tenía buena puntería.

—¡Oh, Dios mío! —exclamó ella. El corazón le dio un vuelco—. ¿Quién está herido?

—Tuvimos suerte. El cuchillo habría alcanzado al contratado temporal porque no se agachó tan deprisa como los demás. Pero ya nos conoces, siempre hay alguien que tiene que hacerse el héroe.

Elle los conocía. Había oído sus historias. Aquellos hombres se habían salvado la vida unos a otros en distintos momentos.

—¿Quién recibió una puñalada por salvarlo? —preguntó.

—¿Tú qué crees? —replicó Joe—. Archer, por supuesto.

Elle sintió que la sangre abandonaba su cabeza y vio telarañas delante de los ojos.

—¡Eh! Eh, vamos... —oyó decir a Joe desde muy lejos.

Y al instante siguiente, él la sujetaba y la instalaba en un sillón.

Bueno, al menos había conseguido entrar en los despachos interiores.

—¿Cómo es de grave? —susurró.

—Le cortó un poco el bíceps —repuso Joe—. No es muy serio. Intentó decir a los de la ambulancia que solo necesitaba una tirita, pero insistieron en darle puntos. Probablemente ya habrán terminado y esté en la cama.

Ella asintió. Su visión se había aclarado.

—Me alegra saberlo. Gracias.

—De nada —Joe le pasó una mano por el brazo, con la clara intención de tranquilizarla—. Pero si no sabías eso, ¿qué haces aquí?

Buena pregunta. Elle se levantó y no tuvo que fingir mucho las lágrimas cuando miró a Joe a los ojos.

—Me dejé algo.

Joe la miró a los ojos, vio las lágrimas y entró claramente en pánico.

—¿Dónde está? Yo te lo daré.

Ella se retorció las manos y dejó caer una lágrima.

—No quiero molestarte.

—No es molestia —dijo él.

Se giró y se lanzó sobre la caja de *kleenex* que había en la mesa de Mollie como si fuera un caldero de oro. Sacó casi todos los pañuelos de la caja y se los puso en la mano, asustado.

—Dime lo que necesitas.

Ella inhaló con fuerza y se secó los ojos.

—Está en el despacho de Archer.

Él parpadeó.

—Ah...

Ella echó a andar por el pasillo y acababa de encender la luz en el despacho de Archer, cuando Joe la alcanzó.

—Elle...

—Está en su ordenador —dijo ella. Lo abrió, deseando que se encendiera rápido.

Joe se acercó y cerró el portátil gentilmente pero con firmeza.

—Sabes que haría lo que fuera por ti, pero me gusta mi trabajo.

Ella lo miró a los ojos.

La mirada de él era pesarosa pero también contenía una resolución de acero.

—Tengo órdenes.

—¿De no dejarme entrar aquí? —preguntó ella con incredulidad.

—De no dejar entrar a nadie en este despacho.

—Pero yo ya estoy dentro.

Joe sonrió.

—Lo sé, y cuando él se entere, acabaré de nuevo aquí con él en vez de contigo. No te ofendas, porque tú me das mucho miedo, pero él me da más. Si te dejo entrar en su ordenador, me despedirá y, como ya he dicho, me gusta este trabajo. No me obligues a ser duro contigo, Elle.

Parecía esperar que ella se resistiera, pero la realidad era que Joe le parecía un encanto y no podía hacerle eso.

—¿Seguro que Archer está bien? —preguntó.

—Ha pasado por cosas mucho peores.

Elle, que sabía que eso era cierto, suspiró y salió del despacho delante de él, maldiciéndose a sí misma y sus estúpidos impulsos en lo referente al irritante Archer Hunt. Este leería su correo. ¿Y qué? Todo lo que había dicho iba en serio. O casi todo.

Bueno, solo algunas partes.

Y encima esa noche había resultado también herido. Llegó a la puerta exterior y se dio cuenta de que Joe no la seguía. Lo oía bajar por el pasillo pero todavía no lo veía. Pensó con rapidez y abrió y cerró la puerta de la oficina con fuerza.

Y luego se acurrucó detrás del sofá de la recepción, esperando a que él se marchara. Borraría el maldito *email* y después dejaría de desear a Archer costara lo que costara. En sus propios términos. Términos que le permitían ir a ver por sí misma que de verdad se encontraba bien después de haber recibido una puñalada. Porque si se moría, sería porque lo matara ella, no una escoria cualquiera.

Archer odiaba los hospitales. Odiaba el olor, los pitidos y los ruidos de las máquinas, las paredes claras que siempre parecían asfixiarlo. Odiaba todo lo de ellos desde la muerte de su madre después de una batalla muy larga y torturada contra el cáncer.

Sería feliz si no tenía que volver a pisar uno en toda su vida.

Una enfermera asomó la cabeza en su habitación y le sonrió.

—Parece que está listo para marcharse.

—Lo estaba antes de llegar.

—Entonces tengo buenas noticias —dijo ella—. Solo espero una firma del doctor y quedará libre.

Archer apretó los dientes cuando ella se marchó, pero se resignó a esperar. Cuando sonó el teléfono, lo sacó del bolsillo y miró el mensaje con incredulidad. Alguien había intentado entrar en su ordenador. El ordenador de su despacho. Había alguien en su despacho y no era él.

El aviso fue seguido inmediatamente de un mensaje de texto de Joe, que explicaba la situación pero no la razón.

Joe: Elle está aquí. Quería algo de tu ordenador. Si-

guiendo el protocolo, la he sacado de tu despacho. Ha fingido irse pero está escondida en la zona de recepción. Aconseja, por favor.

Archer: Cierra por control remoto todas las salidas sin delatarte.

Joe: ¿Quieres decir que la encierre dentro? Repito, ¿la encierro dentro?

Archer: Afirmativo. Yo llego en diez minutos.

Movió la cabeza con incredulidad. Elle buscaba algo en su ordenador. No tenía ni idea de lo que podía ser, pero ella no hacía nada sin una razón. Se proponía algo y no podía ser bueno.

A la porra con la firma del doctor. Sin hacer caso del dolor palpitante del brazo, se puso la camisa y la sudadera y salió del cubículo de Urgencias.

Llegó a su despacho en seis minutos y entró por la puerta de atrás. Joe lo esperaba allí de pie. Parecía aterrorizado. Aquella misma noche se había enfrentado sin parpadear a un tipo armado con un cuchillo, pero Elle lo asustaba. Era bueno saberlo.

—Ya me encargo yo —dijo Archer.

Joe respiró aliviado, asintió y salió de allí más deprisa de lo que Archer lo había visto moverse nunca. No lo culpó por ello. Elle era guapa, astuta, conspiradora, fantástica y aterradora.

Avanzó por el pasillo sin molestarse en ocultar su presencia pero sin hacer mucho ruido. El brazo le dolía mucho y estaba agotado. No sabía lo que encontraría, pero sabía una cosa.

No sería fácil.

Con Elle nunca lo era.

Iba por la mitad del pasillo cuando oyó ruido en el

almacén. ¿Qué demonios se proponía? Archer se acercó al umbral y encendió la luz.

Allí estaba ella, terriblemente sexy, vestida toda de negro y semiacuclillada al lado de una estantería con una grapadora en la mano alzada, como si hubiera estado a punto de lanzarla.

—¿Qué demonios, Archer? —dijo. Se incorporó del todo y bajó su arma de destrucción masiva—. Me has dado un susto de muerte.

—¿Qué ibas a hacer, atacarme con una grapadora? —preguntó él—. Eso solo funcionará si es muy pesada y, en ese caso, no la tires porque fallarías. Tomás impulso con fuerza y le das al tipo en la cabeza con ella. Siempre que esa cabeza no sea la mía.

Ella hizo una mueca y volvió a dejar la grapadora en el estante.

—Solo sabía que no era Joe el que venía por el pasillo. Él tiene un andar más pesado y sigue protegiendo el pie izquierdo de cuando se lo rompió el año pasado. He pensado que podías ser tú porque tú andas como un gato salvaje que acecha a su presa, pero no podía estar segura.

Archer pensó que no era el momento de dejarse impresionar por las habilidades de ella. Ya sabía que era increíble, y si no hubiera estado tan loca, la habría contratado hacía tiempo.

¿Pero a quién pretendía engañar? No podía contratarla. Lo mataría cuando dormía.

O viceversa.

La mirada de ella se posó en la venda del brazo de él.

—¿Estás bien? —preguntó.

—¡Oh, no! —exclamó Archer—. Tú primero. ¿Qué demonios haces aquí en plena noche?

—No es tan tarde. Solo es medianoche.

—Eso no es una respuesta.

Elle vaciló y apartó la vista. Algo muy raro en una mujer que casi nunca se traicionaba. Archer decidió que estaba demasiado cansado para aquellos juegos cuyas reglas nunca parecía conocer él.

—Has allanado mi despacho.

—Técnicamente no —contestó ella—. No he forzado ninguna entrada, no ha habido necesidad.

—No, porque has derrotado a Joe con esos peligrosos ojos azules.

—No culpes a Joe.

—No lo hago. Te culpo a ti.

Ella se acercó un paso, con la vista fija todavía en su brazo. Valiente hasta el final. Siempre lo había sido. Pocas personas se atrevían a hacerle la mitad de lo que le hacía ella, pero, por alguna razón, a ella se lo permitía. Decidió que era debido a un principio de locura provocada por una lujuria equivocada.

—¿Qué buscabas en mi despacho, Elle? ¿Qué hay en mi ordenador?

—¿Ha sido profunda? —preguntó ella, pasando un dedo con gentileza por el brazo herido de él—. ¿Has necesitado muchos puntos? ¿Hay complicaciones?

Él le agarró la mano.

—No, no y no.

Con la otra mano tomó la coleta de ella, que utilizó para acercar su cara a la de él. El gesto le resultó sorprendentemente íntimo y no tardó en imaginar otras razones por las que podía agarrarla del pelo para sujetarle la cabeza.

Quizá esa noche se había golpeado en la cabeza y no lo sabía. Eso explicaría muchas cosas.

—Ahora tú —dijo—. ¿Qué te propones?

—Nada —repuso ella.

—Mentira —replicó él—. Déjame adivinar por qué. Te ha enfurecido que acortara tu encuentro sexual. Luego me has enviado un *email* que está claro que lamentas y has entrado aquí con la intención de borrarlo de mi ordenador antes de que pudiera leerlo en mi teléfono. ¿Qué tal voy?

Ella era muy lista. No se inmutó cuando se dio cuenta de que él ya lo había leído. Se limitó a respirar hondo y decir:

—No era un encuentro sexual. Era una cita.

—Era Mike —repuso él—. Sí era un encuentro sexual. Tienes que aprender la diferencia.

Ella lo miró largo rato, claramente dividida entre creerlo o aferrarse a su enfado

—Parece un hombre simpático —dijo al fin.

—Lo es. Un hombre simpático que ama a las mujeres. A todas.

Ella asimiló aquello y se abrazó a sí misma.

—Soy libre. Eso me da derecho a ver a quien quiera y hacer lo que quiera con ellos.

Entonces le tocó a él inhalar despacio, y aprovechar el momento para borrar la imagen de ella haciendo «lo que quería» con Mike.

O con cualquier otro hombre que no fuera él.

¡Dios santo! Le había dado fuerte.

—Oye —dijo ella—. Tú me cabreaste con la jugada cavernícola de terminar mi cita, ¿de acuerdo? No tienes ningún derecho sobre mí.

Ambos se sostuvieron la mirada y Archer se mordió la lengua para no hablar. Porque aquello no había sido una interpretación por su parte, sino el verdadero él.

—¿Hemos terminado? —preguntó.

Ella entrecerró los ojos. Y sí, si el vapor que le salía por las orejas significaba algo, habían terminado de verdad.

Elle se giró para marcharse, pero su temperamento se lo impidió y no pudo contenerse.

—Y para tu información —dijo—, conozco la diferencia entre una cita y un encuentro sexual. Una cita es cuando dos personas salen y disfrutan mutuamente de su compañía, no cuando se van solo a la cama, como probablemente hiciste tú la semana pasada con la mujer del pub después de mi trabajo de distracción. Porque eso, Archer, sí era un encuentro sexual.

—¿De qué hablas?

Ella lo miró, sin saber si debía estar sorprendida o cabreada.

—Ni siquiera te acuerdas. Es increíble. Espero que te contagiara algo que haga que se te caiga la polla.

Él la miró y se echó a reír.

Rio con fuerza.

—El otro día anunciaste que tengo una erupción por todo el cuerpo y ahora esperas que se me caiga la polla —repitió, sonriendo todavía—. Encantador.

Elle se puso furiosa. Le dio un empujón porque él volvía a invadir su espacio personal, un hombre grande, malote y con el pelo lo bastante revuelto para resultar muy sexy. El empujón, por supuesto, no hizo nada. En primer lugar porque ella había tenido cuidado debido a la herida del brazo y, en segundo, porque nadie podía mover a aquel cabezota a menos que él lo quisiera, lo cual no le impidió volver a intentarlo.

—¡Basta! —dijo él. Todavía le brillaban los ojos, pero ya no de regocijo.

Ella captó el peligro en su voz, pero no podía esquivarlo. Había perdido el control. Así que volvió a empujarlo y, antes de que pudiera parpadear, él la agarró del jersey y tiró de ella hacia sí, con lo que invirtió la posición de ambos y la empujó contra la pared y la sujetó allí con su cuerpo duro de malote y sus ojos oscurecidos como la medianoche.

Cuando habló, sus palabras la sorprendieron.

—Tú llevas siempre encima mi navaja —dijo.

No la tocaba con las manos. Una estaba apoyada en la pared al lado de la cara de ella y tenía la otra al costado, probablemente porque le dolía levantarla. Si Elle volvía la cabeza a un lado, su boca rozaría el antebrazo de él. La escandalizaba saber lo mucho que deseaba hacerlo.

—Es una navaja manejable —consiguió decir.

—La llevas siempre —repitió él.

Ella comprendió entonces que estaba sorprendido. Quizá incluso atónito.

—Sí —dijo.

Bajó mentalmente sus escotillas emocionales. Había esperado todo un año a que la viera como algo más que una del grupo. Al fin había perdido la cabeza y lo había besado en la montaña. Y después, cuando él se había retirado, ella había recordado algo importante. Era más fuerte que todo aquello. No deseaba a un hombre que no la deseara a ella. Quizá había tenido un lapsus momentáneo, pero podía recuperarse de eso.

Se recuperaría de eso.

Para probárselo a sí misma, se deslizó entre la pared y él y se dirigió a la puerta porque iba a salir de allí.

Y él la dejó marchar.

Capítulo 9

#EncajarUnaPalizaYVolverAPorMás

A la mañana siguiente, Elle acababa de terminar su clase de contabilidad *online* y empezó a hacer la transición del estudio al trabajo, guardando los libros, rellenando la taza de té y... fortaleciendo su resolución interior de olvidarse de cierto hombre alto que sacaba tanto lo mejor como lo peor que había en ella.

Principalmente lo peor.

Cuando llamaron a la puerta de su despacho, frunció el ceño. Eran las ocho de la mañana. No tenía citas tan temprano. No tenía nada hasta las diez, cuando tenía que ver a un inquilino en potencia para uno de los dos apartamentos disponibles que había abajo.

Se levantó y terminó de un trago el té antes de dirigirse a la puerta. Pensaba que serían Trudy o Luis, su esposo de mantenimiento, con alguna pregunta sobre un inquilino. O quizá Spence, que a menudo corría por la mañana y después se pasaba a robar las sobras del desayuno de ella.

No eran ni Trudy ni Luis.

No era Spence.

Era una explosión de su pasado. Y no era bien recibida.

—¡Sorpresa! —dijo su visitante.

Sorpresa, sí.

—¿Qué haces aquí?

—He pensado que ya es hora de que nos pongamos al día —Morgan le lanzó una sonrisa encantadora—. Hermana.

La hermana de Elle se había dejado ver muy poco durante años, aunque las dos vivían en la misma ciudad y se seguían la una a la otra en Instagram. Elle había intentado mantener el contacto y se aseguraba de que Morgan siempre supiera cómo encontrarla, pero su hermana tendía a aparecer cuando necesitaba algo. Dos veces en busca de dinero para una fianza y una vez para pagar al hombre del que parecía que nunca podía librarse. Lars, su novio intermitente. Este había prestado dinero a Morgan y, aunque hacía años que se conocían, eso no le había impedido amenazarla con romperle las rótulas si no le pagaba.

Eso había sido dos años atrás. Ese hombre asustaba mucho a Elle, y ella no se asustaba fácilmente. Lidiar con él le recordaba demasiado la infancia con su madre y se había prometido que no lo haría nunca más. No se dejaría arrastrar a aquella vida de la que tanto le había costado huir.

—No me trago lo de ponerse al día —dijo—. Tú quieres algo.

Morgan suspiró.

—¿Tan difícil es creer que solo quiera verte?

—Pues sí —Elle había aprendido hacía tiempo a hacer caso a su instinto porque casi siempre acertaba.

—Lo siento —dijo. Y era cierto. En otro tiempo había

anhelado algo con Morgan. Una relación de hermanas, por ejemplo. Pero la realidad era la realidad. Si Morgan estaba allí era porque necesitaba algo. Algo que sería costoso para ella, y ya había pagado bastante–. Pero ahora no puedo hacer esto contigo.

Morgan dejó de sonreír.

–¿No puedes o no quieres? –movió la cabeza–. No, oye, no contestes. Ya lo sé.

Y sin más, se volvió y salió dando un portazo.

Elle paseó unos minutos por su despacho, con un torbellino de emociones agitándose en su cabeza. Remordimientos. Culpa. Una abrumadora sensación de tristeza porque Morgan era la única familia que tenía. Era una hermana terrible, pero sin esa conexión tenue, se sentía… sola. Se odiaba por ello, pero abrió la puerta. Morgan ya se había ido.

Bajó para asegurarse, pero como no la vio por ninguna parte, se dirigió a la cafetería de Tina y compró una bolsa de magdalenas, que se llevó a la tienda de Willa.

Pru estaba allí con Willa, y al verla llegar con la bolsa, saltaron de alegría. Willa tenía consigo a Vinnie, el perro de Kylie, y el animal contribuyó a la alegría general ladrando con tanta fuerza que sus patas traseras se levantaban del suelo. Willa se acercó a abrazar a Elle y esta, después de una breve vacilación, le devolvió el abrazo.

–Eres la mejor –Willa se apartó con una sonrisa–. Siempre sabes lo que necesito –dejó de sonreír–. ¡Eh! Un momento. ¿Qué pasa?

–Nada.

–Claro –musitó Willa–. Puedo aceptar eso y hablar de otra cosa, de lo sexy que es Chris Evans, por ejemplo, o de que más tarde lloverá por enésima vez esta semana. O mejor todavía, podemos comentar los zapatos maravillosos que llevas hoy. Pero debes saber que, en cuanto te marches, hablaremos de ti.

—¿De mí? —preguntó Elle.

—Sí. Nos preguntaremos qué te pasa, si necesitas ayudas y eres demasiado terca para pedirla o... Claro que puedes ahorrarnos un par de canas y decírnoslo tú.

—¿Canas? ¿En serio?

—Eh, la familia se preocupa por la familia —intervino Pru—. Y la familia da canas a la familia.

La querían. La querían de verdad, y darse cuenta de eso la impulsó a hablar.

—Ha venido mi hermana —dijo—. Y eso significa que detrás de ella vienen cosas malas, como siempre, malas de huracán de categoría cinco. Y yo no pienso tener canas ni siquiera por vosotras dos, y si las tengo, no se enterará nadie.

Pru sonrió y le tomó la mano.

—Sabes que cuando golpee ese huracán de categoría cinco, tus verdaderas hermanas estarán a tu lado, ¿verdad?

Willa le tomó la otra mano y se la apretó con aire solemne.

—Siempre —dijo—. En la salud, en la enfermedad y en las canas.

Elle sintió una opresión en la garganta que le impedía hablar. Porque no estaba sola. Había deseado una familia y la tenía. Sus amigas eran más familia suya de lo que nunca había sido ningún pariente de sangre.

Durante el resto del día, Elle debatió lo que había hecho, rechazando la crisis de Morgan sin oírla. Y sí, estaba segura de que había algún tipo de crisis. Se sentía como una imbécil.

También debatía algo más. Tenía que disculparse con Archer. No por el *email*. Bajo ningún concepto se disculparía por lo que había sentido, sobre todo porque en su momento habían sido sentimientos sinceros. Pero se había colado en su despacho y había utilizado a uno de sus hombres para hacerlo.

Eso no había estado bien.

Y había además otra cosa. Había pasado el día pendiente de sus oficinas, deseando verlo y asegurarse de que estaba bien después de haber sido apuñalado. Solo verlo. No besarlo. Bajo ninguna circunstancia volvería a besarlo.

Había renunciado a él y mantendría esa decisión.

Pero él no había ido por la oficina. Aquello no tenía nada de raro. A veces pasaba semanas enteras en misiones. En su opinión, la oficina era un mal necesario. Así que Elle acabó por rendirse y preguntó a Mollie.

—Está mejor —dijo esta—. Aunque jamás admitiría que no esté en plena forma.

—O sea que está en un trabajo.

—Por supuesto. Ese hombre no se toma tiempo libre ni para rascarse. Por suerte, solo está vigilando.

—¿Dónde? —preguntó Elle.

—Lo siento, querida —Mollie negó con la cabeza—. No puedo decirte eso.

—No debería estar trabajando, ¿verdad?

—No. El doctor no quiere que trabaje en una semana por lo menos, pero a él le parece ridículo. Los muchachos podrían haberse encargado de la vigilancia de hoy, pero él se negó. No deja que la gente lo cuide, lo cual es una tontería porque él cuida de todos nosotros como si fuéramos de su familia —movió la cabeza—. Me gustaría decirte dónde está, puesto que probablemente eres la única de nosotros que puede hacerle mejorar de humor, pero...

—Oh, créeme —comentó Elle—. Yo no hago que mejore su humor.

Mollie la miró de hito en hito.

—¿De verdad vas a estar aquí con ese vestido fantástico —y no olvides decirme luego dónde lo has comprado—, me vas a mirar a los ojos y me vas a decir que no sabes la influencia que tienes sobre ese hombre?

Elle abrió la boca y volvió a cerrarla. En ese momento sonó su teléfono y se alegró de tener una excusa para salir al pasillo a contestar.

No reconoció el número y, cuando contestó, supo que tampoco había oído nunca aquella voz.

—Morgan —dijo una voz áspera de hombre.

Elle entrecerró los ojos.

—No. Se equivoca de número.

—Elle, pues.

Ella se quedó inmóvil.

—¿Quién habla?

Pero él había colgado ya.

—¡Maldita sea! —se volvió para andar por el pasillo y estuvo a punto de chocar con Joe—. Hola. Justo la persona que quería ver.

—No —contestó él.

—¿Cómo dices?

Joe suspiró y se pasó una mano por la cara con expresión herida.

—Oye, Elle, eres muy sexy y me caes muy bien. Pero el jefe está hoy de muy mal genio, ¿vale? Sé que tú se lo mejorarías, pero...

—Eres la segunda persona que me dice eso. No es cierto.

Él resopló.

—Lo que tú digas. Pero tendrás que buscarte otra marioneta para el juego de hoy.

—Para tu información, no hay ningún juego —repuso ella. Lo observó entrar en la oficina. «Gallina». Sacó el teléfono y llamó a Trev.

—Demonios, no —contestó él—. Tú eres temible, encanto, pero Archer lo es más.

Un hombre temible que hacía que fuera imposible disculparse. Llamó a Spence.

—Sabía que serías tú —dijo él, claramente no complacido—. Gracias por devolverme anoche las llaves después de haberlas robado y usado para colarte en el despacho de Archer.

Ella le había dejado las llaves en la encimera de la cocina antes de irse a casa.

—¿Cómo sabías que era yo?

—Porque te dejé llevártelas.

O ella empezaba a perder facultades o él era muy bueno. Elle votó por lo último.

—Necesito saber dónde está Archer.

—Muy bien, pero solo te lo diré porque creo que tú puedes mejorar su humor.

Ella apartó el teléfono del oído y se quedó mirándolo. Movió la cabeza.

—¿Por qué decís todo lo mismo?

Spence soltó un bufido.

—Estate atenta. Te envío un mensaje.

Y fiel a su palabra, cinco minutos después entraba un mensaje con una dirección y una nota.

Spence: Solo está en vigilancia de reconocimiento, nada peligroso, y está solo. Me debes una. Magdalenas, Elle. Una semana entera.

Archer estaba en una de las raras misiones en las que

se preguntaba por qué la había aceptado. Él no quería. Como norma general, rechazaba casi todos los casos domésticos. Tener que colocarse entre marido y mujer con pruebas de infidelidad en un lado o en el otro siempre le dejaba mal gusto de boca. Sí, era un cínico, estaba curado de espanto y podía ser un bastardo frío. Eso lo sabía y lo aceptaba. Pero odiaba poner el último clavo en el ataúd de un matrimonio.

Aquel caso implicaba hacer justamente eso. Su cliente era una mujer rica, la élite de la élite de San Francisco, y sospechaba que su esposo, un concejal del Ayuntamiento, la engañaba.

Archer había aceptado el caso solo porque le debía un favor al alcalde y este lo había llamado personalmente para pedirle que ayudara a su «querida amiga».

Archer había aceptado de mala gana, pues había decidido que le vendría bien pagar su deuda. Además, era un trabajo que podía hacer con una mano sola, pues pasaría una semana hasta que estuviera como siempre. Recibir una puñalada era una putada. Lo peor de todo era que sus hombres se habían convertido en un atajo de canguros y se empeñaban en cuidarlo y hacer los trabajos que pensaban que no debía hacer él.

Era lo mismo que habría hecho él por ellos, pero estar en la parte receptora cuando estaba tan acostumbrado a estar al cargo lo volvía loco. Estaba apoyado en el capó de su coche como si esperara a alguien, mirando la entrada de la casa que tenía el esposo de su clienta en la ciudad, cuando oyó ruido de tacones que avanzaban en su dirección.

No era Elle.

Esa fue su primera idea. El paso no tenía ni tanta fuerza ni tanta gracia, pero era el paso de una mujer con una misión.

Se volvió y vio a Maya, su clienta, de pie en la acera.

—¿Qué hace aquí? —preguntó.

Ella sonrió y se apoyó en el coche a su lado, copiando su postura.

—Acabo de enterarme de que Kyle está esta noche fuera de la ciudad. Se ha ido de improviso. He pensado que querría saberlo puesto que le dije que estaría aquí con su mujerzuela.

—Podía darme la información por teléfono.

Ella rozó su hombro con el de él.

—¿Qué tendría eso de divertido?

Mientras Archer procesaba la pregunta y todo lo que significaba, su cerebro procesaba también algo más. Otros tacones que avanzaban en su dirección, y esos eran todo lo que no habían sido los de Maya.

Elle.

Ella llevaba una bolsa marrón de la comida tailandesa favorita de él, que le hizo la boca agua. O quizá eso se debía a la propia Elle, ataviada con una blusa blanca inmaculada y una falda azul marino que realzaba sus curvas.

No sabía lo que hacía allí y había aprendido que era mejor no perder tiempo intentando adivinarlo. Ella tenía su propia agenda. La cuestión, como siempre, era si iba a buscar una tregua o el siguiente asalto en el combate.

Elle aflojó el paso cuando vio a Archer y a una mujer apoyados en el vehículo de él, colocados más cerca de lo que dictaban las conveniencias sociales. Había aprendido pronto a ser asertiva y segura de sí misma, y si no le era posible, a fingirlo.

Pero a veces tardaba un minuto en poder fingirlo. Como en esa ocasión, en la que de pronto entendió dos cosas. La primera, que no debería haber ido. Había renunciado a él y tenía que mantenerse fuerte en ese punto.

Y la segunda, que nunca había pasado por situaciones sociales normales como una niña normal. De hecho, nunca había sido niña. Para sobrevivir había tenido que suprimir algunas emociones, así que no había tenido que lidiar con ellas antes.

Los celos eran una de ellas.

Y eran celos lo que anulaba su sentido común cuando vio a Archer con otra mujer próxima a él, probablemente en trance por toda la testosterona y las feromonas que emanaban de él.

Sí, había sido un acierto renunciar a él. Dio media vuelta para alejarse, pero Archer fue más rápido.

Él siempre era más rápido.

La agarró por la muñeca y la volvió despacio, aprovechando un leve tropiezo de los tacones para acercarla más a sí y rodearla con un brazo.

—Hola, cariño —dijo con voz ronca, con la boca en la mandíbula de ella.

Ella se quedó paralizada por la sorpresa. ¿«Cariño»?

—Me alegro de que hayas llegado por fin —gruñó él contra su piel, logrando que ella se estremeciera—. ¿Por qué has tardado tanto?

A Elle le costaba decidir si darle un rodillazo en las joyas de familia o abrazarlo con fuerza, pero él se adelantó y la alzó en vilo, de modo que sus pies dejaron de tocar el suelo.

Y entonces la besó.

Al primer contacto de su boca sexy y experta, Elle dejó de pensar. Su cerebro dejó de trabajar. Pero su cuerpo no. No. Su cuerpo funcionaba de modo independiente y se abrazó a él mientras un placer puro, un placer sin adulterar, inundaba cada centímetro de ella.

Archer la estrechó con más fuerza y profundizó en el beso y ella sintió un tirón fuerte en el corazón. En algún lugar muy lejano, su cerebro volvió a funcionar y comprendió que aquello era un espectáculo, que, por alguna razón, estaban inmersos en una maniobra de distracción y funcionaba porque implicaba que aquello no era real. Funcionaba porque, con la lengua de él en su boca y la lengua de ella frotando ya la de él como una gata en celo, no podía protestar. En vez de ello, se lanzó de pleno a su papel de novia protectora y posesiva y lo rodeó con sus brazos.

Cuando terminó el beso y él se apartó con ojos ardientes, ella sonrió, con la esperanza de que él no sintiera chocar sus rodillas.

—Te he traído la cena, encanto.

Él enarcó una ceja, tal vez por el acento sureño de ella o por el apelativo cariñoso. Elle no lo sabía. A veces, en sus trabajos de distracción, hacía eso, sacaba a otra persona de su arsenal y sabía muy bien que era lo bastante buena como para ganar un premio de la Academia.

—Mira eso —comentó él, divertido—. Una mujer domesticada y dulce.

Elle pensó que ya le gustaría a él. Le tendió la bolsa marrón y deslizó la otra por su espalda hasta el bolsillo de atrás, donde le pellizcó el trasero.

Con fuerza.

Él se limitó a sonreírle.

—Huele delicioso. ¿Cuánto te debo?

—Ya haremos cuentas —la frase era más una amenaza que una promesa y, para cerciorarse de que él lo supiera, volvió a pellizcar–. Más tarde –se volvió hacia la mujer–. ¿Quién es esta?

–Maya Rodríguez –repuso Archer–. Mi clienta. Maya, esta es...

–Candy –intervino Elle–. La prometida de Archer. No estará usted por casualidad ligando con el prometido de otra mujer, ¿verdad?

Archer tosió entonces y Elle le dio una palmada fuerte en la espalda, que casi le rompió algunas costillas.

Maya negó con la cabeza.

–Lo siento. No sabía que estaba prometido. Yo solo quería ayudar –miró a Archer–. Es usted una mujer afortunada, Candy. Archer lo tiene todo. Listo, entregado... –sonrió–. Sexy.

Él le sonrió.

«Candy» resistió el impulso de volver a pellizcarle.

–La familia es muy importante para mí –declaró Maya–. De hecho, la familia lo es todo –sus ojos se nublaron–. Mi padre engañó a mi madre durante años y ahora la rata de mi esposo hace lo mismo. Y yo casi...

Miró a Archer con aire arrepentido.

–No importa. Tenemos una hija. Tengo que controlarme por su bien.

Sacó su teléfono móvil y les mostró la foto de la pantalla: una niña adorable con una sonrisa muy dulce.

–Es preciosa –comentó Elle.

Los ojos de Maya seguían húmedos.

–Lo sé. Es lo mejor que he hecho en mi vida. Sé que todo el mundo dice eso, pero es cierto. Es algo que no se puede entender a menos que se tenga familia o estén tan unidos como ustedes dos –sonrió con cierta amargura–. No sean como yo, ¿de acuerdo? No caigan en el patrón. Valoren lo que tienen y luchen por ello.

Retrocedió un paso.

—Tengo que irme. Pero espero sinceramente que eso suyo sea verdadero y que una mujer tonta y solitaria haciendo un gesto que no debería haber hecho no pueda estropear lo que tienen.

Los dos la observaron alejarse.

—Te darás cuenta de que antes de una hora, el condado entero creerá que estoy prometido —dijo Archer, que no parecía preocupado por eso.

—¡Eh! —exclamó Elle, ya sin acento sureño—. Has empezado tú. Me has besado. Lo cual, por cierto, resulta confuso. Está claro que no quieres estar conmigo, pero me besas como si no pudieras cansarte de ello. Ya estoy harta, Archer. Guárdate esa boca para ti hasta que te aclares con lo que quieres.

Él volvió la cabeza y la miró a los ojos.

—Lo digo en serio —insistió ella, pues no le gustaba la actitud implícita en la expresión de él—. Merezco algo más. Lo entiendo, de verdad que sí. Cuando has protegido a alguien como me protegiste tú a mí, te vuelves... protector. Pero ya no soy una chica de dieciséis años, Archer. Soy una mujer adulta y, ya que estamos, te regalo el trabajo que acabo de hacerte ahora. Según mis cálculos, debe de ser el número quince que hago para ti.

Una expresión de sorpresa pasó por la cara de él.

—¿Llevas la cuenta? —preguntó.

—Pues claro que llevo la cuenta. Y no creas que no sé que todavía no estamos en paz. Estoy trabajando en ello. Yo pago mis deudas, Archer —se había levantado viento y ella se abrazó el cuerpo—. Todas ellas.

—Elle —el rostro de él estaba muy serio—. No hay ninguna deuda.

—Sí la hay —dijo ella con calor. Necesitaba que él lo entendiera—. Lo que hiciste por mí hace tantos años fue muy importante. Todavía no estamos en paz, ni mucho menos. Y en realidad no sé cómo podré pagarte alguna vez. Tú me enseñaste algo que no sabía, que podía alejarme de una vida que no quería, que podía crear una vida que sí quería en su lugar. Solo tenía que... Bueno, que hacerlo.

Él no se movió. Quizá ni siquiera respiraba.

—Quiero que me escuches con atención —dijo por fin, con voz seria—. Lo que hacemos el uno por el otro no tiene un precio. Jamás.

—Pero sacarme de allí tuvo un costo enorme para ti. Y luego me llevaste al médico, me diste comida y albergue, metiste doscientos pavos en la sudadera que me diste, los dejaste para que los encontrara en el bolsillo...

—Cualquier habría intentado ayudarte, Elle.

Donde ella había crecido, no.

—Toma. Espero que te guste. Tengo que irme.

—Todavía no me has dicho por qué has venido —contestó él—. Ni con cuál de mis hombres tengo que hablar por traicionar mi ubicación.

El viento sopló con más fuerza, llevando consigo nubes que avanzaban rápidamente y que hacían juego con la tormenta inminente en las entrañas de ella. Miró a Archer.

—Con ninguno de ellos.

Él sonrió.

—¿Quién protege ahora a alguien? —preguntó. La observó—. Yo apuesto por Spence.

—¿Por qué lo dices?

—Porque es imposible que Joe haya vuelto a caer víctima de tu sonrisa tan rápidamente después de lo de anoche —respondió él—. Y Mollie te idolatra pero también me quiere a mí. Spence es el único lo bastante cautivado por tus encantos para ceder. Así que vamos al grano, Elle. ¿Por qué has venido?

Jamás admitiría que estaba preocupada por él. Eso engordaría mucho el ego de él.

—Quería disculparme, pero ya no me apetece —dijo.

—¿Por el allanamiento o por haber utilizado a uno de mis hombres?

—Ambas cosas.

Él la miraba a los ojos.

—Hay más. Estabas preocupada por mí.

—Eso sería como preocuparse por un león en su hábitat, ¿no? El rey de la selva, siempre en control, sin mostrar nunca debilidad.

—Sí —dijo él con suavidad—. Estabas preocupada por mí.

Ella suspiró.

—Tal vez. Solo por esta vez.

Empezó a alejarse de nuevo, pero él se lo impidió.

—He terminado aquí —dijo—. Te llevaré, pero antes tenemos que comer.

La llevó al Marina Green, donde se sentó con ella en un banco del parque protegido del viento por un bosquecillo espeso de árboles altos. Observaron la tormenta avanzar sobre el agua, haciéndola bailar en su movimiento de flujo y reflujo contra la costa.

Ella había olvidado los tenedores. Solo tenían palillos. El problema era que él tenía el brazo derecho herido. Verlo intentar usar los palillos con el izquierdo resultaba mucho más divertido de lo que habría sido razonable. En tres ocasiones llevó los palillos a un kilómetro de la boca y, cuando ella sonrió, la miró mal.

—Yo me muero de hambre y a ti te resulta gracioso —dijo.

—Lo gracioso es verte hacer algo mal.

Ella se levantó, recogió las cosas y las tiró a una papelera. El viento empezaba a descontrolarse y se oían ya algunos truenos. A Elle el viento le volaba el pelo en torno a su cabeza cuando iban hasta el todoterreno de él.

Archer la seguía, con el viento agitando su pelo de un modo sexy.

—Gracias por esta noche —dijo, mirando por el parabrisas.

—¿Por espantar a tu clienta o por la comida?

Él la miró.

—No hay mucha gente que haga las cosas que haces tú por mí.

—¿Te refieres a gritarte?

—Me refiero a estar ahí para mí —repuso él con paciencia, negándose a dejarse arrastrar a una discusión.

Ella lo miró un momento atónita y luego se volvió a mirar la noche, la ciudad que pasaba en una serie de destellos de luz de los edificios que los rodeaban.

Si él podía contar con ella, lo mismo podía decir ella de él. Se burlaba de ella. La volvía loca. Pero ella podía pedirle cualquier cosa, lo que fuera, y sabía que él encontraría el modo de dárselo costara lo que costara.

—¿Adónde? —preguntó él.

—He quedado en reunirme en el pub con Willa, Pru y Haley.

Sus hermanas de corazón, y las palabras de Maya flotaban en su cabeza.

«La familia es familia. La familia lo es todo».

Pensó en su hermana en la puerta de su casa y en la

expresión de su cara justo antes de marcharse. Parecía... pesarosa. Triste.

Elle se reclinó en el asiento con un suspiro y cerró los ojos. Eso la atormentaba. No se permitía a menudo lamentar una decisión, pero lamentaba esa. ¿Por qué no se había molestado al menos en escuchar a Morgan?

No se dio cuenta de que Archer había aparcado hasta que sintió su dedo apartándole un mechón de la frente y colocándoselo detrás de la oreja.

Abrió los ojos y vio que estaban en el Pacific Pier Building.

—Hola —musitó él.

—¿Tú crees que la familia lo es todo?

Él respiró hondo.

—Si hablas de la familia que hacemos y no de la familia en la que nacemos, sí.

De vez en cuando, él decía algo tan profundo que ella olvidaba que el resto del tiempo quería matarlo.

«No es verdad», dijo una vocecita. A veces también quieres besarlo.

—¿Estás bien? —preguntó él—. Creo que te has ido a otro sitio.

Ella consiguió sonreír y salió del vehículo. La temperatura había caído al menos cinco grados.

—Venga, Archer. Ya deberías saber que yo siempre estoy bien.

Capítulo 10

#ComoBuenosVecinos

Elle no durmió bien. Dio vueltas en la cama y, cuando salió de la ducha, se había reafirmado en su promesa de no permitir que sus sentimientos por Archer, fueran los que fueran, frenaran su vida.

Tomó su clase *online* en su despacho, pero no dejaba de desconectar mentalmente. Miró el montón de cosas que tenía que hacer más tarde en el trabajo y suspiró. Le gustaba su trabajo, pero algunos días lo mejor que podía decir de él era que le gustaba su sillón.

Aun así, pasó deportivamente de la clase al trabajo, solo para irritarse cuando no consiguió conectarse en su ordenador del trabajo. Cambió la contraseña, pero eso solo la frustró más porque la contraseña tenía que incluir una letra mayúscula, un número, un *haiku*, un cartel de un grupo y la sangre de una virgen.

Cuando terminó, se puso de pie. Necesitaba calmarse o tiraría el ordenador por su ventana del segundo piso. Salió del despacho y, mientras esperaba el ascensor, miró su reflejo en las puertas metálicas. Se sentía... sola.

Lo cual era ridículo. Su vida iba bien. No necesitaba a Archer ni a ningún hombre. Pero quería uno, aunque fuera solo por una noche. Quería que la abrazaran, la tocaran... La desearan.

Tuvo que usar una tarjeta llave especial para que el ascensor parara en el quinto piso, que todo el mundo pensaba que era un almacén de pago y solo para personal autorizado.

No era un almacén.

Era un ático enorme con vistas espectaculares de trescientos sesenta grados de la ciudad.

El apartamento de Spence.

Él no estaba en casa, así que ella entró y se acercó a los altos ventanales para mirar la ciudad abajo, decidida a devolver su vida al camino correcto. El camino de la seguridad. La felicidad también estaría bien, pero lo primero era más importante.

Seguía allí de pie cuando entró Spence, acompañado por su amigo y antiguo socio Caleb. Llevaban ropa de correr y estaban sudorosos. Hablaban de un programa de ordenador para uno de sus drones.

Spence alzó la vista con una sonrisa, que desapareció cuando vio algo en los ojos de ella. Elle podía tener cara de póquer cuando quería, pero en ese momento se sentía demasiado vulnerable para molestarse en ello.

Como no quería hablar delante de Caleb, entró en la cocina. El frigorífico de Spence solía estar bien provisto porque siempre tenía hambre y todo el mundo lo sabía. A las mujeres les encantaba cocinar para él. Trudy era la peor de todas. Le cocinaba constantemente para que él no tuviera que mover ni un dedo.

Elle abrió la puerta y encontró un recipiente con quiches pequeñitos. Lo puso en la encimera y empezó a comer.

—Sírvete —comentó Spence con sequedad.

Elle no contestó. Simplemente siguió comiendo.

—Oye, yo podría estar aquí con una mujer —dijo Spence—. En una situación comprometida.

—¿Ah, sí? —preguntó Caleb—. ¿Con quién?

Spence le lanzó una mirada asesina.

—Esa no es la cuestión.

Caleb lanzó una sonrisa amistosa a Elle. A ella le caía bien. No sabía a qué se debía, pero no parecía que ella lo asustara, como pasaba con mucha otra gente. Era atractivo al estilo vaquero, muy listo, y siempre tenía tiempo de hablar con ella. La había invitado a salir varias veces, pero ella siempre había estado muy ocupada.

Quizá había llegado el momento de cambiar eso.

—¿Qué? —preguntó él cuando se dio cuenta de que ella lo miraba.

Spence hizo una mueca.

—Caleb, ¿qué te he dicho? Nunca te acerques cuando está enfadada. Tienes que esperar a que deje de salirle vapor de las orejas. E incluso entonces, necesitas preparar una estrategia. Nunca, nunca, nunca hagas una pregunta directa.

Elle alzó los ojos al cielo y siguió comiendo.

Caleb no parecía intimidado, cosa que a ella le gustó mucho. Sabía que él tenía cuatro o cinco hermanas mayores. Suponía que eso le daba cierta inmunidad al miedo a las mujeres.

—No estoy enfadada —dijo. Al menos no en ese momento.

Caleb le sostuvo la mirada.

—Estás algo —musitó—. Es decir, estás tan hermosa como siempre, pero... molesta —sus ojos cálidos color chocolate eran francos. No jugaba con ella—. ¿Estás bien?

Ella dejó de masticar y el corazón le dio un vuelco, pero no, no iba a revelar que se sentía sola. Ya había revelado demasiado de sí misma últimamente, gracias. Lo había hecho y se había quemado de todos modos.

–Estoy bien –dijo, aunque él la miraba dudoso–. De hecho, vuelve a preguntarme eso que me preguntas a veces.

Caleb miró a Spence y después de nuevo a Elle, confuso.

«Hombres».

–Pregúntamelo otra vez –repitió ella.

Él parpadeó.

–Te refieres a…

–Sí.

Él tragó saliva con fuerza.

–¿Quieres salir conmigo?

–Sí.

Él sonrió.

–Genial. ¿Ahora?

–Bueno, ahora estás sudado, así que.

–Puedo ducharme y estar listo en cinco segundos –dijo él sin vacilar, camino ya de la puerta–. Podemos ir a desayunar.

Su entusiasmo era de agradecer, pero ella tenía trabajo.

–¿Qué tal esta noche? –sugirió–. Podemos cenar.

–¡Oh! –él soltó una risita–. Bien. Eso está mejor.

Spence abrió la boca, vio la mirada de Elle y volvió a cerrarla.

Ella comió otro quiche, sonrió a Caleb y se fue a trabajar, sintiéndose mucho mejor.

Media hora después recibió un mensaje.

Spence: Espero que sepas lo que haces.
Elle: Sé lo que hago. Trabajar para ti.

Spence: ¿Siempre eres tan listilla?
Elle: No, a veces estoy durmiendo.

Archer fue a almorzar al pub con algunos de sus hombres. El doctor le había dicho que se quedara en casa, pero no lo haría. Necesitaba la distracción que le ofrecía el trabajo. Había suprimido durante años su deseo por Elle. O al menos, había fingido hacerlo, pero de pronto, o no tan de pronto, estaba perdiendo miserablemente la batalla. Había creído que podía evitar tocarla, por no hablar de besarla, pero también había fracasado en eso.

Cuando apareció Caleb en su mesa, Archer asintió y señaló con un gesto la bandeja de alitas picantes y patatas fritas.

—Hay de sobra.

—Gracias, pero no me quedo.

Caleb era tan inteligente como Spence, lo que implicaba que podía serlo más que nadie de allí, pero a diferencia de Spence, que parecía igual de cómodo paseando a un perro, diseñando un dron o hablando a una junta directiva, Caleb no parecía nada cómodo.

—Solo quiero decirte que esta noche voy a salir con Elle.

La conversación en la mesa cesó abruptamente.

Caleb no apartaba la vista de Archer.

—Solo quiero que lo sepas.

—¿Por qué? —preguntó Archer.

Algo cambió entonces en la expresión de Caleb.

—Supongo que porque, si la situación fuera al revés, yo querría saberlo. Bueno, pues que aproveche —comentó.

Y se alejó sin más.

—Si Caleb sale con ella, yo también puedo, ¿verdad? —preguntó Joe.

—No —dijo Archer.

—Pero...

Trev tomó una alita de pollo y se la metió a Joe en la boca.

—De nada —murmuró.

Y si hubo más conversación, Archer no la oyó, porque se lo impedían los latidos de su corazón en los oídos.

Por una parte estaba orgulloso de Elle por buscar activamente la vida que quería y que ciertamente se merecía. Por otra parte, verla alejarse lo afectaba de un modo que hacía que le fuera casi imposible respirar y que dolía más que una puñalada.

Caleb fue a buscar a Elle después del trabajo. Caminaron por el Embarcadero, algo que ella hacía tiempo que no hacía. Era divertido. Y bueno, quizá una parte de la sensación de aventura y excitación se debía a que sabía que Caleb estaba activo en distintas páginas web de citas, lo que implicaba que ella no podría partirle el corazón.

—Tengo que admitir que me ha sorprendido que hayas accedido a salir conmigo esta noche —dijo él cuando caminaban a lo largo del agua hacia Fisherman's Wharf, abriéndose paso entre la gente.

—Y a mí me ha sorprendido que tuvieras un hueco en tu ajetreada agenda social.

Él se echó a reír.

—No creas todo lo que oyes.

Ella inclinó un poco la cabeza.

—¿Y qué porcentaje de lo que oigo debo creer?

Caleb sonrió.

—Un cincuenta. Un sesenta como máximo.

Pararon en el Pier 39, bajo el atardecer y vieron a los leones marinos dormitar en las dársenas.

—Ha sido muy agradable tenerte aquí desde que Archer pidió a Spence que te contratara como encargada el año pasado —dijo Caleb.

Ella apartó los ojos del agua y lo miró fijamente.

—¿Qué?

Caleb sonrió.

—Sí, a todos nos gusta tenerte aquí. Tú suavizas al jefe... aunque él jamás lo admitiría.

A ella le costaba hablar con la sangre rugiendo en sus oídos.

—Conseguí este trabajo mediante un cazatalentos —dijo con lo que le pareció un gran control—. No por Archer.

—Ah... —Caleb se enteró por fin de lo que ocurría y vio la expresión de ella. Comprendió entonces que había metido la pata a lo grande. Tragó saliva con fuerza y retrocedió un paso—. ¿Qué tal si comemos, eh? Podemos ir a...

—Caleb, ¿qué tuvo que ver Archer con que yo consiguiera el trabajo?

—No sé.

—Caleb.

—¡Por Dios, Elle! —él se pasó los dedos por el pelo con expresión dolorida—. ¿Podemos olvidar que he dicho eso, por favor? Hace mucho tiempo oí a Spence y a Archer hablando de eso y solo buscaba crear conversación con una chica guapa en vez de limitarme a mirarte como un imbécil.

Ella hizo lo posible por olvidarlo, pero fracasó miserablemente. Porque la realidad era que Spence era el dueño del Pacific Pier Building y Archer y él eran muy amigos. No había que ser graduada en contabilidad para hacer las cuentas. Archer había sabido de algún modo que necesitaba trabajo y había conseguido que Spence la contratara para el empleo que ella había buscado con tanto ahínco, el empleo que había asumido que había conseguido por sí misma.

Caleb estaba tenso ahora y ella se sentía mal por ello porque él no tenía la culpa. Archer era hombre muerto. Le puso una mano en el brazo a Caleb y él se tensó todavía más.

Soltó una risita de disculpa.

—Oye —dijo—, creía que quería que me tocaras. Lo pensaba de verdad. Pero en este momento solo estoy asustado —la miró a los ojos—. No he debido decir eso de tu trabajo. Ha sido muy desconsiderado.

—Lo has dicho porque pensabas que lo sabía —repuso ella. Era capaz de situar la culpa donde debía estar, y no era con él—. No es culpa tuya.

Él asintió, pero no parecía sentirse mejor. Y en ese momento sonó un mensaje en su teléfono.

—¡Mierda! —dijo él, después de leerlo—. Esto no tenía que pasar, pero ha surgido algo de trabajo y Spence me necesita.

—No importa —repuso Elle. Percibía allí un traidor, un traidor muy sexy con gafas llamado Spence.

—Lo siento —musitó Caleb, con sinceridad—. Permite que te lleve a casa.

Ella miró por encima del hombro de él y apretó los dientes.

—No, no es necesario, me quedo aquí. No te preocupes por mí, me parece que también me va a surgir algo.

Como cometer un asesinato.

Caleb la abrazó un instante y le dio un beso en la mejilla.

—Aplazamos la cita —dijo.

Ella sonrió y lo observó alejarse antes de volverse hacia Archer, que estaba de pie en el otro extremo del muelle.

Él se apartó de la viga en la que se apoyaba y caminó hacia ella.

—Dos de dos —dijo ella—. Oye, si no tienes cuidado, voy a creer que te gusto.

—Me gustas —contestó él.

—¿Porque de pronto no estoy disponible para ti y salgo con otros?

—Ya te lo dije —repuso él—. Mike es un mujeriego. Te hice un favor.

—¿Y Caleb?

—Es un buen tipo —asintió él—. Pero tú eres territorio prohibido para él.

Ella se cruzó de brazos.

—¿Y eso por qué? Y espero que no sea porque verme salir con otros ha hecho que de pronto quieras hacer tú lo mismo.

La mirada de él no se apartaba de ella.

—Yo no quiero hacer lo mismo que Mike o Caleb.

—¿No? —preguntó ella.

Él negó con la cabeza.

—No. Porque salir contigo no es lo único que quiero hacer.

Elle se cruzó de brazos y lo miró de hito en hito.

—Corrígeme si me equivoco, pero has tenido un año entero para portarte como un idiota celoso, Archer.

—Bueno, soy disléxico, así que...

Ella estaba tan furiosa que no podía acceder a la mayor parte de su vocabulario.

—Estás loco —fue lo mejor que se le ocurrió.

—En el buen sentido, ¿verdad?

—¡Oh, Dios mío! —ella alzó los brazos al cielo y se volvió para alejarse de allí.

—Tú querías una cita esta noche —le dijo él a su espalda—. Sal conmigo.

Ella se giró a mirarlo.

—Dame una buena razón para hacer eso.

—Porque nunca hemos tenido una cita y eso es culpa mía. Debería habértelo pedido.

—Tú no tienes citas —le recordó ella—. Tú seduces, cuando estás de humor. Tú juegas —«y rezumas *sex appeal*»—. Pero no tienes citas, al menos como los hombres normales.

—Esta noche sí —repuso él—. Cena, Elle. O lo que tú quieras.

Ella no lo creía, pero tenía preguntas y quería respuestas. Esa era una oportunidad de interrogarlo y le gustaban las buenas oportunidades.

—Muy bien —contestó—. Un perrito caliente.

—¿Qué?

Elle señaló el puesto de perritos calientes.

—Eso es lo que quieres cenar en nuestra primera cita —dijo él—. Un perrito caliente de un vendedor callejero.

—Sí. ¿Algún problema?

—En absoluto —repuso él—. Pero me perdonas muy fácilmente y no es propio de ti. ¿Cuál es la trampa?

—No la hay —dijo ella.

«Mentirosa», pensó. Se acercó al puesto de los perritos, pidió dos para ella y los llenó de kétchup, mostaza y pepinillos. Y a continuación, para completarlo, añadió cebollitas.

Archer la miraba en silencio, aunque ella estaba segura de que su plato le daba grima. Él pidió también dos perritos calientes, solo con mostaza.

—Aburrido —dijo ella.

Él pareció sorprenderse. Seguramente era la primera vez en su vida que una mujer lo llamaba aburrido.

Encontraron un banco delante del agua, donde Archer procedió a observar cómo devoraba ella sus perritos calientes. Elle podría haber sentido vergüenza, pero resultaba que estar furiosa le daba hambre y, además, los ojos de él mostraban un regocijo sincero.

—¿Qué? —preguntó ella con impertinencia.

—Estoy impresionado. Me gustan las mujeres que disfrutan de la comida.

—Hmm —dijo ella. Esperó a que él diera un mordisco grande—. ¿O sea, que tú me conseguiste este empleo?

Archer se atragantó con el perrito caliente. Eso fue una gran satisfacción para ella. Le dio varias palmadas en la espalda, probablemente más fuertes de lo necesario.

—Puedes usar lenguaje de signos si es necesario, pero quiero una respuesta —dijo.

—El trabajo lo conseguiste tú, por tus propios méritos —consiguió decir él—. Yo solo te recomendé para el puesto. Nada más.

O sea, que era verdad. Él había interferido. Las implicaciones la dejaron sin habla.

—¡Guau! —exclamó al fin—. Simplemente guau.

—No puedes enfadarte —dijo él—. Fue obra tuya.

—Oye —dijo ella con una calma que no sentía en absoluto. La calma de antes de la tormenta fermentaba en su interior—. Ni siquiera sé por dónde empezar.

—Quizá quieras consultarlo con la almohada —sugirió él.

Ella abrió la boca y volvió a cerrarla. Por primera vez en su vida, le costaba encontrar las palabras apropiadas.

–Necesito... No sé –se levantó y negó con la cabeza cuando él intentó seguirla.

–Necesitas unos minutos –dijo él–. Lo entiendo.

–Oh, voy a necesitar más de unos minutos –Elle respiró hondo–. ¿Sabes una cosa, Archer? Mis necesidades son sencillas. Siempre he querido ser fuerte e independiente. Pensaba que ya lo era, pero tú acabas de sacarme de mi engaño.

Él hizo una mueca.

–Elle, escúchame. Eres fuerte e independiente. De hecho, eres la mujer más fuerte e independiente que conozco. Eres increíble. Espero que lo sepas. No te lo he dicho porque no había motivo para hacerlo. Conseguiste el trabajo por ti, no por mí.

Ella movió la cabeza, harta de él.

–No me sigas –dijo.

Se alejó y subió al primer taxi que encontró.

Capítulo 11

#EllaDijoEso

Milagrosamente, Archer consiguió subir a su todoterreno y seguir al taxi de Elle hasta el Pacific Pier Building. Cuando salió ella, él también salió y, mientras ella buscaba la cartera en su bolso, pagó al taxista.

Ella apretó los dientes, pero no discutió. Archer sabía que no lo hacía por mostrarse amable delante del taxista.

—Gracias —gruñó—. Pero quiero dejar claro que estoy bien. No tienes que cuidar de mí. Ya te debo más de lo que nunca podré pagarte, así que para, por favor. Yo voy a pasar página y tú deberías hacer lo mismo.

Archer la vio alejarse, pero ella no entró en el pub, como esperaba, sino que se detuvo en la fuente y miró el agua pensativa, abrazándose el cuerpo como si tuviera frío. Él esperó. No quería entrometerse, pero tampoco quería alejarse por si lo necesitaba. Una idea risible, pues ella había dejado claro que no necesitaba a nadie y menos a él.

Creía que seguía en deuda con él. Esa era la peor pesadilla de Archer, porque, mientras ella pensara así, no podría fantasear con tenerla algún día para él. Porque siempre que estuvieran juntos, le preocuparía que ella lo hiciera para pagar su deuda.

Lo cual le recordó algo que le avergonzó haber olvidado hasta ese momento.

Esa noche era la fiesta de la jubilación de su padre y ni siquiera había contestado la invitación. No había llamado. No había hecho nada. Sacó el teléfono con un sentimiento de culpa y entró en sus contactos. Buscó el número de su padre y se quedó mirándolo.

¿Llamada o mensaje? No, un mensaje sería una cobardía. Volvió a guardar el teléfono en el bolsillo. Luego lanzó un juramento, lo sacó de nuevo, hizo la llamada y... salió el buzón de voz de su padre.

–Papá –dijo después del pitido–. Eh, oye, sé que es tarde y que tendría que haberte llamado mucho antes o al menos haber contestado a la invitación de la fiesta de hoy.

Se pasó una mano por la cara.

–Lo siento, pero me gustaría pasarme todavía, si no te importa. Puedes ponerme un mensaje si prefieres que... Dímelo.

¡Maldición! Cortó la llamada y permaneció un rato en el sitio, sin saber qué hacer consigo mismo. Al final lanzó otro juramento y alzó la vista al notar el cosquilleo raro en la nuca.

Elle ya no estaba al lado de la fuente. Se había acercado a él y lo observaba.

–¡Eh! –dijo en voz baja, con expresión más suave que la que solía tener cuando lo miraba. Sentía lástima por él.

Y aquello era espantoso.

–No lo hagas –dijo él.

–¿Que no haga qué?

«No me compadezcas». Pero Archer no pudo decirlo en alto.

—Tengo que irme —dijo.

Se dirigió a las escaleras. En la puñetera oficina guardaba un maldito traje para las reuniones que lo requerían. Tenía que cambiarse e ir a la fiesta de jubilación de su padre, confiando en que fuera mejor tarde que nunca.

—¿O sea que vuelves a guardar silencio y ponerte taciturno porque he oído tu mensaje a tu padre? —preguntó ella, abrazándose el cuerpo en el aire frío nocturno—. Es una grosería, ¿no te parece?

—Vete al pub, Elle —contestó él, aunque ya debería saber que nunca le funcionaba decirle lo que tenía que hacer. Movió la cabeza—. Allí hace más calor.

Subió corriendo las escaleras y entró en su despacho. Cinco minutos después se había cambiado y volvía a salir.

Elle estaba esperándolo. Y él sintió una opresión en su interior. Aunque se portaba como un imbécil, ella lo apreciaba. Desde la locura del beso, había hecho lo posible por no lanzar las señales equivocadas, pero no resultaba fácil cuando, en lo relativo a ella, ya no distinguía el bien del mal. Estaba hecho un lío. Se quitó la chaqueta y la envolvió con ella.

—Te he dicho que entraras. Aquí hace mucho frío para ese vestido —que, por cierto, resultaba muy sexy en ella.

—No vas a ir solo a la fiesta de jubilación de tu padre.

—Sí voy a ir.

Era su castigo, y además, no quería que nadie presenciara lo que prometía ser un reencuentro muy violento. Archer odiaba que fuera a resultar incómodo y odiaba todavía más tener espectadores.

—He enviado un mensaje a Spence —dijo ella—. Está en camino.

¡Maldición!

–No llevaré a Spence. Hablará demasiado.

–Tienes que ir con alguien –insistió ella–. Finn está trabajando. ¿Por qué no Willa?

–Habla más que Spence.

Elle no parecía convencida.

–Pues uno de tus hombres. Joe o Trev.

–Léeme los labios, Elle. No.

Ella se cruzó de brazos. La expresión terca de su rostro indicaba que no cedería. Archer respiró hondo.

–Muy bien. Si tanto deseas que me acompañe alguien, voto por ti –dijo–. Sube al maldito vehículo.

Ella enarcó las cejas.

–De todas las personas que conoces, ¿quieres llevarte a la que más loco te vuelve? ¿A la que más furiosa está contigo? Estoy muy furiosa.

–Quiero a la única persona en la que confío que me guarde las espaldas en este caso.

Aquello pareció sorprenderla. Desde luego, la hizo callar. Y tuvo también la ventaja añadida de disolver gran parte de su resentimiento y su rabia.

Pero no toda. Claro que no. Después de todo, se trataba de Elle.

–Muy bien –dijo. Se dirigió al vehículo haciendo sonar los tacones y con las caderas moviéndose de aquel modo sexy tan suyo–. Pero no olvides que esto no es una cita ni un encuentro sexual.

Él rio con ganas. Solo ella conseguía eso, sacarlo de su mal humor. Y quizá algún día se sentara a analizar aquello, pero todavía no.

–¿Podemos irnos ya? –preguntó.

–Por supuesto –contestó ella–. Acabemos con esto de una vez.

Él movió la cabeza, pero tenía que admitir que le gustaba que ella fuera tan bocazas. En realidad, era una locura llevarla con él. No era buena idea estar con gente en ese momento. Pero estar con ella, la única persona en el planeta que sabía cómo sacarlo de quicio, era una locura. Se preparaba una tormenta, lo cual encajaba con el humor de él. Una racha de viento casi lo derribó cuando abrió para ella la puerta del acompañante y ella deslizó su cuerpo cálido y exuberante delante de él, lo que le provocó una oleada de deseo que le subió hasta la cabeza. Respiró hondo lentamente, dio la vuelta al coche y se sentó al volante.

–¿Preparada?

–Nací preparada.

Sí, eso era lo que él se temía.

Elle observaba conducir a Archer, con el rostro tan oscuro como las nubes tormentosas del cielo. Conocía la sensación de tener tantas cosas en la cabeza que parecía que rugía una tormenta dentro de tu vientre.

–No puedo creer que casi lo haya olvidado –musitó Archer, casi para sí mismo.

Eso no debería haber atravesado el escudo anti Archer de ella, pero lo hizo. Él pasaba gran parte de su vida siendo tan duro y tan malote como le era posible. Tenía que ser así. Pero en momentos como aquel, ella se daba cuenta de que era humano, un hombre de carne y hueso que cometía errores como todos los demás.

–Todo el mundo olvida cosas –dijo–. Incluso cosas importantes. Como, «oh, ah, yo te conseguí este trabajo, no es gran cosa».

Él le lanzó una mirada.

—Debería haber ido solo.

Ella suspiró.

—Podrías, sí. «Deberías», no. Créeme. Necesitamos ayuda para lidiar con la familia.

Aquello hizo que él sonriera.

—¿Me vas a proteger?

—Eh, tengo una navaja.

—Sí, es verdad —él hizo una pausa—. ¿Alguna vez me vas a decir por qué la conservas todavía?

Elle no tenía más remedio que reconocer que se había metido en aquello ella sola.

—Sí. Cuando tú me digas por qué me conseguiste este empleo.

—¿Seguimos con eso?

Ella le lanzó una mirada hosca.

—Yo no te conseguí el maldito empleo —repuso él—. Te recomendé para el puesto. Y lo hice porque podía. Ni más ni menos.

Ella lo miró. Observó que conducía por las calles atestadas con una facilidad que ella jamás había conseguido tener.

—Llevo la navaja porque es práctico.

Él negó con la cabeza.

—Hay algo más que eso.

—Te equivocas.

—Eres una mentirosa —él paró en un semáforo y la miró—. ¿Quieres que adivine por qué la sigues llevando después de tantos años?

¡Demonios, no!

—Quizá querías conservar algo mío —dijo él.

Se burlaba de ella. Pero como aquello además era verdad, ella se irritó de nuevo.

—O —dijo— quiero poder defenderme de la gente cuando sea. Incluido tú, si te acercas demasiado. No creas que no lo haré.

Aquello le ganó una sonrisa, como si él entendiera perfectamente su razonamiento y no esperara menos de ella.

—¿O sea que esta noche eres mi guardaespaldas? –preguntó.

—Solo por esta noche, y después volvemos a la III Guerra Mundial. Pero sí, por esta noche te cubro las espaldas, lo que haga falta –comprendió su error en cuanto las palabras salieron de su boca.

Y Archer también, pues le lanzó una mirada tan ardiente que ella tuvo que bajar la vista para asegurarse de que no le había derretido la boca. ¡Caray! ¿De dónde salía tanto fuego?

—Bien –consiguió decir–. Dentro de un orden, claro.

—Muy bien –murmuró él–. Siempre tienes una respuesta preparada para todo.

¿Eso era lo que pensaba él?

—¿Alguna vez he incumplido mi palabra contigo? –preguntó ella.

Él le lanzó otra mirada.

—No, nunca. ¿Intentas decirme algo?

¿Lo intentaba? Elle decidió guardar silencio antes de meterse en un lío.

Él movió la cabeza con una sonrisa juguetona en los labios y siguió conduciendo con facilidad por las nada fáciles calles del centro de San Francisco.

—Ya que tenemos una tregua momentánea, esta noche estás preciosa –dijo él, rompiendo el silencio.

Ella lo miró, pero él estaba concentrado en el tráfico.

—¿Intentas ablandarme? –preguntó Elle.

—Desde luego –repuso él–. Pero además es verdad.

Ella llevaba uno de sus vestidos favoritos, ahora con

la chaqueta del traje de él sobre los hombros. Eso lo dejaba a él en camisa y pantalones. Las prendas realzaban sus hombros anchos y sus piernas largas y poderosas. Iba arremangado y con la corbata floja. Tenía el pelo levemente revuelto y no le importaba nada, lo cual, por supuesto, hacía que pareciera aún más sexy.

Era difícil para una chica no colarse por él.

—Tú tampoco estás mal —admitió ella de mala gana, diciéndose que no debía sacar conclusiones del comentario de él. Pero su cuerpo no le hacía caso y zumbaba de excitación.

No volvieron a hablar. La única razón por la que ella sabía adónde iban era porque había leído la invitación un día en el despacho de él. Y sí, diez minutos más tarde, entraban en el distrito financiero y paraban el coche en el aparcamiento subterráneo de un hermoso edificio de ladrillo y cristal.

—El restaurante donde se celebra la fiesta está en el último piso —dijo él cuando abrió su puerta.

Se volvió a mirarla, quizá para pedirle que se quedara allí mientras averiguaba si eran bienvenidos, pero ella salió rápidamente del vehículo.

—Soy tu guardaespaldas —le recordó.

—Dentro de unos límites —repuso él. Pero a continuación la sorprendió tomándola de la mano.

Cosa que ella permitió solo porque tenían una tregua. Subieron en el ascensor con otra pareja, que no habló nada en todo el trayecto. Y además de no hablar, no dejaban de tocarse como si se buscaran algo el uno al otro. Salieron en el piso anterior al restaurante y Elle soltó la carcajada que le había costado contener y buscó la mirada de Archer. Este sonreía, pero sus ojos eran oscuros y afiebrados. Ella, en respuesta, sintió calor en el vientre.

Y más abajo.

Justo antes de que se cerrara la puerta, volvió a entrar la pareja con aire avergonzado.

—Lo siento —dijo la mujer—. Nos hemos pasado nuestro piso.

Elle se mordió el labio inferior para no volver a reír. Podía entender que se hubieran confundido por estar inmersos en su lujuria. Lo entendía y hasta lo envidiaba un poco. Porque a ella nunca le había pasado. No podía imaginarse estando tan absorta en otra persona como para perder la noción de lo que la rodeaba. Simplemente era demasiado consciente de sí misma y de los demás.

Aun así, estaba acalorada cuando se abrió la puerta del ascensor y Archer le puso la mano en la parte baja de la espalda para guiarla. La miró.

—Estás sonrojada —dijo. Hizo una pausa—. ¿Envidia?

—No —ella hizo una mueca—. Seguro que él deja subida la tapa del váter y ronca.

Él pareció que iba a decir algo, pero la *maître* le preguntó entonces si podía ayudarles en algo.

—Venimos a la fiesta de la jubilación de Hunt —dijo él.

La mujer pasó el pulgar por su iPad.

—Lo siento, pero eso se canceló.

Archer era difícil de sorprender, pero parecía atónito.

—¿Sabe por qué?

—Ah... —la mujer jugó un momento más con la pantalla—. Aquí solo hay una nota. El jubilado decidió que no quería una gran fiesta y la anuló. En su lugar, tuvo una cena hace una semana con mucha menos gente.

Archer, sorprendido todavía, no contestó. Elle le tomó la mano.

—Gracias —dijo a la *maître*. Y tiró de Archer a un lado para que la mujer pudiera atender a los siguientes de la cola.

—Lo siento —murmuró Elle—. ¿No te lo dijo?

—No. Creo que la canceló porque no contestó nadie de la familia —Archer hizo una pausa—. Porque yo soy su única familia y soy un cretino.

Ella negó con la cabeza.

—No. Archer...

Él hizo un ruido raro y volvió al ascensor. Esa vez no había enamorados en él y Archer no dijo nada. Ella tampoco. La energía era completamente distinta. En el todoterreno, él sacó el teléfono e hizo una llamada. Elle asumió que llamaba a su padre.

El teléfono sonó y sonó.

Y después llegó el pitido.

Archer se pellizcó el puente de la nariz.

—Papá —dijo—. Lo siento. Tenía que haberte contestado. ¡Qué demonios! Tenía que haberte llamado. Pero te llamo ahora —vaciló, colgó el teléfono y lo arrojó a un lado.

La llevó de vuelta al Pacific Pier Building con un viento fuerte y con gotas de lluvia golpeando el parabrisas. Aparcó en la calle y salió para acompañarla hasta el pub, pero ella se detuvo en el patio.

—No toda la culpa es tuya —dijo.

—Sí lo es.

—Comunicarse es una calle de dos direcciones y...

—No vamos a hablar de esto.

—Pero...

—Nunca, Elle.

La tormenta estalló encima de ellos con un trueno ensordecedor y empezó a llover con fuerza mientras ella lo miraba. Por una vez no pensó en sus pobres zapatos. Solo pensaba en el dolor que había en el pecho de él.

—O sea, que lo de dejarme estar ahí para ti era mentira

–dijo ella–. Y también lo de anoche de la no deuda ni el precio entre nosotros.

Él la miró, impasible ante la lluvia. Ante ella.

–Está claro que solo sirve si soy yo la que te necesita –dijo Elle–. Pero cuando es al revés, no estás dispuesto a permitirte necesitar mi ayuda, ¿es eso?

Movió la cabeza. Todas las emociones que había reprimido empezaban a salir.

–No permita Dios que tú seas vulnerable en ningún sentido ni que muestres ninguna debilidad, ¿verdad? Probablemente ayer fingiste que no podías usar los palillos con la mano izquierda solo para desconcertarme.

–Elle –dijo él, con aire de cansancio–. Sal de la tormenta y busca calor...

–No.

Cuando él suspiró, ella entrecerró los ojos.

–¿Sabes qué, Archer? Ve a calentarte tú, ¿de acuerdo? O vete directo al infierno, me da igual.

–Ya estoy en él.

–¿Y es culpa mía? –preguntó ella con incredulidad, obligada a bizquear por la lluvia.

–Sí. Mierda. No –él se llevó las manos al pelo y tiró de él hacia arriba–. No lo sé. Me tienes alterado y confundido.

Y después de aquella declaración, sorprendentemente reveladora, la atrajo hacia sí, tiró de ella hacia el callejón y la besó hasta dejarla turulata.

Y a juzgar por su respiración pesada, también a sí mismo.

Cuando al fin se apartaron en busca de aire, los dos estaban empapados y ella había olvidado por completo que había decidido mantener la boca alejada de él. Lo único que le ayudaba era que él también lo había olvidado. Tenía las manos en el trasero de ella, la sujetaba contra sí y empujaba sus caderas de un modo muy íntimo y personal contra lo que parecía una erección impresionante.

Y ella no estaba mucho mejor. Se aferraba a él y emitía gemidos que no podía controlar. No hacían el amor, no se habían desnudado, estaban de pie en un maldito callejón, pero ella habría jurado que los dos habían estado a punto de tener un orgasmo solo con un beso.

—Me estás matando —dijo él, con voz tan áspera como la grava.

Ella tenía la sensación de que moriría si no lo tenía dentro, pero consiguió mirarlo con frialdad.

—Pues aléjate, Archer. Eso se te da bien.

Pero él no se movió. Bajó la vista hacia su cuerpo.

—No podría andar ni para salvar mi vida. En este estado, ni siquiera podría llevarte arriba a uno de nuestros despachos.

—Esto no es un encuentro sexual, ¿recuerdas?

Él ladeó la cabeza y sin duda captó su rostro sonrojado y su respiración alterada. Además, sus pezones empujaban el material de su ropa húmeda como dos misiles que buscaran calor, cosa que él podía ver claramente porque su chaqueta resbalaba de los hombros de ella. Elle la apretó contra su cuerpo.

Archer no hizo ningún comentario afilado. En vez de eso, la sorprendió al decir:

—Elle, me pondría de rodillas y te lo suplicaría.

Esa declaración tan reveladora la dejó tan atónita, que seguía mirándolo de hito en hito cuando Eddie asomó la cabeza en el callejón.

—Eh, amigo. Amiga, escuchad, lejos de mí interrumpir una fusión de las mentes y todo eso, pero me gustaría pasar por aquí y... –vio la expresión de Archer y retrocedió–. Mejor dicho, ¿sabéis qué? Podéis tardar todo lo que queráis.

Cuando se marchó, Elle se llevó una mano a la boca y miró a Archer de hito en hito.

–Esto no estaba en mi agenda –dijo–. Tú no estás en mi agenda.

Los ojos de él eran oscuros e insondables.

–Lo mismo digo. Esto ha sido una sobrerreacción a una velada emocional.

Ella lo miró fijamente y luego retrocedió, ahora con el corazón lleno de decepción. Se quitó la chaqueta, se la tiró a él, se volvió y salió del callejón. Oyó que Eddie murmuraba:

–No te lo tomes a mal, hijo. Las mujeres nacen locas.

Elle, pensando que no podía sentirse insultada por algo que era verdad, cruzó el patio bajo la lluvia, sin sentir ni siquiera el frío, aunque su blusa y su falda estaban pegadas a ella como una segunda piel. Tomó el ascensor hasta su despacho, simplemente porque necesitaba un momento a solas. Un momento inmediato. Acababa de meter la llave en la cerradura cuando sintió que cambiaba la presión del aire al acercarse alguien.

No había que ser muy inteligente para adivinar quién era.

–¿Sobrerreacción a una velada emocional? –preguntó ella, enfadada, sin volverse–. ¿En serio?

–Estaba equivocado.

–Quizá debería pedirte por escrito lo de que admitas que te equivocas. Es como si ves a un unicornio, que necesitas captar el momento.

Un brazo musculoso y bronceado la rodeó y abrió la puerta. La empujó dentro, encendió la luz, cerró la puerta y la empujó contra ella. Era grande, fuerte, y estaba empapado.

—¿Sabes una cosa? —preguntó ella, orgullosa de la firmeza de su voz a pesar de lo que le temblaban las piernas—. Voy a pasar de la actuación de cavernícola...

La boca de él cubrió la suya, sus labios se fundieron en un beso ardiente que ella sintió desde las puntas de los dedos congelados de los pies hasta las de su pelo mojado y en todos los centímetros intermedios. ¡Ah! Resultó que ella también se había equivocado mucho al pensar que podía resistirse a aquello con él.

Brilló un relámpago, seguido de inmediato por el sonido del trueno. La luz del despacho parpadeó un par de veces. «Una sobrecarga», pensó ella, mareada, con el olor de la lluvia y de Archer impulsándola a apretarse contra él.

—Te deseo —dijo él con voz baja y ronca—. Es un maldito dolor. Te deseo muchísimo. Te deseo así, totalmente empapado y ciego de necesidad.

—Sí.

En aquel momento, ella ya no pensaba. Le subió la camisa mojada. Él se la sacó por la cabeza, desabrochó la blusa de ella y la abrió. Murmuró un juramento cuando la luz parpadeó de nuevo.

Y esa vez se apagó.

En algún lugar de su mente, ella se dijo que debía parar, que aquello le haría sufrir, pero a la parte de ella que tenía el control no le importó. Él la necesitaba. Y ella lo necesitaba a él. Él la tomó de la mano y tiró de ella. Ella tenía que admitir que él conocía su despacho tan bien como ella, porque al instante siguiente, ella caía sobre el pequeño y estrecho sofá de dos plazas, seguida de ochenta kilos de macho muy motivado sexualmente.

El pequeño sofá, más decorativo que práctico, se quejó con un chasquido y a continuación se derrumbó bajo ellos.

Cayeron al suelo. Ella vio un breve destello de dientes blancos de Archer cuando sonrió en la oscuridad y a continuación rodó por el suelo y la sujetó debajo de él con las manos por encima de la cabeza de ella.

—Tu brazo —murmuró ella.

—Vale la pena el dolor —el beso de él fue cálido y profundo y ella casi se perdió en él.

Casi.

Combatió la presión porque bajo ningún concepto quería permanecer pasiva cuando por primera vez en mucho tiempos se sentía... *viva*, desde la punta del pelo hasta los dedos de los pies, que estaban ya curvados. Se soltó las manos y las colocó en el pecho de él. No podía ver gran cosa, pero necesitaba tocar, así que las subió despacio hasta el cuello de Archer y tiró de su cara hacia abajo para besarlo en los labios.

—Más —exigió.

Y pasó una mano por la espalda desnuda de él y dentro de los pantalones. Cuando deslizó esa mano hacia delante y rozó la muy dura erección que amenazaba la cremallera, él gruñó su nombre con una voz baja y gutural que sonaba sin aliento. Archer tenía las manos en la parte de atrás del vestido de ella, cada una en una nalga. Deslizó los dedos entre las dos y cuando descubrió lo mojada que estaba, lanzó un gemido.

Ella se aferró a él, ya a mitad de camino.

—Archer...

—Lo sé. ¡Santo cielo, Elle! Eres fantástica.

—Ahora —dijo ella, con una voz que no reconoció—. Ahora mismo.

—Mi despacho —la voz de él era ronca, parecía que apenas podía hablar—. Mi sofá es más grande y no está hecho pedazos.

—No. Aquí. Por favor.

La risa baja de él era muy sexy. El maldito sabía muy bien cómo la afectaba.

—Me gusta el por favor —murmuró—. Dame más de eso.

—Archer, te juro por Dios que si no lo haces ahora, te voy a pegar.

—Hmm. También mandona —la boca de él estaba ocupada en los pechos de ella. Había abierto el sujetador y la volvía loca con los dientes y la lengua—. Eres una fantasía hecha realidad —su voz sonaba espesa con promesas eróticas, sus manos cumplían esas promesas, sus dedos la llevaban directa al cielo—. Y vamos a llegar a eso. Pero no contigo de espaldas en este suelo.

—¿No?

—No.

Ella emitió un sonido de protesta ininteligible y él la calmó con un beso ardiente antes de apartarse y tirar de ella hasta ponerla de rodillas. Luego le dio la vuelta y bajó la mano por la espalda de ella, alentándola a inclinarse sobre la mesita de café.

Antes de que ella pudiera sugerir que se inclinara él sobre la mesa a ver si le gustaba, los dedos de él volvían a jugar entre sus muslos y Elle dejó de recordar por qué quería protestar.

Archer tenía el pecho aplastado a lo largo de la espalda de ella y las piernas cubriendo las de ella, con un brazo alrededor de su cuerpo, palmeando un pecho y la otra entre sus piernas, con los dedos volviéndola loca poco a poco. Su boca estaba igual de ocupada, mordisqueando el lateral de la garganta de ella.

—¿Te gusta? —murmuró.

Ella asintió y, para asegurarse de que él no parara, le agarró la muñeca para sujetarle la mano donde estaba mientras un relámpago iluminaba el otro lado de la ventana. Ella se estremeció, pero él la abrazó.

—Te tengo —murmuró.

Y era cierto. La tenía retorciéndose contra él mientras le abría los muslos todo lo posible con las bragas enrolladas alrededor de ellos y con sus piernas largas y fuertes a cada lado de las de ella, sin que sus dedos dejaran de tocarla, moviéndose en un círculo oscilante de un modo que borraba todos los pensamientos de la cabeza de ella. Elle se sentía rodeada por él, completamente rodeada en el mejor modo posible, con la boca caliente y húmeda de él jugando en su nuca y sus hombros. Echó atrás la cabeza. Respiraba en gemidos cortos y desesperados. Todo su mundo se limitaba a aquello, al placer del cuerpo de él y de su boca y sus dedos. ¡Y qué dedos!

—Archer...

—Estás a punto —le susurró él al oído—. Puedo sentirlo.

Ella abrió la boca para disentir, porque no llegaba fácilmente al orgasmo. Nunca. Pero, al parecer, ahora sí. Se estremeció en un orgasmo delicioso y luego, antes de que pudiera procesar la sorpresa, él se las arregló para ponerse un preservativo y penetrarla y ella volvió a tener otro orgasmo. O el mismo.

—¡Joder, Elle! —él apretó los dedos en las caderas de ella. La llenaba plenamente—. Es una sensación fantástica.

Ella se mordió la lengua con fuerza para no hacer ruido, pero era casi imposible permanecer en silencio con él tan ardiente y sedoso en su interior. Sentía cada centímetro de él cuando entraba y salía, embistiendo cada vez más fuerte y más hondo, y la sensación era tan increíble que volvió a tener otro orgasmo, inconsciente de la tormenta que los rodeaba y de que estaba de rodillas, inclinada sobre la mesa, suplicando más.

Él le dio todo lo que quería, y cuando ella gritó su nombre, él gimió algo, algo sucio y caliente, y a continuación se estremeció y se dejó llevar.

En algún lugar de su mente, Elle recordó cómo se había sentido al ver a la pareja del ascensor tocándose como si el resto del mundo no existiera, recordó haber pensado que ella nunca había conocido algo así.

Ya no podía decir lo mismo.

Permanecieron un momento largo inmóviles en la oscuridad, con Archer apretado contra ella, los dos jadeando en busca de aire y los músculos temblorosos. Él fue el primero en moverse.

Y ella pensó que allí se acababa todo. Archer se levantaría, se subiría la cremallera y se iría.

Pero no lo hizo. Permaneció allí con ella en la noche oscura y tormentosa, todavía dentro de ella, bajando y subiendo lentamente la boca por el cuello de ella y rodeándola firmemente con su brazo.

Abrazándola.

La estaba abrazando.

Cuando rozó el pezón de ella con el pulgar, el cuerpo de ella se estremeció, hambriento de más. Eso la puso un poco nerviosa, así que le dio con el codo para pedir espacio y, cuando él se lo dio, se puso de pie tambaleándose.

Una luz pequeña se encendió en la estancia y ella parpadeó.

Archer tenía una minilinterna entre los dientes y la observaba. Su mirada se había suavizado y una sonrisa entreabría su boca. Se acercó a ella, le apartó el pelo de la frente sudorosa y la besó en la sien.

—¿Estás bien? —preguntó.

Una risa baja escapó de ella.

—Creo que sabes que sí. No esperaba que eso fuera tan... —movió la cabeza, no sabía qué decir.

Él respiró hondo.

—Yo sí.

Sus miradas se encontraron y, al ver su expresión, algo se estremeció en el interior de ella. Él lamentaba lo que acababan de hacer. Era lo mejor que le había pasado en la vida y él lo lamentaba.

—¿Me vas a cabrear otra vez, Archer? —consiguió preguntar.

—Los dos sabemos que eso puedo hacerlo sin intentarlo.

Aquello no era una respuesta. Ella rio sin humor.

—Sí, bueno, pues si se te ocurre decir que lo sientes, que ha sido un error o que no deberías aprovecharte de mí, me cabrearás seguro.

Él le sostuvo la mirada y a ella se le paró el corazón.

—¡Guau!

Para Elle no fue ninguna satisfacción saber que había acertado.

—¿Sabes qué? —le señaló la puerta—. Quiero que te vayas ahora mismo sin decir ni una palabra más, para que todavía pueda soportar verte.

—Déjame llevarte a casa antes.

—No, no es necesario, gracias. Oh, y Archer —esperó a que él la mirara—. No te acerques a mí.

Y luego, aunque quería darse la vuelta mientras él salía, se obligó a verlo marchar.

Capítulo 12

#NovioMuertoAndante

Archer paseaba por su despacho. Hacía dos minutos que Elle lo había echado del de ella. Y un minuto que un caso importante en el que estaban trabajando había estallado y todo el mundo iba a acudir al despacho.

Le quedaban quizá unos tres minutos más para él y solo podía pensar que algo había cambiado en su mundo y estaba casi seguro de saber qué era.

O al menos quién.

Un año atrás había sabido que llevar a Elle al Pacific Pier Building como encargada de Spence, cambiaría las cosas. Pero durante la mayor parte de ese año había conseguido mantener las distancias mental y físicamente.

Su mundo no había dejado de girar hasta la noche de la acampada y de su beso en el campo.

Y desde entonces había estado un poco fuera de su eje.

Después de lo que acababa de pasar en el despacho de ella, había perdido cualquier rastro de equilibrio. Lo curioso era que un año atrás hubiera dicho que su mundo estaba bien como estaba. Que tenía todo lo que necesitaba. Tenía una casa que amaba y un negocio que había levantado desde la nada, un negocio que tenía éxito y que además le producía satisfacción.

Pero con el tiempo había pasado algo con esa satisfacción. Se sentía menos realizado y más... inquieto y nervioso.

Insatisfecho.

Pero como era incapaz de señalar por qué, había optado por no hacer caso.

Luego ella había entrado en su vida y, por primera vez, él se había sentido como pez fuera del agua. Con ella nunca estaba seguro de nada.

Quizá era porque la sonrisa de ella iluminaba su mundo. Y también el modo en que le importaban a ella las personas de su vida, incluso él, lo cual lo convertía en un hijo de perra afortunado. Cuando la hacía reír se sentía como Superman. Y cuando hacía que se derritiera... ¡Dios santo! Todavía la veía como la había visto en su despacho, temblando por las caricias de él.

Y cuando él se había rendido a eso, sus cimientos se habían agrietado. Podía decirse que lo que había pasado era una explosión mutua de necesidad acumulada y de frustración y nada más. Pero eso era mentira.

No se había acabado, no estaba cerrado. Desde el beso en la montaña, se había dicho que no cedería a la tentación, que no jugaría con ella. Con ella nunca.

Pero la realidad era que no jugaba en absoluto. Iba muy en serio.

Y de pronto eso ya no lo asustaba ni tenía ningún poder sobre él. No quería que se acabara. Sinceramente, ella era lo mejor de su vida y sería un completo idiota si la dejaba marchar.

Desgraciada o afortunadamente, sus muchachos llegaron en ese momento y partieron a una misión para un abogado criminalista de prestigio relacionada con un testigo desaparecido y un encubrimiento. La misión se prolongó durante el fin de semana y gran parte de la semana siguiente. Hasta el jueves por la mañana no tuvo tiempo de respirar ni de pensar en algo que no fuera el trabajo.

Había enviado varios mensajes a Elle y no había obtenido respuesta. Era demasiado temprano para pillarla en el despacho porque la molestaría mientras estaba con su clase. Así que entró en su despacho e intentó avanzar con la montaña de papeles que había en su mesa, pero su mente no dejaba de repetir lo ocurrido el viernes por la noche en el despacho de Elle.

Había metido la pata todo un año, al mantener las distancias con ella. Pero luego Elle había subido las apuestas al ofrecerle apoyo emocional en todo momento como si fueran algo el uno del otro. Y él se dio cuenta de que ella tenía razón. Eran algo el uno del otro. Lo eran todo.

«No te acerques a mí».

Hacía mucho tiempo que se había prometido que nunca le haría daño. Antes moriría. Pero con las imágenes del viernes por la noche bailando en su cabeza, la tormenta, la sensación del cuerpo dulce de ella contra el suyo, el sonido de sus suspiros en el oído, su modo de aferrarse a él durante el orgasmo, la manera en que pronunciaba su nombre...

No sería capaz de alejarse de ella.

Esa semana la había dejado en paz porque no había tenido más remedio, pero la misión había terminado y quería y necesitaba verla. Algo había cambiado para él, a lo grande. Y se había cansado de verla de lejos. De preocuparse por su pasado y por si ella estaría con él solo por gratitud y porque se sentía en deuda.

Aceptaría lo que pudiera tener, y la quería a su lado para siempre.

Consciente de que eso no sería fácil, estaba trabajando en lo que le diría sin llegar a ninguna parte, cuando Spence lo llamó al tejado. Pocas personas conocían el mejor sitio del edificio, desde el que había una vista de postal de San Francisco y de la bahía.

Spence había llevado burritos para desayunar y se sentaron con las piernas colgando por el borde del edifico de cinco pisos a ver pasar el mundo.

—¿Qué celebramos? —preguntó Archer.

—La semana apesta. Un desayuno de burritos la mejora.

Archer lo miró. Porque, aunque era cierto y un desayuno de burritos lo mejoraba todo, sabía que allí había algo más. Se sentía como un idiota porque se había metido tanto en sí mismo —y en Elle— que había descuidado a su mejor amigo.

—¿Sigues trabajando en ese nuevo prototipo de dron con Caleb? —preguntó.

—Nos lo hemos cargado accidentalmente.

Archer hizo una mueca.

—Lo siento. ¿Y tu cita del fin de semana pasado? ¿La que me hiciste jurar por mi vida que no se lo diría a nadie?

—No salió bien —repuso Spence, sombrío.

—¿Por qué?

—Ella me había investigado.

¡Maldición! Desgraciadamente, aquello era muy común. En cuanto una mujer se enteraba de quién era Spence y lo que tenía, normalmente se empleaba a fondo para intentar engancharlo.

—Te dije que me dejaras vetarla —dijo Archer.

Él, o Elle o algunos de los otros intentaban siempre vetar las citas de Spence porque, aunque este era un genio, tenía habilidad cero para detectar a las chicas que buscaban casarse con un hombre rico.

—Parecía normal —contestó Spence.

—¿Pero...?

—Pero creía que estaría interesado en casarme lo antes posible. Sin acuerdo prematrimonial.

Archer se echó a reír.

—Y en la primera cita, nada menos. Definitivamente, se lleva el premio a la Cazafortunas del Mes.

Spence se metió unas patatas fritas en la boca. Spence a menudo decía más con sus silencios que con sus palabras. No era tímido ni introvertido, pero podía estar callado, concentrado en su trabajo, y dar la impresión de que no estuviera interesado.

Elle lo llamaba un empollón sexy, pero Archer sabía que su vida amorosa no había sido para tirar cohetes.

Ni la de él tampoco... Hasta Elle. Ahora se sentía el hombre más afortunado del planeta y el más asustado, porque ella tenía todo el poder. Y eso era algo nuevo para él.

—¿Alguna vez has estado enamorado? —preguntó.

Spence parpadeó.

—Perdona, ¿me has hecho una pregunta sobre relaciones? Porque eres alérgico a las relaciones, ¿recuerdas?

Archer se movió un poco, incómodo y arrepentido ya de haber sacado el tema, pero era demasiado tarde.

—¿Lo has estado? —repitió.

—¿De verdad vamos a hablar de amor los dos hombres más atrofiados a nivel emocional que conozco?

—Contesta —repuso Archer, picado.

—Está bien —Spence se encogió de hombros—. Sí. O al menos creía estarlo. Y tú ya sabes eso.

—¿Pero sentías que la protegerías pasara lo que pasara?

—Por supuesto. ¿Por qué? —Spence lo miró—. ¿Estás enamorado de Elle? Espera. No. No contestes. No quiero saberlo —se pasó las manos por la cara—. Así, si ella me pregunta si hemos hablado de esto, podré negarlo —bajó las manos y miró a Archer—. Pero la próxima vez que tengas un colapso emocional, llama a una profesional como Willa o Pru.

—No es un colapso —dijo Archer, pero hablaba para sí mismo, porque Spence se dirigía ya a la puerta de la escalera—. O al menos no es uno grande.

Acababa de volver a su despacho cuando Mollie le dijo por el interfono que tenía una visita. Archer miró su agenda.

—¿Quién? —preguntó, cuando comprobó que no tenía citas ni reuniones hasta más tarde.

—Morgan Wheaton.

Archer se quedó un momento inmóvil. Hacía mucho tiempo que no oía el nombre de la hermana de Elle.

—Hazla pasar.

Morgan entró en su despacho con la misma seguridad innata en sí misma que solía mostrar su hermana Elle, pero había una diferencia sutil.

La gracia de Elle era espontánea.

Morgan solo la imitaba.

—¡Vaya, mira quién ha subido en el mundo! —dijo, observando el despacho—. No está nada mal —sonrió, pero la sonrisa no llegó a sus ojos—. ¿Cómo estamos, agente Hunt?

—Los dos sabemos que ya no soy policía.
—Y que lo digas.

Morgan se acercó a mirar por la ventana. Era solo febrero, pero llevaba un vestido fino de verano, con una chaqueta vaquera abierta para mostrar sus encantos. Tenía unas piernas largas y llevaba el tipo de sandalias que llevaban correas por las pantorrillas y hasta la rodilla, todo cuidadosamente orquestado para lograr el máximo efecto, cosa que no era difícil conseguir con los genes de la familia Wheaton.

Se parecía mucho a Elle, pero faltaba algo importante.

La chispa de vulnerabilidad.

Aunque quizá Elle ocultaba esa chispa a la mayoría de la gente tan bien como su hermana, pero a él nunca le costaba verla.

Y sabía que ella odiaba eso.

—Bonitas vistas —dijo Morgan desde la ventana, mirando el puerto marítimo, la bahía y el trozo del Golden Gate.

Mientras ella observaba las vistas, él la observaba a ella. Las hermanas se llevaban solo dos años, pero Morgan siempre había parecido mayor de lo que era.

Aunque actuaba como si fuera mucho más joven.

Había algo en ella que trasmitía que la vida no había sido agradable hasta el momento y que no esperaba que mejorara mucho, y eso frustraba a Archer. Al proteger a Elle aquella noche de años atrás, se había asegurado de que las dos chicas salieran sin tener que enfrentarse a la policía, pero solo una de ellas había aprovechado la oportunidad para cambiar de vida y darle la vuelta a su mundo, y no era la hermana que miraba por la ventana.

—¿Qué ocurre? —preguntó él.

Porque estaba seguro de que pasaba algo. Si no, ella no estaría allí. Necesitaba algo y por alguna razón, creía que él podía dárselo.

—No mucho —repuso ella, con un encogimiento de hombros.

Con Morgan, aquello podía ser fácil o difícil, pero él sospechaba que iba a ser difícil.

—Necesitas algo —dijo.

Ella volvió a encogerse de hombros.

«Difícil, pues», pensó él.

—¿Elle sabe que estás aquí?

—La vi el jueves pasado. ¿No te lo ha dicho? Me vio y me cerró la puerta en las narices. Ni siquiera quiso hablar.

A Archer no le sorprendió aquello. Elle había sufrido mucho con su familia y parte de ese dolor seguía siendo muy profundo.

Y ella no era exactamente de los que perdonan fácilmente.

—Cuando me di cuenta de que los dos trabajáis en el mismo edificio, se me ocurrió que sigues jugando a ser el caballero de brillante armadura y protegiendo a Elle.

—Te equivocas.

Ella sonrió de un modo que indicaba que no lo creía.

—Ve al grano, Morgan.

Ella respiró hondo. Su mirada, sorprendentemente, parecía desprovista de cinismo y astucia.

—Llevo doce meses limpia —dijo—. Ni drogas ni alcohol.

Lo miró y él le devolvió la mirada.

—¿No me crees?

—Lo que yo crea no importa.

Ella se sentó en una de las sillas y se inclinó hacia delante con las manos en el escritorio de él

—Estoy orgullosa de lo que he hecho este año. Tengo un trabajo de verdad, he alquilado una habitación a una señora mayor. Tiene muchas reglas, pero... —se encogió de hombros—, es amable. No me conoce de antes. Le caigo bien.

Archer suspiró.

—Tú caes bien, Morgan. Mereces tener gente que se interese por ti. Ese no ha sido nunca el problema.

Ella lo miró a los ojos.

—Lo que quiero decir es que he cambiado. Y pensé que Elle podría ayudarme, pero ella no ha olvidado ni perdonado.

—Es tu hermana —dijo él—. Ha perdonado. Pero probablemente no ha olvidado —hizo una pausa—. Ella también ha pasado lo suyo.

—La defiendes —dijo ella, con una sonrisa y una buena cantidad de sorpresa—. Eso es bonito.

Él hizo una mueca y ella se echó a reír.

—No pretendía insultar tu virilidad. ¿Tienes que irte ahora a levantar pesas o arreglar tu coche?

Archer se echó a reír.

—Sigues igual de listilla.

—Es un rasgo genético de las Wheaton —repuso ella—. Es nuestro escudo contra nuestros horribles padres. Nacimos con él. No me digas que Elle ha cambiado en ese aspecto.

Él no contestó y ella volvió a reír.

—Supongo que los dos os entendéis bien, ¿eh?

Era obvio que lo decía para indagar, pero la verdad era que Elle y él se habían entendido mejor que bien en un aspecto. Lo suyo había sido... pura combustión.

—Supongo que eso ha sido una pregunta personal —comentó Morgan—. Olvidaba que tú no hablas de eso.

Él entendía que ella intentaba una aproximación relajada. Poner buena cara. Fingirlo hasta conseguirlo y todo eso. Pero había algo preocupante en ella. Si se hubiera mostrado más desafiante, podría haberla echado de allí.

Pero tenía miedo, aunque él no sabía de qué. Con ella podía ser cualquier cosa. Y si le causaba problemas a Elle...

—Dime lo que ocurre, Morgan.

Ella dejó de sonreír. Le tembló la boca, aunque se llevó los dedos a los labios como para ocultar esa debilidad.

—Oh, ya sabes, siempre intentando que no me alcance mi estúpido pasado.

—¿Cómo?

—Sabes que yo no dejé de estafar después de aquella noche.

Él asintió y ella apartó la vista.

—Para mí fue más difícil salir que para Elle.

Aquello eran sandeces. Pero él no la corrigió.

—Estaba sola —dijo ella.

«Elle también», pensó él. Pero de nuevo guardó silencio.

—Seguí arriesgándome.

—Eso lo sé —repuso él—. Dos veces.

Ella lo miró a los ojos.

—¿Lo sabes?

—¿Que fuiste a prisión hace cinco años y de nuevo dos años después? Sí.

Ella lo miró fijamente.

—Sé que es difícil creerlo, pero es verdad que he mejorado. Estoy sobria. Voy a clase, quiero sacar el bachiller... Te he contado mi situación actual y trabajo limpiando casas.

—¿Pero...? —preguntó él.

—Pero quiero algo diferente, algo legítimo —soltó una risita poco divertida—. Sé que suena ridículo dados mis antecedentes, pero quiero pagar impuestos. Quiero ahorrar dinero para tener un apartamento propio. Pero nadie contrata a una expresidiaria. Necesito una oportunidad y no la estropearé. Nunca más —lo miró a la defensiva y un poco desafiante, como si esperara que se riera de ella.

—¿Lo dices en serio? —preguntó él.

—Nunca he hablado más en serio.

—¿Y qué necesitas?

—Referencias de trabajo, para empezar —dijo ella—. La cafetería de abajo tiene un cartel en el escaparate que dice que busca camarera a tiempo parcial para el turno de la mañana temprano. También piden una camarera en el pub.

Archer no estaba dispuesto a meterla en ninguno de los negocios de sus amigos, pero se le ocurriría algo para ella... Si hablaba en serio.

—¿Y eso es todo lo que quieres de mí, referencias?

Ella apartó la vista.

—Y que me avales en el contrato del apartamento, cuando lo encuentre.

—¿Y? —preguntó él—. Dímelo todo, Morgan.

Ella sonrió débilmente.

—Tan directo como siempre.

—Siempre —repuso él.

Ella lo miró a los ojos.

—No quiero que me encuentre nadie de mi pasado. Sé que tú tienes modos de hacer invisible a la gente.

—¿Quieres ser invisible?

—Quiero estar a salvo —repuso ella—. Quiero empezar de cero. Quiero poder conseguir esas cosas, pero parece que no soy capaz —parecía muy infeliz—. Necesito ayuda. No la quiero, pero la necesito.

Él respiró hondo.

—Todo el mundo necesita ayuda a veces. No hay nada vergonzoso en eso.

Los ojos de ella mostraron alguna esperanza.

—¿Eso significa que lo harás? ¿Me ayudarás?

Él nunca había podido rechazar a una Wheaton, aunque eso implicara problemas, y dudaba de que fuera a empezar a hacerlo en ese momento.

—No le ocultaré esto a Elle.

Ella enarcó una ceja.

—Interesante.

Sí. O aterrador.

Elle estaba sentada en el mostrador de la tienda de Willa, sorbiendo su té de la mañana. La tienda de mascotas era siempre divertida, y una aventura. Ese día había un siamés enorme durmiendo cerca de la caja registradora, una cacatúa posada encima de un montón de comida para pájaros y Vinnie, el cachorrito, tumbado en el único punto de sol cerca de la puerta, mostrando sus partes al mundo y roncando como un descosido.

Elle, Willa, Pru y Kylie comían magdalenas de la cafetería de Tina. Esta, en otro tiempo, había sido Tim. Tim hacía buenas magdalenas, pero Tina era más feliz de lo que nunca había sido Tim y esa felicidad se había extendido a las magdalenas. La gente iba a comprarlas desde muy lejos, y por lo que a Elle se refería, eran las mejores del planeta.

Masticaba una pequeña de arándanos mientras oía a Pru y a Willa discutir sobre la última magdalena, de limón, que quedaba en la bolsa.

—Yo solo he comido dos —dijo Pru.

—Yo también —respondió Willa.

—Yo también —intervino Kylie.

—Pero en la bolsa había diez —dijo Pru. Sumó con los dedos—. ¿Dónde están las otras tres?

Todas se volvieron a mirar a Elle, que se metió en la boca el último trozo de su tercera magdalena.

—Eh, algunas somos rápidas y además tenemos hambre —dijo. Se bajó del mostrador—. Tengo que volver al trabajo.

Willa extendió un brazo para detenerla.

—No tan deprisa, señorita. Llevas toda la semana escabulléndote. No te hemos visto ni oído.

—He estado muy ocupada.

—Ajá —musitó Willa—. Pero nos gustaría oír algo de tu cita interesante del pasado fin de semana.

Elle no permitió que cambiara su expresión, pero por mucho que quisiera a sus amigas, no tenía intención de comentar lo que había pasado entre Archer y ella.

Sobre todo porque ella misma no lo sabía muy bien.

«Aunque había sido muy intenso». Y al pensar en ello, su mente se llenó de imágenes. Ella de rodillas. Archer envolviéndola como un guante, encerrándola en el calor y la fuerza de su cuerpo. Las manos de él sujetándola donde quería tenerla, haciéndole cosas malvadas con los dedos, alentándola con la boca en su oído.

Solo con pensar en ello se le aceleró la respiración. También hubo otras reacciones, nada que debiera suceder en público, bajo el afilado escrutinio de sus amigas, que podían identificar una mentira a un kilómetro. Pero lo que más recordaba era lo de «No te acerques a mí» que le había dicho. Eran las últimas palabras que le había dirigido.

—Estáis equivocadas —dijo—. Lo mío con Archer no fue una cita, fue...

Demonios. Un encuentro sexual. Exactamente lo que se había prometido que no sería nunca para él. Pero se habían cometido errores y había habido orgasmos. Y todo ello no era sino un retroceso momentáneo en su plan de olvidarse de Archer.

Pru enarcó las cejas.

—¿Archer? Yo me refería a Caleb. Pero háblanos de Archer.

¡Maldición!

—Teníamos cosas de trabajo que discutir y las hablamos en mi despacho. Fin.

Willa sonrió.

—Una vez hice el amor con Keane en mi oficina con todas vosotras sentadas aquí, y yo también utilicé la excusa de —trazó comillas en el aire con los dedos— «cosas que discutir».

Pru abrió mucho los ojos.

—Espera —dijo a Elle—. ¿O sea que Archer y tú «discutisteis cosas»? ¡Guau! Todos sabíamos que era solo cuestión de tiempo que explotara la tensión entre vosotros, pero pensaba que todos oiríamos la reacción nuclear, o que al menos oleríamos el humo.

—Ja ja —respondió ella. Parpadeó—. Espera. ¿Qué quieres decir con que todos sabíais que era solo cuestión de tiempo?

De pronto todas parecían muy ocupadas removiendo el azúcar en el café, arrugando la servilleta o haciendo lo que fuera excepto contestar a la pregunta.

—¿Hola? —preguntó Elle.

Pero entonces entró Spence y distrajo a todo el mundo. Elle no había tenido ocasión de hablar con él del modo en que la había contratado, pero no estaba segura de estar preparada para esa conversación.

Él llevaba una bolsa marrón grande, que olía a más magdalenas de Tina, y la conversación se interrumpió momentáneamente mientras se abalanzaban sobre él.

—¡Atrás! —dijo Spence, alzando la bolsa por encima de sus cabezas—. Mía.

—Dame —dijo Willa.

Él le puso una mano larga en la cabeza y la mantuvo a distancia.

—Contrólate, mujer.

—Pero huelen bien.

—Pues cómprate para ti —dijo él.

—¿Sabías que Archer y Elle ya han estado juntos? —preguntó ella, mirando todavía la bolsa.

Archer era una piedra cuando quería, no dejaba traslucir nada. Pero Spence... Spence era un muro de ladrillo, una fortaleza. Aunque ante aquella pregunta, hizo un giro cómico con el cuello y miró fijamente a Elle.

«Calma, calma». Ella tomó un sorbo de té para disponer de un momento. Pero no consiguió calmarse porque Spence echó atrás la cabeza y soltó una carcajada.

Elle se cruzó de brazos.

—Eres un imbécil.

—Sí —dijo él, todavía sonriendo—. Pero vamos, hacía tiempo que se veía venir.

—Eso mismo hemos dicho nosotras —explicó Pru.

Spence sonreía todavía a Elle, disfrutando mucho de su incomodidad.

—¿Y qué es lo que sabemos? —preguntó a las chicas—. Solo los hechos.

Ellas empezaron a hablar a la vez y él levantó una mano. Todas guardaron silencio al instante. Él señaló a Willa.

—Los vieron discutiendo en el patio —dijo Willa—. Y luego se trasladaron al callejón.

Elle la miró de hito en hito.

—¿Cómo has...?

Spence señaló a Pru, que siguió donde lo había dejado Willa.

—Se dice que se empujaron mutuamente contra la pared y empezaron a tocarse.

—Eso no es un hecho —se burló Spence—. Es especulación.

—De acuerdo, es verdad —concedió Pru—. Pero sí se movieron al callejón.

—¡Oh! —exclamó Willa—. Y rompieron el sofá de dos plazas de ella. Luis lo ha sacado esta mañana al contenedor.

Elle sintió que se sonrojaba.

—Hmm —dijo Spence. Se acarició la barbilla y le sonrió. En su papel de genio del grupo, pasaba pocas cosas por alto. Cierto que andaba un poco a la deriva desde que vendiera su empresa novel el año anterior, y todavía no había encontrado su hueco, pero seguía presente. Hasta donde ella sabía, nadie, aparte de Archer y ella, sabía que había comprado aquel edificio. Pero a veces era demasiado listo para su bien y ella no quería lidiar con su opinión sobre Archer y ella porque era algo que no importaba. Archer y ella no estaban juntos. Sí, habían tenido algo, algo muy momentáneo, pero ya se había terminado. Por completo.

Al menos, ella estaba bastante segura de que era eso lo que había querido decir con lo de «No te acerques a mí». Y él lo había hecho. Se había evaporado. Y con aquella idea deprimente, se dirigió a la puerta.

—Me marcho.

—¿Lo veis? —preguntó Willa—. Debe de ser cierto. Ella se va.

—Irte no nos impedirá hablar de ti —le dijo Pru.

Ella respondió haciendo un gesto con el dedo corazón que hizo que todas se echaran a reír. Abrió la puerta que daba al patio y, como tenía por costumbre, aunque nunca lo admitiera, miró automáticamente la pasarela del segundo piso que llevaba a Investigaciones Hunt.

Alguien salía de las oficinas de Archer y ella se quedó inmóvil porque no era él.

No, era peor. Era su hermana.

Capítulo 13

#UnaDeEsasCosasNoEsComoLaOtra

Ella, paralizada en el sitio por la sorpresa, observó a Morgan meterse en el ascensor. ¿Qué demonios...? Cruzó el patio y llegó al ascensor justo cuando se abría la puerta.

Salió Morgan y dio un respingo al verla allí de pie.

Elle soltó una risita.

–Verás, yo sé por qué me sorprende verte aquí. Pero no tengo ni idea de por qué te sorprende a ti verme si sabes que trabajo aquí.

Morgan se recuperó rápidamente.

–Mira eso, sabes decir otras palabras aparte de «no» y «adiós». Me alegra saberlo.

–Dime por qué estás aquí, Morgan –dijo Elle.

Su hermana se subió más la correa del bolso en el hombro.

–Porque tú estás muy segura de que me propongo algo, ¿verdad?

Había dolor en su voz y eso dio que pensar a Elle. Morgan no mostraba vulnerabilidad, no le gustaban las debilidades.

Ni la familia.

¿Por qué, entonces, respiraba de pronto un poco más deprisa? ¿Por qué le brillaban los ojos como si estuviera a punto de derrumbarse? Elle respiró hondo para calmarse.

—Habla conmigo.

Morgan enarcó una ceja.

—¿Seguro que no quieres darme con la puerta en las narices antes?

—Lo decidiré cuando me digas qué hacías en las oficinas de Archer.

Morgan sonrió entonces.

—¿Celosa?

—Vale, olvídalo —Elle dio media vuelta para alejarse.

—¡Maldita sea! Espera. Oye. Cuando me ponen contra la pared soy muy dura y... Está bien, lo siento, ¿de acuerdo?

Elle se volvió.

—¿Estás en apuros?

Morgan respiró hondo.

—No del tipo que tú crees.

Elle volvió a su lado.

—Sigue hablando.

—Estoy sobria —dijo Morgan—. Voy a clase. Me estoy esforzando por enmendar mi vida. Busco un empleo y un apartamento y necesito referencias.

—Ya he estado ahí —repuso Elle—. Cuando dejamos a mamá, ¿recuerdas? Mentiste sobre mi edad para que pudiera firmar el contrato de alquiler. Igual que las tarjetas de crédito de las que vivíamos, las que pusiste a mi nombre porque yo aún tenía crédito y tú ya te habías cargado el tuyo. Y luego me dejaste plantada. Tenía dieciséis años y estaba sola y tú desapareciste, dejándome con una deuda de doce mil dólares que te habías gastado tú. Y luego apareciste dos años después y repetimos la escena. Y vale, esa vez fue culpa mía. Fui una tonta y todo eso. Una estúpida por volver a confiar en ti.

Morgan cerró los ojos, y cuando los abrió, había lágrimas de remordimiento en ellos.

–¿Qué quieres de mí, Elle? Te pediría perdón por todas las cosas malas que he hecho, pero estaríamos aquí todo el día y al final no sé si me creerías tampoco –hizo una pausa y suspiró–. Pero lo siento, ¿vale? Fui un desastre y lo odio y me gustaría poder retirarlo todo. De verdad que sí.

–Solo dime lo que de verdad quieres.

Morgan soltó un ruidito de frustración.

–¿Tanto te cuesta creer que esta vez pueda haber cambiado? ¿Has llevado una vida tan perfecta que puedes mirarme con desprecio? ¿Tú no tienes nada de lo que avergonzarte?

Por supuesto que Ella no había llevado una vida perfecta. Había cometido más errores de los que quería admitir. Pero en cuanto a avergonzarse de algo... No. No podía decir que fuera así.

Excepto quizá de aquello. De no estar dispuesta a creer que Morgan había cambiado. No podía, porque si lo hacía, también tenía que admitir que dejaba tirada a una hermana cuando no debía hacerlo.

–Oye –musitó Morgan–. Te diré una cosa que no he venido a hacer aquí y es pelear contigo.

–¿Por qué has ido a ver a Archer?

–Porque tú me cerraste la puerta y necesito ayuda.

A Elle la corroía la culpa. Pero también la rabia.

–No has debido ir a verlo. Ya le hemos costado bastante.

—Tal vez –respondió Morgan–. Pero imagínate. El malote grande y duro tiene un gran corazón dentro de ese pecho tan sexy.

Cuando Morgan salió del patio, cruzó la verja y desapareció en la calle, Elle intentó calmarse. Iría arriba y se dejaría absorber por el trabajo hasta que desaparecieran sus impulsos asesinos. Hasta se alejó del ascensor porque decidió que subir escaleras podía ayudarla a quemar parte de su rabia.

Pero no. Cuando llegó arriba, jadeaba y le dolían los dedos de los pies, pero seguía lo bastante furiosa como para olvidar la determinación que había tomado con Archer y dirigirse a las oficinas de él en lugar de a su despacho.

Mollie le sonrió desde detrás del mostrador de Recepción.

—Hola. Bonito vestido y bonita rebeca. ¿Pero no tienes frío?

Elle miró su vestido sin mangas azul y la rebeca de encaje que no era tanto una rebeca como algo demasiado bonito para dejarlo colgado en el armario.

—Estoy congelada –admitió–, pero compré unas cosas de verano en las rebajas y no quería esperar a que cambiara la estación para probar estas.

Mollie se echó a reír.

—¿Qué tiene de malo estar incómoda si estás guapa, no?

Exactamente lo que pensaba Elle.

—¿Y qué ocurre? –preguntó Mollie–. ¿Qué puedo hacer por ti?

—Tengo que ver un momento a tu jefe para estrangularlo... ah, hablar con él.

—Oh, haz lo primero –dijo Mollie–. Me vendría bien tener el día libre.

Elle sonrió sombría y echó a andar. La puerta del despacho de Archer estaba cerrada, pero eso no la detuvo. Él tenía una reunión con Joe, Max y Trev y los cuatro estaban inclinados sobre unos planos. Carl estaba tumbado en el suelo, ocupando la mayor parte, roncando. El dóberman alzó la cabeza, la miró y se puso en pie, confiando en conseguir algo de ella.

Elle le acarició la cabeza. Archer escuchaba algo que decía Joe, pero sus ojos se encontraron con los de ella y le sostuvo la mirada, lo que hizo que a Elle le latiera con fuerza el corazón a medida que los recuerdos eróticos interferían con su malhumor.

El mensaje en los ojos de Archer decía que también pensaba en aquella noche, lo cual no ayudaba nada.

—Salid de la habitación —dijo.

—¡Ah, vamos! —protestó Max—. Justo cuando se pone interesante.

Trev le dio una palmada en la parte de atrás de la cabeza.

Joe enrolló los planos que había sobre la mesa y, cuando se volvía para seguir a Trev, sonrió a Elle.

—¿Quién se ha comido tu tazón de rayos de sol esta mañana, nube tormentosa?

—Tócame las narices, Joe.

Él le hizo un guiño.

—Lo haría, pero creo que el jefe protestaría.

—¡Fuera! —repitió Archer con una voz que hizo ponerse serio a Joe.

Max chasqueó los dedos a Carl, que había vuelto a roncar en el suelo. El perro se desperezó, se tiró un pedo y, una vez hecho su trabajo, trotó alegremente hasta la puerta.

—Lo siento —dijo Max, agitando una mano en el aire—.

Se ha comido el rollo de huevo de Mollie y no le ha sentado bien.

—Y que lo digas —Joe tosió y se atragantó.

Elle arrugó la nariz.

—¿Es un perro o un elefante? —preguntó.

Max sonrió y salió del despacho.

Archer y Elle se quedaron solos y ella pensó que eso no sería nada bueno para la salud de él, algo que no parecía preocuparle en absoluto. De hecho, cuando ella avanzaba, él dio la vuelta a la mesa y se apoyó en ella con las piernas cruzadas de un modo perezoso y todo su lenguaje corporal engañosamente relajado y tranquilo.

Un leopardo descansando.

Llevaba unos pantalones vaqueros desteñidos, que se ceñían en todos los lugares apropiados, y una camiseta negra de aspecto suave que se extendía por su pecho como si estuviera hecha para él. Estaba tan cerca, que ella sintió de nuevo aquella cosa intangible. Era una combinación de la intensidad de su personalidad, el poder de su voluntad y el foco de su atención. Y todo eso sumaba y la ataba a él. Elle retrocedió un paso para intentar romper el conjuro, porque si no, le echaría los brazos alrededor del cuello y no sería para estrangularlo.

—Voy a levantar temporalmente la prohibición de que te acerques a mí —dijo—. Solo un momento para poder gritarte, y luego volveremos a ella.

—Creo que no —contestó él. Sus ojos brillaban con algo que ella no conseguía identificar. Determinación quizá, lo cual le dio que pensar, pues no tenía sentido.

—¿Has visto a Morgan? —preguntó.

—Sí —repuso él sin vacilar, lo cual apagó un poco la furia de ella.

—O sea que lo admites.

—¿Te he mentido alguna vez?

—Has omitido y eludido cosas —respondió ella—. Es lo mismo.

La expresión de él decía que no estaba de acuerdo.

—Ha venido a pedirme ayuda —dijo—. Y acudió antes a ti, así que no puede sorprenderte que esté aquí.

—Pero me sorprende. Me sorprende que tú ayudes a la persona que nos destruyó la vida a los dos.

Él la miró a los ojos. Se apartó de la mesa y fue a cerrar la puerta del despacho.

—Tenemos que hablar —dijo.

Ella se cruzó de brazos y se abrazó el cuerpo. Sabía que era una postura reveladora, pero no pudo evitarlo.

—Te dije que no hay nada de lo que hablar.

—Yo creo que sí.

—Lo que pasó entre nosotros no ocurrió.

—No estoy de acuerdo, pero ya volveremos a eso —dijo él—. Morgan no destrozó mi vida, Elle.

—Muy bien. Pues fui yo.

—No —dijo él.

—Eras un policía novato, encarrilado por tu papá capitán e infiltrado en una misión que habría impulsado tu carrera. Yo era una adolescente estúpida que no iba a ninguna parte. No solo puse en peligro toda la operación sino que también conseguí que te despidieran.

Él la miró un largo momento.

—No me despidieron —dijo al fin—. Me fui yo.

Aquello era tan inesperado que ella solo pudo mirarlo con la boca abierta.

—¿Qué?

—Tienes razón, era un novato —dijo él—. Lo de aquella noche fue mi primera experiencia en una fuerza conjunta. No tendría que haber estado allí, parar empezar, pero mi padre movió algunos hilos y se saltó burocracia. Él estaba... empeñado en mi carrera.

Elle sabía eso. Su padre había sido policía toda su vida. Vivía y respiraba para el Cuerpo de Policía. Y quería lo mismo para su hijo.

—Aquella noche estaba todo cuidadosamente orquestado —dijo él—, sin espacio para el error ni para lo desconocido. Yo tenía indicaciones claras. Estaba allí para observar y no molestar, aunque todo el mundo estaba seguro de que sería un caso fácil, de libro de texto.

—Excepto que aparecí yo —musitó Elle, recordando el terror de todo aquello, sabiendo que se había metido en algo gordo.

—Sí, apareciste tú en mitad de todo aquello, joven, asustada... sobrepasada. Sabía que serias arrastrada con todos los demás en aquella redada. Lo que no sabía era si le importaría a alguien que eras inocente o si te considerarían un daño colateral.

La miró a los ojos y ella supo que la veía como iba aquella noche, con un top de tirantes y pantalones cortos, con las manos y las rodillas sangrando de una caída y un moratón en la cara donde le había pegado Lars.

Todavía odiaba que Archer la hubiera visto así, lo odiaba con todas sus fuerzas. Se había esforzado mucho por convertirse en la persona que era ahora, la persona que controlaba su vida, que siempre la controlaría.

Pero lo más deprimente era que, por mucho que huyera de su pasado, por mucho que cambiara, creciera, madurara... Archer siempre la vería como aquella chica. Y eso era una humillación secreta que apenas podía soportar.

—Vuelve a la parte en la que no te despidieron —dijo.

—Desobedecí órdenes —contestó él—. Violé el protocolo y las reglas. No respeté la autoridad de mi padre.

—Cierto —dijo ella—. Por mi causa.

—No —repuso él con firmeza—. Lo habría hecho por cualquier persona en la misma situación a la que hubiera considerado inocente. Y tendrían que haberme despedido. Todo el mundo lo sabía, pero también sabían todos que mi padre no lo haría. En vez de eso, me suspendió de empleo y sueldo.

—¿Fue solo una suspensión temporal?

—Sí. Pero yo no podía volver al trabajo.

Ella lo miró fijamente.

—¿O sea que te fuiste tú?

—Sí, y tienes que saber que eso fue lo mejor que he hecho en mi vida. Así que, si albergas remordimientos secretos, olvídalos. No tienen ninguna base.

Si Elle sabía algo de Archer era que él hacía lo que creía correcto, no lo que era fácil. Le había salvado la vida y quizá no lo habían despedido por eso, pero independientemente de lo que dijera, ella era responsable por el cambio de rumbo que había sufrido su vida.

Ella le había costado mucho.

No soportaba costarle nada más y, sin embargo, Morgan había vuelto. Lo que significaba que solo era cuestión de tiempo que le arruinaran de nuevo la vida.

—No puedes fiarte de ella, Archer —dijo—. No comprendo por qué lo haces.

—No me fío de ella —repuso él—. Pero eso no significa que no quiera saber lo que se propone.

—Muy bien. Es tu vida, pero...

—¿Pero tú vas a decirme lo que tengo que hacer? —preguntó él, con una sonrisita en los labios.

Su tono divertido la colocó a ella en modo defensivo.

—Pues te puedo asegurar que no me voy a quedar callada.

—Tomo nota —dijo él con sequedad—. Y que conste que yo nunca quiero que te quedes callada.

Elle sintió que se sonrojaba. Los dos sabían que él le había arrancado todo tipo de sonidos la noche de su despacho, tanto vestida como desnuda.

—Te dije que no vamos a hablar de eso. Porque no ocurrió.

—¿Sabes lo que creo?

—¿Que tengo razón? —preguntó ella con falsa dulzura.

Él dio un resoplido.

—Elle, tú siempre tienes razón. El mundo está hecho a tu medida y los demás simplemente vivimos en él.

Esa vez le tocó resoplar a ella.

—Creo que a ti te pone gritarme —dijo él, divertido.

Era cierto. Y aunque ella había ido allí para hacer justamente eso, en aquel momento se sonreían, fuera o no con cinismo, y también estaban más cerca.

Muy cerca.

Ella le miró la boca, recordando cómo había rozado su piel sensible detrás de la oreja, cómo había susurrado promesas sucias que la habían llevado al cielo y vuelta.

Dos veces. Bueno, tres. ¿Pero quién las contaba?

Aquella boca sonrió.

—Quieres gritarme más, ¿no es así? —murmuró.

Sí. Pero no era eso lo que le preocupaba a ella. Le preocupaba el impulso que sentía de quitarse la ropa y subirse a él como si fuera un árbol.

—No siempre hago lo que quiero —repuso con sequedad—. Por ejemplo, no me importaría ponerte los dedos en el cuello ahora mismo y, sin embargo, no lo voy a hacer. Puedes admirar mi autocontrol.

La sonrisa de él se hizo más amplia. Se movió de modo que quedaron tocándose, pecho con pecho, dedos de los pies con dedos de los pies.

–Adelante –murmuró.

Capítulo 14

#NoPuedoTenerSoloUno

Archer la observaba, fascinado y embrujado como siempre por las olas de energía que emanaban de ella. Con las mejillas sonrojadas y los ojos brillantes, golpeó el pecho de él con la mano y abrió la boca, sin duda para gritarle. Pero él no pudo reprimirse y la besó.

Quizá lo había hecho también para impedir que le cantara las cuarenta, pero, sobre todo, para volver a tener la lengua en la boca de ella porque necesitaba su sabor más de lo que necesitaba ninguna otra cosa en el mundo.

Elle permaneció inmóvil un segundo y luego, como empezaba a ser típico en ella, lo rodeó con sus brazos con un gemido suave y sexy que emanaba de lo profundo de su garganta.

Ella siempre le hacía perder el control. Desesperado, la abrazó con fuerza. El aliento de ella le abanicaba el rostro y sus labios rozaban los de él cuando se apartó para mirarlo con la boca húmeda.

Él le devolvió la mirada, incapaz de moverse, incapaz de algo que no fuera respirar, hasta que volviera a hacerla suya. Con ese fin, deslizó las manos por el cuerpo de ella, pues ya sabía cómo hacer que se retorciera contra él emitiendo gemidos de deseo. Tenía las manos subiendo por los muslos de ella cuando ella lo detuvo con una palabra.

—Espera —dijo.

Él se quedó quieto.

—¿Que espere o que pare?

Ella vaciló y dejó caer la frente en el hombro de él.

—Está bien, ocurre esto.

Oh, bien. Pasaba algo.

—Sigo furiosa contigo.

—Entendido —repuso él, que quería ser agradable.

—Muy furiosa —repitió ella—. Pero ahora todo eso está mezclado con otra cosa.

—¿Y esa cosa es…?

—Te deseo —dijo ella, excitándolo simplemente con sus palabras—. Pero —añadió cuando él se disponía a hablar— te deseo en mis propios términos.

—Te escucho —contestó él. En realidad, no le importaba cuáles fueran los términos. Le daría lo que quisiera.

—Haremos esto, pero solo si entendemos que entra dentro de esta tregua temporal.

—Que nos abracemos temporalmente —musitó él—. ¿Pero quieres que después no me acerque a ti?

—Sí —dijo ella—. ¿Puedes hacerlo?

No. No podía. Pero ya se preocuparía de eso más tarde. Deslizó la mano en el pelo de ella y tiró gentilmente hasta que ella lo miró.

—¿Archer? Me has oído, ¿verdad? ¿Esto solo pasa esta vez?

—Te he oído –repuso él. Simplemente, no estaba de acuerdo. Bajó la cabeza para besarla, pero ella lo detuvo de nuevo.

—¿Otra regla? –preguntó él.

—Está la luz encendida –dijo ella.

—Sí.

—Pero ya es de día y esto son luces fluorescentes. Las luces fluorescentes no favorecen a nadie, Archer.

—A ti sí. Tú estás guapa con cualquier cosa –él sonrió–. Y estarás increíble debajo de mí –se inclinó para empezar a demostrárselo, pero ella le puso una mano en el pecho.

—Hablo en serio.

—Lo sé –murmuró él, con voz tranquilizadora, al tiempo que pasaba la boca por la clavícula de ella mientras pensaba que, cuanto antes la tuviera desnuda, antes podría ella empezar a colarse por él como se estaba colando él por ella.

—Oye, sé que cultivo con mucho cuidado esto de ser reina del hielo –ella se interrumpió con un gemido cuando él le mordisqueó la garganta– y que puedes creer que soy perfecta y todo eso, pero...

Él volvió a resoplar contra su piel y ella le dio un golpe en el pecho. Archer le agarró la mano y ella se debatió juguetonamente, pero se rindió cuando él puso la mano de ella plana sobre su pecho.

—Elle –dijo–. A mí siempre me pareces perfecta.

—Pero eso es lo que intento decirte. Es todo una ilusión. Es la magia de la ropa buena –ella lo miró a los ojos con seriedad–. ¿Entiendes lo que intento decirte?

—No.

Elle suspiró.

—Es que no quiero...

Archer le tomó el rostro entre las manos y lo alzó hacia él.

—¿Qué?

—Recordarte a la chica que era antes —susurró ella.

Él frunció el ceño, complemente perdido. Había creído que estaban jugando, pero obviamente no era así.

—¿De qué hablas?

—De la chica que salió de ninguna parte y no tenía nada, carecía de dirección y ni siquiera sabía quién era —dijo—. De esa chica. No quiero que la veas a ella cuando me miras a mí.

Él se quedó inmóvil, atónito.

—Elle, esa chica era más valiente que ninguna otra persona que haya conocido. Estaba dispuesta a todo para proteger a su hermana, para salvar a su hermana, a pesar de tenerlo todo en su contra.

Ella contuvo el aliento como si deseara desesperadamente creerlo pero temiera hacerlo.

—Yo ya no soy ella —musitó.

—Sí lo eres. Debajo de la fachada del maquillaje, la ropa bonita y los zapatos sexy, eres la misma que has sido siempre. Solo necesitas que alguien te lo recuerde —le bajó la rebeca de los hombros y la dejó sobre su mesa—. Enséñamelo —dijo con suavidad.

—¿Enseñarte qué?

—Enséñame quién eres debajo de todo esto.

Ella rio un poco sin aliento.

—¿Ahora tengo que hacerte un *striptease*?

—Tienes que mostrarme a la verdadera tú —corrigió él.

Ella se cruzó de brazos.

—¿Por qué voy a hacer eso?

—Porque yo haré lo mismo —él comprobó la cerradura de la puerta y pulsó la tecla del interfono en su mesa.

—¿Sí? —preguntó Mollie con dulzura, sabiendo muy bien que había dejado entrar allí a Elle sin avisarle.

—No estoy disponible hasta nuevo aviso.

—¿Y si te necesitan los muchachos?

—Si les gusta su trabajo, será mejor que no me necesiten.

—Pero tienes una reunión en quince minutos…

—No disponible, Mollie.

Cuando terminó de hablar, Elle lo miró fijamente, con las manos caídas a los costados.

Archer hizo lo posible por parecer algo sin lo que ella no podía vivir. Debió lograrlo, porque ella dijo:

—Pareces un hombre con planes.

—Te tengo toda para mí —por fin—. Tengo planes, grandes planes —«Planes de convencerte para que quieras seguir…».

—Estás coqueteando conmigo —ella parecía sorprendida.

—Eso es algo que me he negado a mí mismo, pero sí, estoy coqueteando contigo.

Ella lo miró fijamente un momento y luego pareció que tomaba una decisión. Retrocedió y se desató el vestido en la cintura.

La prenda se abrió.

Lo mismo hizo la boca de él porque ella estaba espectacular con unas braguitas de encaje de color carne y unos zapatos de tacón negros que pedían guerra.

Ella se puso de puntilla y lo besó suave y lentamente.

Él quería aplastar la boca de ella con la suya y besar y mordisquear cada centímetro de su cuerpo, pero ella seguía besándolo despacio, con su aliento cálido rozando el rostro de él cada vez que suspiraba de placer. Movió las caderas contra él y, cuando notó que estaba excitado

–cosa que había estado desde que ella había entrado en el despacho para reñirle–, murmuró su aprobación.

Archer se estremeció cuando ella siguió así, torturándolos a ambos, con la respiración cada vez más laboriosa. La de él habría estado igual, salvo porque no respiraba ni un poco.

Las manos de ella fueron subiendo por su espalda, tirando al mismo tiempo de su camisa.

–Fuera –dijo.

Lo que la princesa quisiera. Archer se la quitó y, apenas la había dejado a un lado, cuando ella se inclinó a besar la cicatriz de la puñalada, lo que hizo que a él se le derritiera el corazón. Luego ella le puso una mano en la parte de atrás del cuello, enrolló unos mechones de pelo en sus dedos y profundizó lentamente el beso, entregándole su boca, entregándoselo todo.

Él la abrazó, apretó las manos en la espalda de ella e hizo lo posible por dejarla marcar el paso. No era fácil, con la lengua de ella en su boca y el cuerpo de ella apretado contra el suyo. Cuando por fin interrumpieron el beso para respirar, ella le indicó por señas que se quitara más ropa.

Esperó mientras él se quitaba los calcetines y los zapatos y se enderezaba a mirarla a los ojos.

–Tu turno.

Ella observó su pecho y abdominales y a él se le aceleró el pulso cuando la vio inclinarse a quitarse los zapatos.

–Déjate los zapatos –dijo él.

Ella se enderezó enarcando las cejas.

–¿De verdad?

–Oh, sí.

–Tú vas por detrás –le hizo notar ella.

Archer se quitó los pantalones, con lo que quedó vestido solo con unos *boxers* negros que hacían muy poco por ocultar lo sexy que le resultaba ella.

Ella miró esa prueba y se lamió el labio inferior, lo que hizo que él gimiera, avanzara hacia ella y le subiera las manos por el torso. Cuando dejó caer el sujetador al suelo, ella contuvo el aliento.

—Espectacular —susurró él, con la boca en la mandíbula de ella, pasando las manos por el cuerpo tembloroso de Elle—. Tan espectacular que me dejas sin aliento.

—Termina —dijo ella.

Su exigencia hizo sonreír a Archer, porque ella quería verlo desnudo y él no tenía ningún problema con eso. Se quitó la prenda negra de algodón.

Esa vez ella inhaló audiblemente, con un murmullo femenino de apreciación.

—Ahora eres tú la que está demasiado vestida —dijo él, con la boca en la oreja de ella, y él deslizó los dedos en el encaje de las braguitas a la altura de las caderas y las bajó despacio, acuclillándose ante ella para bajarlas del todo. Se inclinó a besarle uno de los muslos y después el otro. Y luego una cadera. Y el ombligo.

Y después siguió bajando.

—Archer —ella dio un respingo y le puso las manos en el pelo.

—Justo ahí —dijo él.

Y volvió a besarla, esa vez dejando que la lengua serpenteara y la acariciara. La acariciaba, siguiendo las pistas de su cuerpo, con los dedos de ella apretándose en su pelo y ella retorciéndose contra él.

La llevó al orgasmo así, encantado con el modo en que gemía su nombre. Y cuando a ella se le doblaron las rodillas, la tomó en brazos y la puso sobre el escritorio.

Deslizó las palmas por la parte interior de los muslos, se los abrió y se situó en la v de sus piernas.

–Uno de estos días lo haremos en una cama –dijo.

–Eso será difícil, puesto que después de esto, vamos a volver a no vernos –contestó ella.

Clavó los dientes en el labio inferior de él y luego lo soltó despacio y lo besó suavemente, en una caricia que él sintió bajar hasta los dedos de los pies para luego subir de nuevo.

–¿Preservativo? –susurró ella.

Él se quedó paralizado, con los ojos en los de ella, preguntándose qué le parecería a ella ver llorar a un hombre.

–No tengo. ¡Santo cielo! –¿de verdad había olvidado un condón por primera vez en su vida?–. Usamos el de emergencias de la cartera la otra noche.

–Entiendo –ella vaciló, con la mirada fija en la de él–. Antes de eso, no había estado con nadie en más de dos años. Pero tomo anticonceptivos.

Él sintió que se le subía el corazón a la garganta.

–¿Dos años? –preguntó. Le tomó el rostro entre las manos–. ¿Por qué?

Ella cerró los ojos.

–¿Quieres hablar de eso o quieres hacer esto?

Buena pregunta.

–Nunca he hecho esto sin condón –confesó él.

Ella se movió contra él, le agarró el pene y le dio un tirón juguetón para colocarlo justo donde quería. Archer se inclinó hacia ella, con las manos en la mesa, a cada lado de sus caderas y la respiración irregular y jugó con los dos hasta que ella gimió y lo abrazó con las piernas.

–¿A qué viene el retraso? –preguntó, impaciente hasta el final.

Él le puso las manos en el trasero, tiró de ella hacia delante y la penetró.

Sus gemidos unísonos se mezclaron en el aire y él habría jurado que había perdido la consciencia un segundo.

—¡Caray, Elle! —susurró, solo vagamente consciente de que las uñas de ella se clavaban en sus hombros, a los que se agarraba con fuerza, con la cabeza echada hacia atrás, el pelo rozando los antebrazos de él y la garganta desnuda para la boca de él. Tenía los labios entreabiertos, jadeaba y él notaba cómo se tensaba más y más alrededor de su pene.

¡Dios santo! Ya no conseguía recordar cómo había sido su vida antes de ella. Había creído que todo iba bien, pero luego la vida le había lanzado un reto en la forma de aquella mujer hermosa y apasionada de la que él nunca tendría bastante.

Eso lo hacía oficial. Ella era suya.

—Eres hermosa, Elle —dijo, apretándose contra ella—. La mujer más hermosa que he visto jamás.

Ella se estremeció, gimió contra su boca al llegar al orgasmo y, mientras seguía tensa y palpitante en torno a su pene, él se perdió en ella. Cuando estaba así con ella, se encontraba a sí mismo. Era tan sencillo y tan aterrador como eso.

Capítulo 15

#¿ParaEstoMeHeAfeitadoLasPiernas?

Después, abrazados todavía, con sus corazones latiendo el uno contra el otro mientras intentaban recuperarse, Elle intentó memorizar todo lo de aquel momento. El modo protector en que la abrazaba con las piernas, con una mano en la nuca de ella y la otra posada con aire posesivo en su trasero.

Sabía que había sido muy mala idea, pero, de algún modo, siempre perdía eso de vista cuando la tocaba. Las cosas eran increíblemente complicadas entre ellos. Siempre lo habían sido. Pero aquello. Aquello era fácil.

Y ella no sabía qué hacer con eso.

Saltó del escritorio al suelo, recogió su ropa, huyó al baño adyacente al despacho y se miró en el espejo.

Tenía el pelo revuelto y el rímel corrido. Los labios despintados y hinchados, como si fuera una mujer a la que acabaran de dejar satisfecha.

No ayudaba que eso fuera verdad. ¿Y cómo era que él parecía conocer su cuerpo mejor que ella misma? No sabía si sentirse horrorizada o admirada.

Mientras se vestía, decidió que un poco de ambas cosas. Se alisó el vestido y se miró un poco más al espejo. ¡Guau! El sexo le sentaba bien a la piel. Resplandecía.

Pero eso no cambiaba el hecho de que había decidido tomar el control de su vida. También había decidido alejarse de Archer y, sin embargo, había vuelto a caer en sus brazos. ¿Qué demonios le ocurría?

Una mirada en el espejo al brillo de sus ojos de después del sexo le explicó lo que le ocurría. Negaba la realidad.

Y eso era algo que odiaba.

Pero no importaba. Había estado en situaciones peores antes, mucho peores, y se las había arreglado para recuperarse. Esa vez no sería diferente. Sí, quizá había cometido un error, un error grande, pero aprendería de él aunque fuera lo último que hiciera.

Desde su punto de vista, si quería guardar las apariencias, solo tenía una opción. Se apoyaría en su dignidad, le dedicaría una sonrisa espléndida y saldría por la puerta con la misma calma con la que siempre actuaba él.

Su corazón dejó de latir al pensar en ello, pero se arregló el pelo y deslizó un dedo debajo de cada ojo para limpiar las manchas de rímel. Sin el bolso, no podía hacer nada sobre los labios despintados y de pronto se sintió más desnuda que cuando el cuerpo de Archer era lo único que la cubría.

Como esa idea hizo que sus muslos se estremecieron con el recuerdo, se apartó del espejo, respiró hondo y salió del baño al despacho, donde se dirigió directamente a la puerta.

Archer estaba vestido y volvía a ser el hombre inescrutable de siempre.

—Hola —dijo con una sonrisa. Tenía el teléfono móvil en la mano—. Voy a pedir comida. ¿Qué te apetece?

Un desastre. Aquello era un desastre.

—No puedo —dijo ella.

Él dejo de sonreír.

—No huyas, Elle. Dale una oportunidad a esto. Danos una oportunidad a nosotros.

A ella casi se le paró el corazón.

—¿Nosotros? —preguntó, atónita—. No hay ningún nosotros. Hay un tú y hay un yo. Y sí, a veces nos volvemos locos y nos convertimos momentáneamente en nosotros, pero no es real.

—Podría serlo —dijo él.

Ella lo miró aturdida.

—Tú llevas un año apartándome.

—Estaba equivocado.

Ella sacudió la cabeza, incapaz de procesar aquello.

—¿Y ahora qué? ¿Vivimos felices y comemos perdices?

—Depende de ti. ¿Qué quieres tú?

¿Qué quería ella? ¿Había perdido el juicio?

—Está bien —dijo despacio—. Pensaba que bromeabas, pero ahora me estás asustando porque creo que hablas en serio.

—Hablo en serio.

¿Quién era aquel hombre y qué había hecho con Archer?

—¿Esto es para que sigamos teniendo diversión de la que incluye estar desnudos?

—Eso espero —él la agarró cuando ella giró hacia la puerta—. Espera. Hablo en serio.

Elle lo miró a los ojos.

—¿Esperas que crea que tus sentimientos han cambiado así de pronto?

—Bueno, así de pronto no —él sonrió—. Tú me has ido desgastando con el tiempo.

—Esto no tiene gracia, Archer.

—Tienes razón. Tú necesitas tiempo y eso lo tenemos. Tómate todo el que necesites. ¿Estás libre esta noche?

—Sí.

—Te recogeré —dijo él—. Probaremos eso de las citas.

Sonó el teléfono de ella y miró la pantallita. Eran los de mantenimiento, recordándole que tenía una reunión con ellos.

—Tengo que contestar—dijo.

—De acuerdo —Archer se inclinó a besarla con gentileza—. Después del trabajo —murmuró. Y salió del despacho para dejarle espacio.

Elle se encerró en su despacho con el cerebro a cien kilómetros por hora. Caminó por el pequeño espacio, incapaz de decidir lo que sentía. Sorpresa y pánico, desde luego. Cambió intencionadamente de marcha para ir al problema número dos. Sacó el teléfono y envió un mensaje a Morgan.

Ven al O'Riley's en quince minutos.

A la porra con Archer y con el hecho de que la conocía mejor que ninguna otra persona. A la porra con los increíbles orgasmos y con lo que él le hacía sentir. Tenía que olvidar todo eso unos minutos y darse espacio para respirar.

Se concentraría en su hermana. ¡Qué narices! Si alguien iba a ayudar a Morgan, sería ella. Bajó las escaleras.

—¿Tienes hambre? —preguntó Finn cuando la vio llegar.

—Estoy muerta de hambre.
—¿Qué quieres?
—Todo lo que tengas —dijo ella. Se sentó en un taburete al lado de Morgan, acomodada ya en la barra.
—¿Hoy has hecho ejercicio? —preguntó Finn.
¡Si él supiera!
Morgan se echó a reír.
—Siempre estaba hambrienta. Parecía que tuviera un agujero dentro.

Aquello era verdad. Viviendo como vivían ellas, tres comidas decentes al día no entraban en el programa. Había habido largos periodos de tiempo en los que habían sobrevivido a base de manzanas, crema de cacahuete y *noodles* instantáneos.

Y de pronto, dejó de tener hambre.

—Solo una taza de té para empezar —miró a Morgan—. Está bien, adelante. ¿Qué es lo que en realidad quieres?
—Ya te lo dije. Quería verte.
—¿Y?
—Y… esperaba que me dieras referencias y quizá me ayudaras a conseguir un apartamento —confesó Morgan—. Pero cuando no mostraste ningún interés, recurrí a Archer.
—Archer no te debe nada —repuso Elle—. Tienes que dejarlo fuera de esto.

Morgan tomó la bebida que tenía delante y dio un sorbo.

—Es increíble que las patatas nos den patatas fritas, patatas asadas y vodka. Es como para darles lecciones a las demás verduras, ¿no?

Elle entrecerró los ojos, agarró la muñeca de Morgan y acercó el vaso a su nariz para olfatear.

—Es 7Up con hielo —comentó Morgan.

Elle la soltó, sintiéndose como una idiota.

—Lo siento. Eso ha sido una grosería.

—No, de eso se trata —Morgan la miró a los ojos—. Tienes todas la razones para pecar de cautelosa conmigo. Lo entiendo. De verdad. Pero la gente cambia. Tú, sin ir más lejos. La familia lo era todo para ti. En otro tiempo habrías hecho todo lo posible para que estuviéramos juntas.

—Nunca fuimos una familia de verdad.

—Sí —Morgan se levantó—. Lo sé. Solo digo que la gente cambia, incluida tú. De hecho, has cambiado muchísimo —lanzó dinero sobre la barra y se alejó.

—Morgan —dijo Elle—. Espera.

Pero Morgan no esperó. Elle la observó alejarse. Inhaló hondo y, antes de que pudiera soltar el aire, Spence se instaló en el taburete que acababa de dejar libre Morgan.

—¿Estoy loco o acabo de verte sentada con tu doble?

—Es mi hermana.

Spence enarcó las cejas.

—¿La esquiva Morgan Wheaton?

—La misma. Es una larga historia.

—Me encantan las historias largas.

Elle le contó lo que quería Morgan, omitiendo la mayor parte de su terrible pasado. Quería a Spence, quería a todos sus amigos como si fueran familia, pero ninguno conocía toda la historia.

Excepto Archer, claro.

Spence guardó silencio un momento.

—¿Tú no crees que esta vez va en serio? ¿Crees que no ha cambiado nada?

Elle vaciló. Movió la cabeza.

—No lo sé.

Spence asintió lentamente.

—Adivino que te has quemado con ella en el pasado.

Elle se encogió de hombros.

—Sí, te has quemado y adivino que te preocupa que esta vez te equivoques con ella.

—Sí.

Spence la rodeó con un brazo y la besó en la cabeza.

—¿Qué dice tu instinto?

—Que soy una guarra —Elle resistió el impulso de abrazarlo y fingir que su vida no era un caos. Quería recuperar su calma y tranquilidad. Pero consiguió sonreír—. Me gusta quedarme con lo que controlo bien.

Spence le devolvió la sonrisa, pero su mirada indicaba que la conocía bien.

—No sé, Elle. Si fueras tan guarra, no le darías ni la hora. Y sin embargo, estás aquí sentada, confiando en que demuestre que ha cambiado.

—¿Eso es lo que crees que hago?

—¿No lo es?

Sí. Elle suponía que era eso lo que hacía. No confiaba mucho en Morgan y su hermana sería la primera en reconocer que eso era inteligente por su parte. Qué demonios, le había costado un año entero confiar en Archer.

«Y mira cómo ha resultado eso».

—Sé que me contrataste porque Archer te lo pidió —dijo. Sonrió. Su intención había sido ser más sutil, pero ya era demasiado tarde.

Spence parecía confuso.

—¿De qué hablas? Archer no me pidió que te contratara.

—¿Y cómo fue que me tuviste en cuenta para el puesto?

—Empecé con un cazatalentos —repuso él—. Tu currículum me llegó junto con un montón más. Reducirlos a diez fue muy duro. Archer me ayudó –hizo una pausa y le lanzó una mirada especulativa–. Y sí, él te recomendó, pero yo tomé la decisión solo. La verdad es que, cuando te conocí, me pareciste la más ideal para el puesto.

Bien, aquello no parecía tan invasivo como ella había imaginado.

Finn les llevó una bandeja de hamburguesas de queso pequeñas y patatas fritas. Comieron unos minutos en silencio y luego Spence recibió un mensaje. Lanzó un resoplido, respondió y guardó el teléfono.

–¿Qué? –preguntó ella.

Él le lanzó una mirada y no contestó.

Los hombres alfa resultaban de lo más irritante.

–¿Qué?– repitió Elle.

–Caleb quiere saber si debería molestarse en volver a intentarlo.

–¿Y qué le has dicho tú? –preguntó ella, que no sabía si quería saber la respuesta.

–Le he dicho que no estamos en el instituto y que lo averigüe solo. Aunque debería haberle dicho que no se moleste porque tú estás hecha polvo.

–Caramba, gracias.

–Es verdad.

–No empieces –dijo ella

–Pues no empieces tú –repuso él, dejando una patata frita, lo cual implicaba que hablaba muy en serio. Suspiró, murmuró algo de que odiaba que lo obligaran a hablar de sentimientos y la miró–. Está bien, tú eres tú, lo que significa que vas a enterrar muy hondo el corazón y vas a seguir llevando ese escudo de hielo que tanto te gusta. El pobre Archer probablemente no sabrá lo que lo ha golpeado.

—¿El pobre Archer? —preguntó ella con incredulidad—. El pobre Archer es mayorcito. Juega según sus propias reglas y los demás nunca tenemos una copia de esas reglas. Así que créeme, Spence, él no es el que va a sufrir aquí. Probablemente tiene cola esperando.

—¿Hablas de otras mujeres?

—No, hablo de gatitos y arco iris —repuso ella, exasperada—. Sí, hablo de mujeres.

Spence parpadeó ante aquella vehemencia.

—Elle, no ha habido ninguna otra mujer en mucho tiempo. De hecho, en un año.

Ella entrecerró los ojos.

—¿Te ha dicho él que me digas eso?

Spence se echó a reír.

—Sí, justo después de que habláramos de lo que vamos a llevar al baile de promoción. ¡Dios santo! No, nosotros no hablamos de esto, afortunadamente.

Elle suspiró.

—Ha dicho que quiere tener algo conmigo.

—¿Algo... como una cena?

Ella se echó a reír.

—Creo que se refería a algo más que la cena. Creo que se refería a una relación. Aunque eso no importa.

—A ver si lo adivino —dijo Spence—. Porque tú no confías en él.

—No se fijó en mí hasta que empecé a salir con otros hombres.

Ahora le tocó reír a Spence.

—Si crees eso, tengo noticias para ti. La verdad es que no te fías de él. Qué narices, no te fías de nadie para confiarle tu corazón. Y bueno... —él apartó la comida con asco—. No solo me has metido en una conversación sobre relaciones, sino que también me has hecho decir «corazón». Ahora mismo te odio, pero tengo una cosa más que decir y después me corto la lengua. Creo que estás buscando motivos para refrenarte. Ya está.

Alzó las manos al cielo y se puso de pie.

—Ya he hecho mi papel de doctor Phil por hoy. Y espero que por este año —la apuntó con el dedo—. Y si le dices a alguien que hemos tenido esta conversación, lo negaré.

Cuando se marchó, ella se quedó allí sentada pensando.

«Estás buscando razones para refrenarte».

¿Era cierto? No. No, no podía ser. Aquello era por Archer y por lo hecho polvo que estaba. No por ella. Y siguió diciéndose eso el resto de la noche, cuando Archer no fue a buscarla como había prometido. Y seguiría diciéndoselo mientras necesitara oírlo.

Capítulo 16

#¿QuieresPatatasFritasConEso?

Esa misma noche, más tarde, Archer paseaba nervioso por la sala de espera de Urgencias hasta que Mollie le tomó la mano.

—Siéntate —dijo con suavidad—. Por favor.

Archer se sentó. Por ella Joe había sido atacado durante un trabajo de vigilancia rutinario. Lo habían golpeado en la cabeza con un bate de béisbol y no había recobrado el conocimiento en el lugar de los hechos. Archer, los muchachos y una llorosa Mollie llevaban una hora en la sala de espera cuando llegó Elle y se sentó al lado de Archer.

—¿Se sabe algo? —preguntó con voz queda.

Archer ya no se cuestionaba cómo parecía estar ella al tanto de todo. Quizá Mollie le había puesto un mensaje. O Spence, que lo había llamado unos minutos atrás. Archer no había sido capaz de hacer otra cosa que no fuera concentrarse en Joe. Estaba inmóvil, echado hacia atrás, con los ojos en el techo, completamente agotado y muy consciente de la mirada de ella fija en él.

—Nada.

Ella le puso la mano en el brazo y frotó varias veces arriba y abajo. Después entrelazó los dedos con los de él y apretó con gentileza.

Ni palabras de consuelo vacías ni promesas de que todo saldría bien ni peticiones de que no se preocupara porque ella sabía más que nadie lo injusto que podía ser el mundo.

Simplemente le daba la mano.

Y él le agradeció eso más que nada de lo que pudiera haber hecho. Cerró los ojos y, después de unos minutos, ella apoyó la cabeza en su hombro. Su pecho rozaba el brazo de él y en el cuerpo de Archer se alzó rápidamente el recuerdo de la sensación de su piel suave, del pezón de ella empujando la palma de su mano.

Un mechón de pelo rubio sedoso se pegó al amago de barba en la mandíbula de él. El olor, una mezcla complicada de magia femenina, hizo que él quisiera inhalar. Quizá era el agotamiento lo que lo anulaba, pero se volvió y hundió la cara en el pelo de ella.

—Siento lo de esta noche.

—No lo sientas.

Sabía que ella lo decía con tanta facilidad porque en el fondo no creía en ellos. Eso tendría que cambiar, pero por el momento, él creía en ellos por los dos. Y permanecieron sentados así, en silencio, recibiendo consuelo –al menos él– hasta que apareció el doctor.

Se levantaron todos. Elle también, pero se quedó un poco atrás mientras Archer y Mollie hablaban con el médico.

Las noticias eran tristes, pero no tan malas como podían haber sido. Conmoción e inflamación en el cerebro. Pero empezaba a bajar y Joe había recuperado el conocimiento varias veces y ahora dormía. Mollie se dejó caer con alivio contra él y Archer la abrazó con fuerza.

—Voy a verlo —dijo ella. Y siguió a la enfermera.

La tensión en la sala de espera se despejó considerablemente. Archer respiró hondo varias veces y observó a Elle entrar en la tiendecita de regalos. Cinco minutos después volvía con una bolsa grande de gominolas.

—Sus favoritas —dijo. Y Archer tampoco se molestó en preguntar cómo sabía eso.

Ella era mágica.

Hicieron compañía a Joe mientras dormía. Archer estaba sentado en una silla a un lado de la cama y Elle en el otro lado, leyendo un ejemplar de la revista *Cosmo* cuya portada afirmaba: *Los hombres piensan en el sexo cada cinco segundos.*

—¿Eso es cierto? —preguntó él.

—No lo sé —contestó ella, pasando páginas sin alzar la vista—. Dímelo tú.

Archer pensó en aquello.

—Pienso mucho en eso, pero también pienso en otras cosas.

Ella bajó la revista y lo miró.

—¿Por ejemplo? —preguntó.

—En ti —repuso él con sinceridad.

Ella inclinó la cabeza a un lado.

—¿En qué sentido?

—Desnuda.

Elle enarcó las cejas.

—¿Siempre?

—Depende —dijo él.

—¿De…?

—De si tengo hambre o no.

Ella lanzó un resoplido y volvió a la revista. Pero sonreía y él se sintió como si le hubiera tocado la lotería.

Archer se quedó toda la noche con Joe y Mollie, y Elle también. Él pensaba que eso tenía que significar algo. Joe despertó al amanecer, dijo que no se iba a morir y que tenían que irse todos a casa a descansar porque parecían zombies.

Archer llevó a Elle a su casa.

—No vas a entrar —dijo ella cuando aparcó delante de su bloque—. No me sigas arriba —empezó a salir, pero suspiró y se volvió—. Gracias por traerme.

Él sonrió porque no era fácil ser educada teniendo ansias asesinas, pero ella lo hacía como nadie, y resultaba sexy y adorable a la vez.

—Te voy a seguir arriba, Elle.

—No, no lo harás. He estado preocupada, pero he tenido tiempo de pensar esta noche y me he dado cuenta de algo. Para conseguirme este trabajo cuando lo necesitaba, tenías que estar siguiéndome la pista. Me has seguido la pista durante once años y yo no tenía ni idea. Y ahora quiero estar sola para madurar eso en mi cabeza —lo apuntó con el dedo—. Y tú me vas a dejar.

Sí, él la dejaría. Tenía que hacerlo. Ella se merecía tener ese tiempo.

—Procura dormir —dijo con suavidad.

—Solo tengo tiempo para ducharme. Tengo deberes.

Al final del día estaría agotada.

—Al menos déjame entrar y hacerte el desayuno mientras te duchas.

Ella le sostuvo la mirada.

—¿No harás bromas sobre querer enjabonarme?

—Bueno, no me gusta presumir —dijo él, con un tono burlón y la esperanza de aligerar la atmósfera—, pero soy muy bueno en la ducha.

Ella hizo una mueca.

—Admite que sientes tentaciones —dijo él con una sonrisa.

—Tal vez —contestó ella. Bajó la vista a la boca de él—. Y quizá más de unas pocas. Pero también estoy enfadada y confusa. Necesito superar la rabia y la confusión.

—También podría ayudarte con eso.

—Te haré saber cuándo —declaró ella.

Después de eso, pasaron dos días sin hablar. Joe salió del hospital y estaba en su casa, cabreado porque Archer no le permitiría trabajar hasta que el doctor le diera el alta. Eso implicaba que Mollie también estaba fuera, porque estaba cuidando de Joe y los había dejado sin recepcionista, obligándolos a todos a hacer su trabajo, cosa que odiaban.

Archer no tenía ni idea de lo mucho que hacía Mollie hasta que faltó. Todos ellos odiaban contestar el teléfono, así que se turnaban y se peleaban por ello.

Morgan había aparecido de pronto el día anterior y se había ofrecido a contestar el teléfono. Archer había estado lo bastante desesperado para permitírselo, pero aquello requería aprendizaje y no sabía si ella habría oído nunca a tantos hombres adultos protestar y quejarse tanto.

Morgan apareció en la puerta de su despacho.

—Las últimas búsquedas están en tu *email* —dijo.

En aquel trabajo había muchas búsquedas de ordenador, algo que también odiaban todos. Era un trabajo aburrido que nadie quería hacer y Archer pensó que era bastante seguro confiárselo a ella. Además, eso la tendría ocupada y sin meterse en problemas mientras él averiguaba si ella misma seguía siendo un problema.

Sus investigaciones sobre ella indicaban que había estado metida en embrollos hasta seis meses atrás, pero que estaba limpia desde entonces. Aun así, le preocupaba la diferencia entre el tiempo que afirmaba ella y la verdad.

—Gracias —dijo.

Ella asintió y cambió el peso de pie, delatándose. Elle jamás habría hecho eso pero Morgan era mucho más transparente.

—¿Qué ocurre? —preguntó él.

—Sé que solo han sido dos días y que todavía no he hecho gran cosa, pero quiero darte las gracias por la oportunidad de demostrarte que he cambiado.

—A mí no tienes que probarme nada.

—A mi hermana, pues.

Archer se echó hacia atrás y la miró a los ojos.

—No sé si trabajando aquí conseguirás eso.

—Yo confío en que si me ve hacer un trabajo de verdad, eso le ayude a cambiar su idea sobre mí.

—Yo no tengo tanto poder —dijo él. Pensó que ni el mismo Dios tenía ese poder.

—Te subestimas. Si quisieras, podrías convencerla para que volviera a ser mi hermana otra vez.

Él soltó una carcajada, porque dudaba de su habilidad para convencer a Elle de nada.

—Sé que ya te he pedido mucho, ¿pero lo pensarás al menos? —preguntó ella—. ¿Me ayudará a que Elle me miré de otra forma?

Archer miró sus ojos azules claros, tan parecidos a los de su hermana, y suspiró, porque sabía que lo intentaría. No por Morgan.

Sino por Elle.

Porque ella se lo merecía. Merecía una familia. Qué narices, se merecía la luna. Archer no sabía si era porque estaba tan orgulloso de lo que ella había conseguido o porque ahora sabía lo que era estar con ella y quizá no tuviera otra oportunidad, pero quería... necesitaba hacer algo bueno por ella.

A la noche siguiente, Archer esperaba a Elle cuando esta salió de su despacho.

—¿Todavía acosándome? —preguntó ella con amabilidad.

—O quizá es que te echaba de menos —repuso él cuando entraron juntos en el ascensor.

—Eso requeriría sentimientos, Archer.

—¿Crees que no tengo sentimientos?

Ella suspiró.

—Sé que los tienes. Solo creo que no te gustan.

—¿Hablamos de mí o de ti? —preguntó él.

Elle alzó los ojos al cielo. Estaban cruzando el patio en dirección a la calle, donde ella echó a andar a un ritmo que lo sorprendió, teniendo en cuenta la altura de sus tacones.

—¿Vas a ir andando a tu casa? —preguntó.

—Las chicas y yo hemos comido pizza y *brownies* para almorzar. Tengo que quemar unas dos mil calorías.

Él le siguió el ritmo y ella lo miró.

—¿Eres mi guardaespaldas?

—La que lleva la navaja eres tú.

Ella hizo una mueca.

—Probablemente tú habrás tenido más aventuras hoy que yo en toda mi vida. Andar será algo aburrido para ti.

—Elle, tú eres más aventura que nada de lo que me ha pasado nunca.

Ella dejó pasar el comentario e hizo algunas paradas, una para flores, otra para una hogaza de pan reciente de la panadería y otra más a por una botella de vino, lo que hizo que él se preguntara si se preparaba para una cita. Confiaba en que no, porque tendría que matar al hombre.

—¿Te diviertes? —preguntó ella con sequedad.

—Sí.

Elle se echó a reír.

—Mentiroso. A ti no te gusta divertirte.

—Tengo mis momentos.

Ella se sonrojó, cosa que él encontró adorable, aunque Elle se recuperó rápidamente.

—Mmm —dijo ella—. Porque después de estropearme dos citas seguidas, yo habría dicho que eras un aguafiestas.

—Elle, tampoco quería estropearte la diversión. ¿Crees que no sé cuánto tiempo hace que no te permites tener una vida?

Ella se sonrojó y apartó la vista.

Él le volvió la cara hacia sí.

—Pero verte salir con otros hombres cuando nosotros estamos…

Ella enarcó las cejas.

—Dilo.

¡Maldición! Él había entrado solo en un campo minado.

—No pienso disculparme por nada de lo que he hecho —declaró.

A ella eso no la impresionó. Menuda sorpresa.

—No me voy a disculpar por lo que he hecho —repitió él–, porque volvería a hacerlo si fuera preciso para protegerte.

–No me escuchas, Archer. No estoy en peligro. No necesito que me protejas. Puedo cuidar de mí misma.

–Lo sé. Y lo entiendo –dijo él–. Eres lista y fuerte. Lo tienes todo controlado. Y quizá debí decirte lo del trabajo...

–¿Tú crees?

–Oye, tengo defectos. Muchos, en realidad, pero...

–No dejes que te interrumpa –comentó ella–. ¿Pero qué?

Pero... ella era la persona más importante en su vida. Sin su familia, ella era básicamente su mejor amiga, incluso cuando estaban un periodo de tiempo sin comunicación. Pero nunca le había dicho eso porque decírselo le haría sentirse... vulnerable.

Y no le gustaba ser vulnerable.

Elle pasó a su lado con la nariz en alto.

Él la siguió escaleras arriba. En la puerta de su apartamento, ella se volvió.

–No necesito que mires si hay monstruos.

–Sígueme la corriente –comentó él.

–En realidad, creo que ya te la he seguido mucho – ella se volvió para abrir la puerta y se quedó muy quieta.

Archer miró para ver qué era lo que la había detenido y vio que la puerta estaba entreabierta.

Alguien había entrado en el apartamento.

Capítulo 17

#AsuntoSórdido

Elle estaba de pie delante de su puerta abierta, sin apenas registrar lo que ocurría, cuando Archer le puso una mano firme y protectora en la cadera y la empujó detrás de él de modo que ella no podía ver más allá de sus hombros anchos. Pero no le costó ver la pistola que él había sacado de ninguna parte.

Archer la empujó con el codo a un lado de la puerta abierta, con la espalda pegada a la pared.

–Quédate aquí –dijo. Y desapareció dentro.

Ella se quedó allí, dividida entre seguirlo o hacer lo que le había pedido, pero al final decidió que seguirlo la convertiría en la chica tonta de todas las películas de terror que conocía.

Alguien había entrado en su apartamento.

Hacía mucho tiempo que el miedo no gobernaba su cuerpo, pero en ese instante la invadió como un viejo amigo, como si no hubiera pasado tiempo, y la hizo sentirse de nuevo como una niña perpetuamente asustada.

Archer reapareció tan silenciosa y eficazmente como

había desaparecido, guardándose la pistola detrás de su cuerpo.

—No he visto nada fuera de su sitio, pero tienes que entrar tú a mirar.

Ella asintió mareada y él la miró un momento con el ceño fruncido. Deslizó su mano en la de ella.

—¡Eh! —dijo, atrayéndola hacia sí—. Estás temblando.

—No es cierto.

—De acuerdo —dijo con gentileza—. Quizá sea yo.

Ella rio sin humor y lo siguió al interior, agarrándose todavía a él. Su ordenador portátil estaba en la mesa, la televisión seguía en su sitio. Hasta donde ella sabía, no faltaba nada.

—No he dejado la puerta abierta —dijo.

—Lo sé.

—¿Lo sabes?

Él le apretó la cintura, lo que hizo que ella se diera cuenta de que la sostenía contra su costado.

—Tú jamás la dejarías abierta —comentó—. Eres demasiado lista para eso. Por no mencionar anal.

Elle soltó una risa estrangulada por la mezcla de cumplido e insulto y, por la sonrisa de él, adivinó que esa era la reacción que había buscado.

—¿Debo llamar a la policía? —preguntó ella.

—Ya lo he hecho.

Una hora después, la policía había ido y se había marchado. Archer comprobó las ventanas y después tomó el bolso de ella.

—Está bien, vámonos.

—¿Adónde? —preguntó ella.

—A la cama. Estás agotada.

—No necesito el bolso para ir a mi habitación.

—Esa no es la cama a la que vas.

Ella tardó un momento en contestar, pues su cuerpo y su cerebro tuvieron dos reacciones distintas al pensar en volver a dormir con él. Su cuerpo quería saltar de alegría. Su cerebro quería gritar que corría mucho más peligro con él que con nadie más.

O al menos lo corría su corazón.

—Eso es una mala idea —dijo.

—¿Por qué?

—Porque me dedicarás tu sonrisa derrite bragas y se me caerá la ropa.

Él soltó una sonrisa de lobo.

—¿Y?

—Y —dijo ella— que ya no nos damos orgasmos mutuamente.

Archer la miró, tendiéndole el bolso, que parecía pequeño y femenino en su mano grande.

—Muy bien.

Ella lo tomó. Alguien había entrado en su casa. Tocado sus cosas. Y no sabía por qué ni qué buscaban. La verdad era que todavía le temblaban las rodillas y no quería dormir allí sola.

—Dormiré en tu sofá —dijo.

—Donde quieras —contestó él.

Durante el viaje condujo en su salsa, silencioso y vigilante.

Elle no estaba en su salsa, pero podía fingir como el que más.

—Seguro que ha sido Morgan —dijo.

Él negó despacio con la cabeza.

—La he llamado. No ha sido ella.

Ella miró su perfil en la oscuridad, con rayas de luz ambiente cruzando su rostro cada vez que pasaban una farola.

—Disculpa —dijo—. ¿La has llamado? ¿Mi hermana y tú os llamáis?

Él aparcó delante de su edificio y se volvió a mirarla.

—Ya que estás cabreada conmigo, hay algo que debes saber.

—Genial. ¿Ahora qué? No, espera —dijo ella—. A ver si lo adivino. Me vigilas el periodo, aparte de todo lo demás, y sabes que llevo un día de retraso.

Él se quedó inmóvil. Parpadeó una vez. En su cuerpo grande no se movió ningún músculo más, ni uno solo. Después de un momento, que ella aprovechó para maldecirse por haber abierto la bocaza, dijo con una calma engañosa:

—¿Llevas retraso?

¿Pero qué demonios le pasaba? No había sido su intención decir eso. No pretendía decir ni una palabra de eso. Se había dado cuenta esa mañana y estaba cien por cien segura de que se debía al estrés. O un noventa y cinco por ciento por lo menos.

—Supongo que no lo sabes todo, ¿eh?

En la mandíbula de él se movió un músculo y tardó un momento en recuperar visiblemente la compostura. En realidad, resultaba fascinante el control que tenía sobre sus emociones. Ella se consideraba bastante buena en ese campo, pero Archer era un maestro.

Entraron en casa de él y a continuación puso a hervir agua, presumiblemente para el té de ella.

¡Maldición! Siempre sabía lo que necesitaba.

O casi siempre. Porque en aquel momento, en la cocina de él, le habría venido bien un abrazo.

Él volvió a su lado y, por un momento, Elle pensó que le había leído el pensamiento. Él le quitó la chaqueta y la dejó en el respaldo de una silla. Le tomó el bolso y lo tiró encima de la chaqueta. Luego le puso las manos en los brazos y los frotó arriba y abajo al tiempo que doblaba las rodillas para mirarla a los ojos.

—¿Puedo pedirte que te sientes sin iniciar una pelea?

Ella alzó un hombro.

—Sería agradable que lo pidieras.

Le pareció, pero no estaba segura, que él sonreía un poco.

—¿Quieres hacer el favor de sentarte?

Ella alzó de nuevo el hombro, volvió a la sala de estar y se sentó en el sofá. Era el sofá más cómodo que había visto en su vida. Parecía abrazarla y ella apoyó la espalda y cerró los ojos, totalmente agotada de pronto.

Por la razón que fuera, Archer la dejó en paz. Ella lo oía trastear en la cocina y esa idea le hizo sonreír. Archer trasteando en la cocina. La imagen que eso invocaba resultaba incongruente: el malote de Archer inclinado sobre los fogones.

—¿Por qué sonríes?

¡Maldición! Aquel hombre se movía como el humo. Ella abrió los ojos y lo encontró acuclillado delante del sofá. Dejó una taza de té humeante en la mesita de café.

—No llevas delantal —murmuró ella.

Archer frunció el ceño y le tocó la frente.

—No estoy enferma —ella soltó una risita y le apartó la mano, que le gustaba demasiado tocando su piel.

Él no se movió.

—Háblame, Elle.

Ella respiró hondo.

—No estoy preparada para hablar contigo —tomó el mando de distancia que había en la mesa y lo apuntó a la televisión más grande que había visto jamás.

La tele se encendió con el volumen muy alto y los canales destellando en la pantalla a una velocidad mareante.

—Creo que acabo de lanzar un módulo lunar, pero no estoy segura —dijo.

Él extendió el brazo y apagó la televisión.

—Estás agotada. Necesitas dormir, pero no tiene sentido irse a la cama cuando estás tan cabreada. Háblame, Elle. ¿Llevas... retraso?

—Solo un día. No es nada.

Él no apartaba la vista de ella.

—¿Te has retrasado otras veces?

—No —admitió ella. Normalmente era tan regular como un calendario—. Probablemente sea el estrés.

Archer le sostuvo la mirada.

—Pero quizá no.

—Tomo anticonceptivos —le recordó ella.

—No son infalibles del todo.

—Es demasiado pronto para preocuparse —dijo ella—. Es altamente improbable que esté... —no pudo decir la palabra.

Él le cubrió una mano con la suya y entrelazó los dedos de ambos.

—Pase lo que pase, lo afrontaremos.

En plural. Elle sintió una opresión en la garganta. Había un «nosotros». No conseguían llevarse bien. Él era mandón, manipulador, controlador y macho alfa, y la volvía loca.

Pero aquel «nosotros»... Aquel «nosotros» la descolocaba.

—Me has oído, ¿verdad? —Archer le apretó los dedos—. No estás sola en esto.

Ella no podía hablar. Estaba totalmente abrumada.

Él la dejó un momento. O, ¡qué narices!, quizá él también necesitara un momento. Al fin ella encontró su voz.

—No estoy embarazada –dijo.

—Quieres decir que no quieres estarlo.

Claro. «Eso».

Capítulo 18

#HayUnEmoticonParaEsto

Archer observó a Elle ponerse de pie y pasear varias veces por su sala de estar, murmurando para sí algo con muchos pronombres, «tú», yo», «nosotros»… Lo que decía no tenía sentido, pero él era lo bastante listo para tener la boca cerrada. Lo cual era bastante fácil porque estaba completamente abrumado.

Ella podía estar embarazada de él. Necesitaba sentarse, pero clavó los pies en el suelo y la esperó.

Por fin ella se volvió hacia él.

—¿A qué te referías con que lo afrontaríamos juntos? Tú quieres niños tan poco como yo.

—Las cosas cambian.

Ella lo miró fijamente un momento y después siguió andando. Luego se detuvo de pronto, de pie en mitad de la sala de estar, con el lenguaje corporal tenso y el pelo rubio apartado de la cara y recogido de un modo elegante que la hacía parecer una diosa.

Una diosa cabreada con la que a él no le importaría nada tener un niño.

—¿Y me estás diciendo que tú querrías hijos? —preguntó ella con incredulidad—. Y ten cuidado, Archer, porque has perpetuado muy intencionadamente la imagen de malote impenetrable. Eres una isla y no necesitas a nadie, nunca lo has necesitado. De hecho, según mis cálculos te ha llevado once años querer...

—Una relación —terminó él, servicial.

—Sí —dijo ella—. Eso. Once años, Archer. Así que no sé cómo quieres que crea que te ves a ti mismo en una casita familiar, con la misma mujer todas las noches y... —parecía esforzarse por buscar algo que fuera peor que una casita familiar y la misma mujer todas las noches—. Y un triciclo en el jardín —terminó triunfante—. Porque, sinceramente, no encajas con ese perfil.

Archer comprendió que iba a tener que darle algo para conseguir algo a cambio.

—Estoy de acuerdo —dijo—. He llevado la vida que quería y ha sido un estilo de vida egoísta, que no dejaba mucho espacio para una relación.

—Conveniente para ti.

—Sí —asintió él—. Lo ha sido. Cuando dejé la policía, lo hice sabiendo que tendría que recorrer la línea entre lo justo y lo legal. También sabía que me apartaría de una familia que no entendería lo que hacía ni por qué. Lo hice sabiendo que estaría solo porque no podía pedirle a nadie más que compartiera eso, y no me importaba.

Ella lo miró fijamente.

—¿Pero...? Porque detecto un gran pero.

—Pero —dijo él—, aunque yo habría jurado que mi vida era exactamente como yo quería que fuera, le falta algo.

Ella no había parpadeado. Archer ni siquiera estaba seguro de que respirara.

–No estoy preparada para esta conversación. Sigo furiosa contigo. Si quieres que hablemos de eso, estupendo.
–Hagámoslo –repuso él.
–Te has entrometido en mi vida todo este tiempo, me has seguido la pista como si yo fuera responsabilidad tuya.
–Lo de la universidad no cuenta –dijo él.
Ella se quedó inmóvil y la temperatura de la habitación bajó diez grados.
–¿Qué? –preguntó con calma.
–¿Qué? –repitió él. Retrocedió un paso, tanto mental como físicamente–. ¿Sabes qué? Es tarde. Estás cansada y yo también. Volveremos a esto en otro momento...
Elle tomó un cojín del sofá y se lo tiró a la cabeza con muy buena puntería.
Era culpa de él. Llevaba todo el año enseñándole a jugar a los dardos en el pub y ella era buena estudiante.
–¿Me conseguiste mi trabajo e hiciste que me admitieran en la universidad? –preguntó ella con una voz rara.
Archer tomó nota mentalmente de que nunca debía ser el primero en hablar.
–Escribí una carta de recomendación –contestó. Nada más. Conocía a alguien en el comité de admisiones.
Ella lo miró de hito en hito durante un minuto y después volvió al sofá y se sentó. Agarró otro cojín y él se acercó para agarrarlo y evitar otro ataque, pero ella lo apretó contra su estómago y se dobló un poco sobre sí misma.
Él exhaló con fuerza y se sentó a su lado.
–No tuviste ninguna ventaja de niña –explicó–. Yo odiaba eso. Todo lo que he hecho ha sido solo porque quería ayudarte.

—Ayudarme habría sido llamarme y preguntarme si quería la ayuda —repuso ella—. En vez de eso, has actuado como un marionetista, dirigiendo mi vida. Odio eso, Archer.

Él le quitó el cojín, le puso las manos en los brazos y la volvió hacia sí.

—No soy marionetista. No te he dirigido de ningún modo, solo... —movió la cabeza—. Solo te he echado una mano cuando la necesitabas.

—Pero no era ayuda lo que quería de ti. Quería...

—¿Qué —preguntó él—. ¿Qué querías de mí? Dilo.

Pero ella negó con la cabeza.

Él suspiró.

—Oye, tú no necesitabas mi ayuda. Pero no tenías a nadie más. Yo solo quería asegurarme de que estuvieras a salvo. Y protegida.

—Porque ese es tu trabajo, ¿verdad? —preguntó ella—. Tú mantienes a la gente a salvo y protegida.

—Bueno, sí —contestó él, no muy seguro de que ambos tuvieran la misma conversación.

Elle movió la cabeza.

—¿Lo ves? Eso hace que yo sea un trabajo para ti. Y eso es lo único que nunca he querido ser.

Él tiró de ella hacia sí.

—Necesito que me escuches —dijo—. ¿Podrás hacerlo?

—Depende de la cantidad de sandeces que vayas a intentar darme.

Archer soltó una carcajada ronca y bajó la frente a la de ella. Le pareció buena señal que ella no intentara darle un rodillazo en sus partes o sacarle los ojos.

—Ninguna —respondió con voz queda.

Quería que lo escuchara de verdad. A riesgo de su vida, se acercó más todavía, porque lo único que tenía a su favor era la química fantástica de sus cuerpos. Y sí, era tan canalla como para utilizar eso de ser preciso. Cualquier cosa con tal de asegurarse de que ella oía lo que tenía que decir. Esperó hasta que se encontraron sus miradas e incluso entonces, casi se ahogó en las profundidades azules de los ojos de ella.

–Aquella noche había algo en ti –dijo–. Entraste en mi radar y te quedaste en él –movió la cabeza–. Me preocupaba que estuvieras segura. No tengo mucho instinto de hacer nido, Elle, pero tú sacaste el que tenía. Quería meterte en una ducha caliente, envolverte en una manta y darte de comer –sonrió con nerviosismo–. Y luego quería que te durmieras y observarte mientras lo hacías.

–Hiciste todo eso –le recordó ella–. Me llevaste a Urgencias y después a tu casa como si fuera un cachorro medio ahogado. Me diste de comer y me acostaste. Sola –añadió ella–. Aunque yo pregunté si esperabas que te pagara con sexo –sacudió la cabeza–. Te reíste. Yo hablaba en serio y tú te reíste de mí.

–Elle, estabas sangrando, empapada por la lluvia y vestida solo con pantalones cortos y camiseta de tirantes, sin zapatos. Créeme, no me reía. Estaba cabreado con la vida que te habías visto obligada a llevar. Habías visto cosas que no deberías haber visto. Habías hecho cosas que no deberías haber tenido que hacer. Y yo quería pegarle a alguien por eso. Todavía quiero.

Ella lo miró y quizá fuera su imaginación, pero a él le pareció que estaba menos furiosa.

–Por la mañana me diste de nuevo de comer –dijo ella–. Huevos revueltos, salchichas y tostada.

–Lo único que sabía cocinar –dijo él con una sonrisa.

Recordaba cada minuto de aquella noche, cómo la había mirado durante horas, incapaz de comprender la necesidad que sentía de asegurarse de que estuviera a salvo, teniendo en cuenta que su mundo acababa de explotar.

—Después del desayuno... —ella cerró los ojos, claramente avergonzada por el recuerdo—, intenté besarte y me rechazaste de nuevo —movió la cabeza—. Me diste una sudadera y había dinero en el bolsillo.

—No quería que te fueras de allí sin nada.

—Al principio pensé que era una prueba —confesó ella—. Pero no lo era.

—No —dijo él, que recordaba que ella había intentado devolverle el dinero.

—Me dijiste que siguiera mis instintos y no dejara que nadie me desviara de ellos —musitó ella—. Me dijiste que existía el bien y existía el mal y que también había una zona gris y que no importaba, siempre que me mantuviera tan cerca del bien como pudiera. Y luego me marché y no volví a verte.

Archer le acercó la taza de té a los labios y la observó beber.

Ella no se apresuró. Dio varios tragos largos antes de dejar la taza a un lado.

—Pero tú estabas cerca observándome, ¿verdad?

—Sí.

—Dime por qué no me di cuenta de eso. Por qué no me hiciste saber que estabas a mis espaldas, vigilando todos mis movimientos.

—No vigilaba todos tus movimientos —contestó él—. Nunca he hecho eso.

—¿Insinúas que nunca invadiste mi intimidad?

Aquella pregunta no era fácil de responder. Como tampoco la pregunta a la que apuntaba ella. ¿Por qué no la había deseado?

Elle lo miró durante un momento largo.

—Vamos a ver si lo he entendido bien. Tú no querías estar conmigo, ni siquiera como amigos, pero me observabas e incluso fuiste tan lejos como para guiarme a la universidad y a un empleo...

—La universidad de tu elección –señaló él–. Y un trabajo que te encanta.

Ella entrecerró los ojos.

—Tú no querías estar conmigo –repitió–, así que, en vez de eso, básicamente me acechabas...

—No te acechaba –respondió él–. Te protegía.

—Pero yo no necesitaba eso de ti. Necesitaba... –ella se interrumpió y se volvió–. Oye –dijo. Era obvio que se esforzaba por ser paciente–. Entiendo que tú has estado a mi lado más que ninguna otra persona. Pero tu modo de hacerlo...

—Eras menor de edad.

Ella lo miró.

—¿Qué?

—Tenías dieciséis años, Elle. Yo tenía veintidós. No podíamos. No podíamos –él respiró hondo–. Y cuando te marchaste, trabajaste duro y rehiciste tu vida. Verme te habría recordado cosas que no querías recordar. Por eso me mantuve alejado.

Ella lo miró fijamente. No parecía muy halagada porque él hubiera intentado hacer lo correcto.

—Yo tomo mis propias decisiones –dijo al fin–. No necesito que nadie las tome por mí.

—Eso lo entiendo, pero ya que estás furiosa, tengo que añadir algo a tu lista de infracciones.

—¡Ah, venga!

—He empleado a tu hermana temporalmente –dijo él–. Morgan está haciendo búsquedas *online* hasta que vuelva Mollie.

Ella frunció el ceño.

—¿O sea que, además de arruinar las dos únicas citas que he tenido en años y de formar parte de mi vida la última década sin que yo lo supiera, has empleado a una estafadora que da la casualidad de que es la hermana de la que yo te pedí que te alejaras?

—Bueno, técnicamente, tú y yo estamos en una cita en este momento y, a pesar del allanamiento de tu casa, no va muy mal, ¿verdad?

Ella lo miró de hito en hito y se echó a reír.

—Y Morgan es... Bueno, Morgan —dijo él—. Pero también es tu hermana. Familia tuya. Y la familia sobrepasa a todo lo demás.

—¿Y entonces por qué no te has reconciliado con tu padre? —preguntó ella.

—Estoy trabajando en eso.

Ella respiró hondo.

—Me gustaría decir lo mismo —admitió—. Pero no estoy segura de que Morgan y yo podamos llegar a eso. No tengo muchas experiencias buenas con la familia. Ni con las relaciones tampoco. Las personas más importantes en mi vida son mis amigos. Y a pesar de todas las cosas idiotas que has hecho, y has hecho unas pocas, tú eres uno de ellos.

Algo nuevo se instaló en el interior de él. Algo cálido y... maravilloso. Lo que no era tan maravilloso era que ella lo había metido en la zona de amigos.

Esa parte no le gustaba.

Elle tardó mucho rato en la ducha. Al principio dejó que el agua caliente le cayera sobre los hombros e intentara lavar sus problemas, que eran tantos que le costaba llevar la cuenta.

Pero luego el olor del jabón, un recuerdo visceral del hombre y de lo que le hacía sentir, casi fue más fuerte que ella. Se frotó la piel con él, con lo que despertó un deseo que se había esforzado mucho por apagar. Cuando cerró los grifos su cuerpo estaba en alerta máxima, prácticamente temblando de necesidad.

—Sé fuerte —se dijo cuando se envolvía en una de las toallas de él.

—Hueles a mí —murmuró Archer cuando salió del baño.

Ella no hizo caso del escalofrío que recorrió su cuerpo.

Él le tendió una camiseta doblada.

—Pijama —dijo.

—Gracias —ella se volvió y se puso la camiseta por la cabeza. Dejó que cubriera su cuerpo antes de retirar la toalla.

Por el cambio en la respiración de él, asumió que no había tenido mucho éxito, pero cuando se volvió a mirarlo, la expresión de él era tranquila.

Elle no sabía cómo lo hacía, cómo se mantenía impertérrito ante... bueno, cualquier cosa. Pero tenía intención de hacer lo mismo.

«Fingirlo hasta conseguirlo» era su lema.

—Ven a la cama conmigo, Elle. Es grande y calentita.

«Le dijo el lobo feroz a Caperucita», pensó ella. Negó con la cabeza.

—Me quedo en el sofá.

—Vamos, acepta la mitad de la cama. Yo puedo controlarme si tú puedes. Amigos, ¿verdad?

Ella miró la enorme cama con el edredón grueso e invitador y tragó saliva con fuerza porque sabía de primera mano que él sí podía controlarse. Lo que no sabía era si ella podía hacer lo mismo.

Él rio con suficiencia y ella salió con furia y se dirigió al sofá. Él le llevó una almohada y una manta y luego caminó por el apartamento apagando luces y comprobando ventanas y puertas mientras ella yacía como una estatua en la oscuridad, llena todavía de tensión.

–¿Vas a estar bien? –preguntó él.

–Siempre.

Él se detuvo un momento largo, como si quisiera decir algo más, pero al final no lo hizo. Dio media vuelta y desapareció en el dormitorio.

Ella se quedó dormida con una facilidad sorprendente, pero no le duró mucho. Le preocupaba quién habría entrado en su apartamento y seguía enfadada porque Archer hubiera dirigido su vida los últimos once años. Y pensaba en su hermana. Y estaba también la preocupación principal. ¿Y si estaba embarazada? ¿Lo haría mejor que su madre? Esperaba que sí, pero se estremeció al pensar que no fuera capaz.

Movió la cabeza y se obligó a relajarse, pero hablar del pasado había desenterrado cosas que estaban mejor olvidadas. La atormentaban sueños, estúpidos recuerdos largo tiempo enterrados. Como aquella vez en que tenía cinco años y su madre había desaparecido. Morgan y ella habían estado tres días solas antes de que los servicios sociales las encontraran y se hicieran cargo de ellas. Aquello había pasado dos veces más antes de que Morgan y ella aprendieran a esquivar a los servicios sociales, y ahora, alternando momentos de calor y sudor con otros de frío, Elle daba vueltas en el sofá ante el ataque de los recuerdos.

–Elle. Muévete.

Ella abrió los ojos, sorprendida, y miró la silueta del cuerpo alto de Archer.

–¡Chist! –dijo él con gentileza. Se acurrucó para quedar a su altura–. Déjame. Muévete.

—¿Por qué?
—Porque tienes pesadillas. Yo te las espantaré.
—¿Cómo?
—Te abrazaré y no dejaré que te asalten.
Aquello sonaba alarmantemente perfecto.
—No te está permitido seguir protegiéndome —dijo ella—. Ya te lo he dicho.
—¿Y si lo hago solo hasta que amanezca y solo esta vez? —preguntó él, acariciándole el pelo húmedo de la frente—. Hazlo por mí.
Ella resopló.
—Si es por ti...
—Ven aquí, Elle.
Ella quería hacer justamente eso.
—¿Archer? —susurró, con el corazón en la garganta.
—¿Sí?
—¿Los amigos a veces duermen juntos?
Él la empujó un poco, de modo que cupieran los dos juntos, con la espalda de ella en el pecho de él.
—Cuando somos tú y yo, sí. Todo lo que necesites, Elle. Siempre.
Ella sintió una opresión en la garganta porque, a pesar de que él la volvía loco, ella sabía que hablaba en serio.
La estrechó con más fuerza, dándole calor, y ella por fin consiguió relajarse y durmió como un tronco.

Capítulo 19

#¿TienesLeche?

Elle despertó todavía en el sofá y todavía con Archer. Él estaba de espaldas y su respiración lenta, profunda y regular indicaba que dormía.

Ella abrió los ojos muy despacio y lo observó. O, al menos, la parte de él que podía ver, que era su barbilla con amago de barba, pues en algún momento de la noche, ella había apretado la cara en la garganta de él. Estaba en el hueco de uno de los brazos de él, apretada contra su costado, con una pierna encima de él en actitud posesiva, un brazo sobre el pecho de él y una mano en su axila.

Entonces se dio cuenta de que él tenía un brazo a lo largo del cuerpo y el otro la abrazaba con la mano en su trasero.

Su cuerpo se estremeció al pensarlo. Elle ordenó silencio a su cuerpo. No porque hubiera nada de malo en disfrutar con aquel hombre, pero ya lo había hecho más de lo que era sensato y ya sabía que era un modo garantizado de volverse loca.

Se apartó un poco para verlo mejor. Él ya tenía al descubierto la herida de la cuchillada, que sanaba bien, pero aun así la escandalizó ver la cicatriz roja y arrugada.

Él no estaba precisamente a salvo de todo.

Aunque tenía que admitir que la vida de ella no era mucho mejor.

La mano cálida que tocaba su trasero era... sexy y solo ligeramente posesiva. Y su decisión de mantenerse fuerte sufrió un poco porque aquello le gustaba demasiado. Miró la cara de él. Era raro poder observarlo desde tan cerca sin que la cegara con el potente campo de fuerza de su personalidad, así que aprovechó la oportunidad. Archer parecía relajado, despreocupado incluso. Por no hablar de sexy sin esforzarse en ello. Los hombres eran terribles en ese aspecto. No sabían lo fácil que lo tenían, mientras que ella, por su parte, necesitaba al menos una hora de preparativos antes de dejarse ver en público. Y con eso en mente, empezó a salir lentamente de debajo del hombre sexy que había mantenido a raya sus sueños y sacrificado sus dragones toda la noche.

Pero en cuanto se movió, sintió un cambio sutil en la respiración de él que le dijo que ya estaba despierto.

Y al instante siguiente, él abrió los ojos.

—¿Estás bien? —preguntó.

Si a ella le había parecido sexy su voz de medianoche, el gruñido de esa mañana lo superaba con creces.

—Sí, gracias.

Sus miradas se encontraron un instante, como conectadas por una fuerza invisible, se inclinaron el uno hacia el otro y...

El teléfono de él sonó en algún lugar encima de la cabeza de ella.

—El deber llama —susurró Elle.

Él tanteó con la mano en busca del teléfono sin dejar de mirarla. Salvada por la campana... Pero entonces vio que él fruncía el ceño al leer el mensaje.

—¿Qué ocurre? —preguntó.

—Tu hermana quiere vernos.

Archer fue con Elle hasta sus oficinas y observó cómo interactuaban las dos hermanas.

O mejor dicho, cómo no lo hacían.

Estaban sentadas en las dos sillas del despacho de él, una al lado de la otra, pero a nivel emocional podían haber estado a kilómetros de distancia. Archer no conseguía interpretar el silencio mohíno de Morgan, pero sí sabía leer el de Elle.

Esta mantenía el control, pero le costaba un esfuerzo. Él la miró a los ojos y, puede que estuviera loco, pero el sentimiento que vio en los de ella lo calentó, llenó su alma, borrando todas las dudas secretas y enterradas que había tenido sobre si él sería bastante para ella.

—Tengo un par de problemas —dijo Morgan—. Hay dos hombres visitando los lugares donde he estado los últimos años, preguntando dónde estoy ahora. Y no hay ninguna buena razón para ello. Solo quiero pediros a los dos que, si os preguntan, os hagáis los tontos.

—¿Qué hombres? —preguntó Archer—. ¿Cómo y dónde?

—No lo sé —Morgan hizo una pausa—. Pero empeoró anoche. Debieron de seguirme hasta la casa donde alquilo una habitación, porque cuando he salido esta mañana, me he enterado de que habían interrogado a mi casera y le habían dado un susto de muerte. Le dijeron que yo estaba en un lío y que ella también lo estaría si no iba con cuidado.

—¿Le han hecho algo? —preguntó Elle.

—No —comentó Morgan con un deje de regocijo en la voz—. Tenía los adorados palos de golf de su padre en el vestíbulo. Sacó el hierro nueve y lo agitó como un bate de béisbol. Como no la tomaron en serio, golpeó a uno de los hombres y lo lanzó contra el mueble zapatero —sacó un teléfono móvil y lo dejó en el escritorio de Archer—. El hombre perdió esto. Salió corriendo sin él.

Archer sacó una bolsa de pruebas, metió dentro el teléfono con un bolígrafo e hizo una llamada. Dos segundos después, entraba Trev en el despacho.

Archer le tendió la bolsa con el teléfono.

—Necesito todo lo que puedas sacar de esto.

Trev le hizo un saludo militar, guiñó un ojo a Elle y volvió a salir.

—No puedes seguir allí —dijo Elle a su hermana—. No puedes correr el riesgo de que tu pasado le cause algún mal a tu casera.

—¿Crees que no lo sé? —preguntó Morgan con ojos llameantes. Señaló con la cabeza la maleta que había en el suelo—. Ya me he ido.

—Ninguna de las dos podéis seguir en vuestras casas —intervino Archer—. También entraron en casa de Elle —informó a Morgan.

Esta parpadeó. Miró a su hermana con preocupación.

—¿Te hicieron algo? —susurró.

—No estaba en casa —Elle exhaló con fuerza y suavizó la voz—. Las dos tuvimos suerte. Pero Morgan, esa suerte no durará eternamente, no mientras tú sigas con un pie en el pasado.

—No lo estoy.

Elle se limitó a mirarla.

—No lo estoy —repitió Morgan. Suspiró—. Pero por lo que pueda servir, lo siento. No he venido aquí a traeros problemas. Creía que había dejado todo eso atrás.

—Nunca dejas todo atrás —musitó Elle con un aire sombrío que hizo que Archer la mirara.

Sus ojos traslucían remordimientos y dolor. No sabía qué cantidad de pasado guardaba ella todavía muy adentro, de cuánta parte se hacía responsable a sí misma.

—Nuevo plan —dijo Archer—. Hasta que solucionemos esto, os quedaréis las dos conmigo.

—¿No es mucho exigir? —preguntó Morgan.

Elle frunció los labios.

—Él cree que nos lo ha pedido amablemente, no ordenado.

—¡Ah! —exclamó Morgan—. ¡Qué mono!

Elle sonrió entonces.

—Me alegra ver que os comunicáis —dijo Archer—. Pero vamos a solucionar esto de una vez por todas.

Elle miró a Morgan y Archer presenció una comunicación silenciosa entre las dos. Luego Morgan se levantó.

—Os dejo un momento —dijo. Avanzó hasta la puerta y se volvió—. Y en serio, no era mi intención haceros esto otra vez. A ninguno de los dos —le dijo a Elle. Y se marchó.

Elle se levantó para seguirla, pero Archer se le adelantó y puso una mano en la puerta, dejándola cerrada.

Ella bajó la frente a la madera.

Él soltó el aire, se apretó contra su espalda, le apartó el pelo del cuello y pasó la boca por la piel dulce de ella.

—No te culpes tú —susurró—. Esto no es culpa tuya.

—Tal vez no —murmuró ella—. Pero yo la rechacé

cuando me necesitaba. Eso me convierte en alguien que no me gusta mucho en este momento.

Él tiró de ella para volverla hacia sí, le pasó un brazo por la cintura y deslizó la otra mano en su pelo para sujetarle la cabeza durante un beso suave.

—No importa, Elle. A mí me gustas bastante por los dos.

Ella alzó los ojos al cielo.

—Te gusto porque me desnudé contigo.

—Eso me gusta mucho —él sonrió—. Y puede que haya una foto tuya en el diccionario debajo de «obstinada», «testaruda» y «terca como una mula», pero también la hay debajo de «resistente», «mujer de recursos» y «sencillamente maravillosa».

Ella lo miró. Parecía sorprendida y... Y mucho más relajada. Lástima que lo que iba a decir él a continuación probablemente arruinara eso.

—Esto es lo que vamos a hacer —explicó—. Tú me vas a dejar ayudaros y, a cambio, yo dejaré que me ayudes cuando lo necesite. Y lo necesitaré. Así es como funciona esta cosa entre nosotros, dar y recibir. Así que borra esa idea de que tú siempre recibes porque no es cierto. Nunca lo ha sido. ¿Me oyes?

Ella se limitó a mirarlo fijamente.

—Necesito que lo digas, Elle.

—Estás loco.

—Lo sé. Pero dilo. Di que me vas a dejar ayudarte.

Ella suspiró.

—Te voy a dejar ayudarme, maldita sea.

Él sonrió.

—¿Estás enfadada? Porque nuestro trabajo desnudos nos sale muy bien cuando estás enfadada.

Ella lo apuntó con el dedo.

Él sonrió.

Ella alzó los ojos al cielo y se deslizó entre la puerta y él.

—Y no creas que no he notado cómo te las has arreglado para que Morgan y yo nos quedemos contigo —dijo—. Lo cual nos sitúa a ella y a mí bajo el mismo techo por primera vez en mucho tiempo. Me debes una por eso.

—¿Sexo o chocolate? —preguntó él. Y para su sorpresa, ella pareció considerar la pregunta.

—¿Qué clase de chocolate? —inquirió.

Él sonrió.

—¿No deberías preguntar qué clase de sexo?

Ella lo agarró de la camiseta.

—Quizá quiera ambas cosas —lo sorprendió con un beso rápido y apasionado y después desapareció.

Trev entró en el despacho.

—¿Sobornas a tu mujer con chocolate?

—Y sexo —repuso Archer, serio—. No olvides el sexo.

Capítulo 20

#ComoTúQuieras

Aquella noche, en casa de Archer, Elle le dio una manta a Morgan y la vio acomodarse en un brazo del largo sofá en forma de ele de Archer.

—Es un buen partido, ¿sabes? —preguntó Morgan—. Y creo que podríais hacer que funcionara, si quisieras.

—¿Cómo sabes que alguno de los dos quiere?

Morgan la miró.

—Tengo ojos en la cara, ¿no? Ese hombre está coladito por ti.

—Una relación es algo más que sexo —dijo Elle.

—Supongo —repuso Morgan, no muy impresionada—. Pero si a mí me mirara un hombre como te mira él, yo me lanzaría. Tienes suerte, ¿lo sabes?

Elle no sabía cómo responder a eso.

Morgan alzó los ojos al cielo.

—Oh, venga. Si fuiste capaz de creer en Papá Noel ocho años, puedes creer en ti misma cinco segundos. Puedes hacerlo, Elle.

—¡Eh! —dijo Elle—. Habría creído mucho más tiempo

en Papá Noel si tú no me hubieras obligado a estar despierta aquel año para ver cómo engañaba mamá a nuestra pobre vecina para sacarle los regalos de sus hijas y los ponía luego debajo de nuestro árbol, que, por cierto, era una planta de marihuana.

Morgan se echó a reír.

–¿Lo ves? Yo te protegí de algunas cosas.

–Voy a hacer té –dijo Elle. «En vez de pelear contigo».

–Tú y tu té.

–¿Quieres o no quieres?

Morgan sonrió. Siempre le habían divertido los pequeños hábitos de consuelo que atesoraba Elle. Té. La misma manta que había arrastrado a todos los lugares donde habían dormido. El libro de poemas que supuestamente había pertenecido a su padre... Elle no sabía si eso era cierto, pero su madre siempre había jurado que sí y ella había decidido que tenía que creer en algo.

–Muy bien –dijo Morgan–. Tomaré un té. En serio –añadió cuando Elle la miró con incredulidad–. Y oye...

–¿Sí?

Morgan se puso seria.

–Gracias por no odiarme.

Elle suspiró.

–No te odio –dijo–. Y no quiero que te pase nada –hizo una pausa–. Bueno, algo pequeño e irritante sí, como que se te quemen siempre las tostadas.

Morgan se echó a reír, pero se puso seria enseguida.

–Siento seguir estropeándote la vida.

Elle sintió una punzada de culpabilidad.

–No me la estropeas.

–Oh, no seas amable ahora. Las dos sabemos que he hecho exactamente eso. Y sigo estropeando también la mía. Tengo problemas con mi plan.

—Eh, se pueden hacer muchos más planes.

—Sí —dijo Morgan. Vaciló.

—¿Qué?

—Es agradable no estar sola en esto

Elle había hecho lo posible por mantener la distancia, pero cada vez era más difícil porque empezaba a entender lo sola que había estado su hermana. Elle siempre había creído estar sola también, pero no era verdad. Ella tenía a Spence, a Willa, a Pru y a todos los demás.

Y a pesar de sus decepciones, empezaba a darse cuenta de que también tenía a Archer. Y aunque sabía que él intentaba apartarse y dejar que fuera fuerte y capaz por sí misma, lo cierto era que no había nadie mejor que él para cuidarle las espaldas.

—¿Crees que alguna vez le pillaremos el truco a esto de las hermanas? —preguntó Morgan.

Cuando Elle no contestó, Morgan perdió la sonrisa.

—Oh. Claro. Ya no somos hermanas.

—Quizá podamos cambiar eso —dijo Elle con suavidad, sorprendida de descubrir que lo decía en serio.

Morgan la miró atónita.

—¿Sí?

Elle asintió.

—Sí.

La sonrisa de Morgan fue sincera e hizo que a Elle le doliera el estómago. Se volvió para darse un minuto y entró en la cocina a por el té.

Archer estaba en la ducha. Oía correr el agua. También sentía el deseo que recorría sus venas al imaginarlo allí, un deseo que endurecía sus pezones contra la seda del sujetador. No habían recibido el mensaje de que esa noche no ocurriría nada.

Había vivido su vida adulta apreciando el buen sexo

cuando lo encontraba, pero siempre capaz de alejarse sin problemas y seguir su camino. Pero ahora le costaba alejarse de Archer. El problema era que lo había metido en su cama o, más concretamente, en su cuerpo y temía que también en su corazón. Y ese era el problema. Porque todo lo que pensaba que quería se había torcido y no conseguía averiguar cómo enderezarlo.

Llenó tres tazas de té. Le dejó una a Archer en su mesilla de noche y miró la cama que la tentaba a subir. En vez de eso, volvió a la sala de estar, apagando luces a su paso y se instaló en el otro lado del sofá. Morgan roncaba ya suavemente. Al parecer, nada perturbaba su sueño.

Unos minutos después, los pezones de Elle volvieron a bailar de contento y ella abrió los ojos y vio a Archer mirándola en la oscuridad.

No lo había oído llegar.

Él se acuclilló a su lado y le puso una mano en el bajo vientre.

—¿Por qué calientas mi sofá y no mi cama? —murmuró, con la boca en el oído de ella y su aliento provocándole un escalofrío por todo el cuerpo.

Y allí, en la oscuridad, sintió que él sonreía.

Conocía muy bien el efecto que tenía en ella.

—No me voy a meter en tu cama con mi hermana aquí —susurró ella.

—Pero tú no puedes dormir aquí, ¿recuerdas? Acabas necesitando mi cuerpo. Mucho.

Él consideraba aquello divertido.

—Me las arreglaré —le informó ella.

Pero entonces él le rozó los labios con los suyos y sus huesos se derritieron.

—Te estaré esperando, Elle.

—No iré.

La risa suave y sexy de él rozó los labios de ella.

—Te prometo que vendrás —murmuró.

«Incorregible».

«Imposible».

Elle se volvió y le dio la espalda con un resoplido que solo hizo que él se fuera riendo.

—¡Oh, por el amor de Dios! —dijo la voz de Morgan en la oscuridad—. Vete con el chico sexy, ¿quieres?

—El gallinero tiene que callarse —murmuró Elle contra la almohada.

—Solo te digo que yo te dejaría aquí sola sin dudarlo si tuviera la oportunidad de un rato de sexo.

—No me voy a acostar con un hombre contigo aquí fuera sabiendo lo que estoy haciendo.

—Tú te lo pierdes.

—¡Oh, Dios mío! —repuso Elle—. Deja de hablar.

El sofá era cómodo, pero no conseguía encontrar su sitio. La habitación tenía una buena temperatura, pero ella sentía a ratos calor y a ratos frío. La almohada no era cómoda.

Morgan había empezado a roncar de nuevo y Elle se obligó a relajarse. No se dio cuenta del momento en el que sus fantasías se convertían en sueños, sueños de las manos de Archer sobre su cuerpo, del contacto de su boca en la piel. Del modo en que murmuraba palabras apasionadas mientras la acariciaba y besaba...

Se despertó y parpadeó desconcertada al ver la luz débil del amanecer que entraba por las ventanas del dormitorio. ¿Qué? Se sentó y miró a Archer. Él tenía los ojos cerrados y parecía relajado y cómodo.

Y desnudo.

Elle se asomó debajo del edredón y vio que llevaba *boxers*.

—Si querías mirarme, solo tenías que decirlo —dijo la voz ronca y adormilada de él.

—¿Qué hago en tu cama? ¿Cómo he llegado aquí? —preguntó ella.

—Estabas dando vueltas y murmurando y no dormías bien. Lo que significa que yo tampoco podía dormir, así que te traje aquí.

Donde, claramente, ella había dormido como un tronco.

—Y eso no era yo rescatándote —se apresuró a señalar él—. Ni tampoco entrometiéndome en tu vida. Era yo haciéndole un favor a Morgan porque a ella tampoco la dejabas dormir.

Elle lo miró a los ojos. Los de él no reían ni eran sardónicos. Eran oscuros, cálidos y preocupados. Por ella. Porque probablemente tenía un colapso nervioso y además podía estar embarazada...

—¿Estás bien? —preguntó él con suavidad.

—Sí —repuso ella por inercia. Hizo una pausa y respiró hondo—. Tal vez —hizo otra pausa—. ¿Archer?

—¿Sí?

—Si admito que no estoy bien, solo por esta vez, puedo contar contigo, ¿verdad?

—Sí, cariño. Puedes contar conmigo —la abrazó y ella se acurrucó contra él y cerró los ojos.

—¿Qué nos pasa? —murmuró.

Él rio con suavidad.

—¿Qué tiene eso de gracioso? —preguntó ella.

—Que yo siempre intento saber lo que hago —dijo él—. Pero aquí ando a ciegas, Elle. No tengo ni idea de lo que hacemos, pero sé de cierto una cosa que no haré. No me alejaré de ti. Nunca más.

Ella esperaba que el corazón le diera un vuelco, pero

no fue así. No hubo pánico ni ansiedad. De hecho, sentía... calor. Seguridad.

Seguridad.

—Esto es otra de esas violaciones de la regla de que no puedes acercarte a mí —dijo—. No lo olvides.

—No se me ocurriría.

A Archer le encantaba despertar con Elle en los brazos. Era la segunda noche que la abrazaba con una intimidad nacida de algo más profundo que el deseo físico y pensó que no le importaría compartir su espacio con ella todas las noches de su vida.

Solo tenía que convencerla de ello, pero ya estaba trabajando en eso. Tenía que derribar de uno en uno los muros de ladrillo que rodeaban su corazón.

La mañana fue también esclarecedora en otros sentidos. Fue toda una experiencia compartir el baño con dos mujeres.

O mejor dicho, no compartir.

Pasaron tres cuartos de hora allí dentro. Cada una. Cuando por fin se lo dejaron libre, llegó tarde a la reunión de su oficina por primera vez en su vida.

Cuando entró, el único que se atrevió a decir algo fue Joe, que se había negado a seguir más tiempo en su casa y estaba con trabajo suave de oficina.

—¿Has visto la hora, jefe? —preguntó con una sonrisa burlona.

—¿Tienes algo que decir? —replicó Archer.

—Nada que tú quieras oír.

—¿Por qué no dices que te encantaría seguir en la oficina unas semanas más? —preguntó Archer con calma—. ¿Quieres decir eso?

Joe lanzó un juramento. Todos odiaban el trabajo de oficina.

Max hizo una mueca burlona.

Joe lo empujó contra la pared.

Carl se levantó de un salto y empezó a ladrar, excitado por la pelea. Le encantaban las peleas.

Max le hizo una llave a Joe.

Carl perdió los estribos y se lanzó sobre los dos, intentando tomar parte en la acción.

—¡Eh! —gritó Mollie pasillo abajo—. Acabamos de cambiar esa pared de la última vez que os pusisteis juguetones los dos. ¡Dejadlo ya!

Archer miró a Trev.

—¿Qué has sacado del teléfono?

—Era un teléfono de prepago, pero seguimos trabajando en él.

—Trabajad más deprisa.

—Sí, señor.

El resto de la reunión terminó sin más daños a la propiedad.

Aunque Mollie había vuelto, Morgan seguía allí para ayudarla a ponerse al día, cosa probablemente imposible. Al final del día, se ofreció a quedarse hasta tarde con Mollie y, puesto que Max y Carl también se iban a quedar, Archer se lo permitió y asignó a Max la tarea de llevarla a su casa cuando terminara.

Eso le dejaba solo a la otra mujer problemática que había en su vida. Fue a recogerla para llevarla a su casa.

—Tengo que pasar por mi apartamento —dijo ella.

—¿Para qué?

—Cosas.

Él pensó en la bolsa de viaje gigante que tenía ya en su casa, pero decidió que seguir con el tema sería un peligro para su salud. Entraron juntos en el apartamento de ella.

—Probablemente, el único peligro que corro eres tú —señaló ella.

Pero hizo lo que él decía, le permitió asomarse a las habitaciones, encender las luces y echar un vistazo mientras ella esperaba en la puerta de entrada.

Archer repitió la inspección de seguridad cuando llegaron a su casa.

—¿Has espantado a todas las cosas temibles que hacen ruido por la noche? —preguntó ella desde el vestíbulo cuando hubo terminado.

—Todas menos una —él se acercó y le gustó comprobar que ella retenía el aliento.

—¿Qué haces? —preguntó Elle.

Archer la empujó contra la pared y pensó que resultaba evidente.

Ella le dejó hacer con una sonrisita.

—¿Crees que das miedo, Archer?

A él le encantaba que dijera su nombre. Podía trasmitir volúmenes enteros de cosas en una palabra. Irritación, regocijo, mal genio, frustración... y también la favorita de él: excitación. En aquel momento transmitía buen humor y le dejó besarla. Y él siguió besándola hasta que ya ninguno estaba divertido sino algo totalmente distinto, algo que apelaba al mismísimo corazón de él.

—¿Elle?

—¿Sí?

—¿Estamos en una de esas treguas en las que no estás furiosa conmigo?

Elle alzó la cabeza despacio y lo miró a los ojos.

—No —hizo una pausa—. Pero, como tú dijiste, esto se nos da muy bien cuando estoy furiosa contigo.

Con fuego, necesidad y algo mucho más fuerte corriendo por sus venas, él la levantó en vilo y se volvió para llevarla al dormitorio.

Ella le echó los brazos al cuello, deslizó los dedos en su pelo y le mordisqueó el labio inferior.

Archer, caminando con las manos en el trasero de ella, empezó a tocarla con los dedos y ella lanzó un respingo. Él tragó el sonido con su boca y se apartó un poco para ver su mirada ardiente.

—Elle...

Llamaron con fuerza a la puerta.

—¡Hola! —gritó Morgan—. Max está aquí conmigo y tiene prisa por irse a casa con su novia Rory. ¿Lo estáis haciendo o me vais a dejar entrar?

—Tú tienes la culpa de esto —dijo Elle.

Archer la soltó de mala gana y ella desapareció en el baño y en la ducha, dejando que él le abriera a Morgan.

—¿Y bien? —preguntó esta cuando Elle salió de la ducha—. ¿Estabais liados?

—No.

Y para frustración de Archer, no se liaron en absoluto porque Elle se empeñó tercamente en instalarse en el sofá.

Al día siguiente, Elle pasó la tarde con unos inquilinos nuevos que habían alquilado el local vacío entre la cafetería y la tienda de madera reciclada. Iban a poner una panadería y Elle, fan de cualquier repostería que no tuviera que hacer ella, pensaba que sería una buena adición al edificio.

Cuando terminó con ellos, necesitaba una inyección de cafeína, así que subió al ático de Spence, donde él guardaba cosas buenas para ella. Lo encontró en su enorme sala de estar trabajando en algo. Había piezas por todas partes, aunque Elle no sabía de qué. Spence era capaz de desmontar cualquier cosa y volver a montarla. También podía construir todo lo que pudiera imaginar.

—¿En qué trabajas? —preguntó ella.

La única palabra que entendió de la respuesta de él fue «prototipo».

—Trudy se va a cabrear con este desastre —dijo ella.

Él estaba inmerso en aquella cosa que había en su mesita de centro, que parecía que podría volar hasta Marte y vuelta.

—Le he pedido que no venga a limpiar esta semana —dijo distraído.

—¿Quieres partirle el corazón? Le encanta limpiar para ti.

—Sí, pero ayer entró sin llamar y...

—¿Te pilló en la cama con alguien? —preguntó Elle, esperanzada.

Spence hizo una mueca.

—¡Ojalá! Pero no. Estaba volando un dron y casi le dio en la cara. Se fue de aquí gritando que llegaba el apocalipsis de los zombies.

Elle entró en la cocina y sacó la lata de té que él le había pedido a Inglaterra.

—Creo que estoy hecha polvo con lo de Archer —dijo, cuando le llevó una taza a él—. Emocionalmente.

Él olfateó el té con recelo, como si ella intentara envenenarlo.

—¿Por qué siempre me toca a mí entrar en conversaciones sobre los sentimientos de la gente? —preguntó.

—¿Porque eres sensible y tierno? —preguntó ella con sequedad.

—Exactamente. No soy ninguna de esas cosas, así que, ¿por qué disfrutáis todos haciéndome hablar de vuestras vidas amorosas? —bebió de la taza que le había llevado ella e hizo una mueca porque no tenía azúcar. Movió la cabeza y volvió a su trabajo.

—Discúlpame —repuso ella—. La próxima vez subiré a hablar de cosas más importantes, como lo grandes que son vuestras pollas.

Él se echó a reír y ella salió del apartamento. Llevaba una hora en su escritorio cuando entraron dos hombres en su despacho sin llamar. Grandes. De aspecto cruel. Matones.

—Buscamos a tu hermana —dijo Malo Uno, con rostro inexpresivo, boca sombría y el cuerpo grande tenso.

—No tengo hermana —dijo ella.

Los dos se miraron y entre ellos se produjo una comunicación silenciosa. Malo Uno fue a mirar por la ventana. Malo Dos, cuyo aspecto era tan desagradable como el de su compañero, se colocó entre ella y la puerta.

Vale, o sea que no habían ido a preguntar por los apartamentos vacíos del edificio. Ella empezó a levantarse, pero Malo Uno, en la ventana, se volvió y negó con la cabeza, como diciéndole que no se le ocurriera.

Muy bien. Tenía el ordenador abierto y a su alcance. Podía enviar un *email* de socorro o quizá incluso un mensaje de texto, si tenía esa pantalla abierta. Pero antes de que pudiera acercar los dedos al teclado, Malo Uno se acercó y cerró el ordenador de golpe.

Ella se lanzó a por su móvil, pero Malo Dos fue más rápido, la empujó con fuerza y agarró el teléfono.

Ella se volvió, tambaleándose, pero no fue lo bastante rápida para evitar chocar con el aparador detrás de su mesa y caer al suelo. Desgraciadamente para ella, había dejado un cajón abierto y se golpeó con él al caer.

En la cara.

No había que ser un genio para adivinar que estaba en apuros. Pero su teléfono estaba en el suelo y ella estiró el brazo hacia allí. Consiguió apenas agarrarlo con las yemas de los dedos y apretar el marcado rápido de Archer.

Dos piernas aparecieron ante sus ojos cuando se levantaba, con suerte dejando el teléfono conectado con Archer. Se llevó una mano a la sien palpitante y a la mejilla, rezando para que eso desviara la atención del hombre del teléfono.

—Vamos a empezar de nuevo —dijo Malo Uno. Tiró de ella y la puso en pie—. Buscamos a tu hermana.

—Ya lo he dicho. No tengo hermana.

Él se metió las manos en los bolsillos, mostrando con el gesto la pistola grande que llevaba a la cadera.

—Prueba otra vez.

«Oh, vaya».

—Oye, no tenemos nada contra ti —dijo él, que debía de ser el hablador del grupo, puesto que Malo Dos no había dicho nada que no fuera un gruñido—. Dinos dónde está Morgan y te dejaremos en paz.

Si sabían cosas como el nombre de Morgan y donde trabajaba ella, el peligro era más grande de lo que había creído.

—¿Para qué la queréis? —preguntó, confiando en que Archer oyera aquello y estuviera en camino.

—Nos dejó fuera en un trato y nuestro jefe no está contento —dijo Malo Uno—. Quiere hablar con ella.

—¿Quién es él?

—Lars Maddox.

Elle se apoyó en el escritorio, fingiendo solo a medias un mareo, y dejó caer una de las manos sobre su pesada grapadora. Lars había sido novio de Morgan mucho tiempo atrás y no era buena persona. Era lo contrario de buena persona. Cuando ellas eran adolescentes, había obligado a Morgan a hacer trabajos para él. De hecho, era a él al que intentaba devolverle Elle el broche ruso robado la noche en que sus vidas habían saltado en pedazos. La noche en que Archer la había salvado. Si Lars seguía todavía en la vida de Morgan, su hermana mentía al asegurar que se había reformado.

Y eso no le gustaba nada.

—Estoy perdiendo la paciencia —dijo Malo Uno—. ¿Dónde narices está?

—Debajo de mi escritorio —contestó ella. Y Malo Uno se echó a reír.

Al ver que ella no reía, suspiró.

—¡Maldición! Estás lo bastante loca para decir la verdad.

Miró el escritorio y cuando apartó la vista de ella para echar un vistazo, Elle le dio en la cabeza con la grapadora con todas sus fuerzas y oyó un ruido sordo muy gratificante.

Él cayó al suelo como una piedra.

Malo Dos entrecerró los ojos.

—¡Eh! No puedes hacer eso.

Ella agarró con más fuerza la grapadora, preparándose para un asalto con él, que se acercaba cabreado. «Pues ya somos dos», pensó ella, justo cuando se abría la puerta de su despacho con tanta fuerza que golpeó la pared y el picaporte se clavó en el pladur. ¡Maldición! Sería costoso arreglar eso.

Hubo un movimiento borroso y Malo Dos recibió

una patada de Archer que lo lanzó tres metros hacia atrás, donde chocó con un ruido satisfactorio contra la otra pared del despacho antes de deslizarse al suelo.

–No te levantes –le dijo Archer. Se volvió hacia Malo Uno, con una mirada dura y aterradora y le hizo un gesto con las manos para que se acercara.

Malo Uno se abalanzó sobre él, pero Archer hizo un movimiento rápido con la mano doblada y el codo y Malo Uno soltó el aire y cayó al suelo.

No volvió a levantarse.

Archer se giró hacia Malo Dos, lo volvió con el pie para que quedara boca abajo, le puso una rodilla en la espalda y le colocó unas esposas que sacó de un bolsillo de sus pantalones de camuflaje.

Malo Uno recibió el mismo tratamiento y luego Archer se puso en pie y lanzó una mirada intensa a Elle.

–¿Estás bien?

Esa era la cosa. Ella había nacido para estar bien y había tenido las cosas bajo control. En su mayor parte. Su argumento era que había conseguido salir de aquello relativamente ilesa pero cuando oyó las palabras de Archer, pronunciadas con una calma acerada, se le oprimió la garganta.

Archer captó su estado de ánimo con la misma rapidez con la que había barrido la habitación con una mirada al entrar y visto lo que ocurría. Tendió los brazos, la agarró por el vestido y la estrechó contra sí.

Y aunque ella era una mujer independiente que sabía defenderse sola, que luchaba sus propias batallas y que además solía ganarlas, a veces estar sola no era tan maravilloso. Así que se aferró a la camiseta de él, enterró la cara en su garganta y apretó con fuerza.

Capítulo 21

#LasChicasGrandesNoLloran

La policía llegó rápidamente, arrestó a los dos hombres y les tomó declaración. La historia que arrancó a los dos sospechosos era cuando menos cuestionable y dejó a Elle con más preguntas que respuestas.

En medio del caos, Archer tiró de ella a un rincón y la miró a los ojos.

–¿Necesitas un médico?

–Ya me lo ha preguntado la policía, pero estoy bien.

–Elle –él le puso una mano plana en el estómago–. Repito la pregunta. ¿Necesitas un médico?

–No. No –repitió ella cuando él se quedó mirándola–. Estoy bien, de verdad.

Quizá embarazada, pero bien. Al menos físicamente. La verdad era que no se había permitido pensar en las implicaciones de llevar unos días de retraso. Todavía no.

Unos minutos después consiguió salir y bajó al patio con el objetivo de estar un momento a solas antes de ir a pedirle respuestas a Morgan.

El agua de la fuente brillaba bajo el sol resplandeciente cuando pasó por allí. Había varias personas cerca, entre ellas una pareja joven tomados de la mano que rieron cuando el chico alzó una moneda de veinticinco centavos en la mano para tirarla.

—¿Seguro que estás preparado para el amor verdadero? —preguntó la chica.

Él le dedicó una sonrisa bobalicona.

Elle intentó imaginar a Archer dedicándole la misma sonrisa y no pudo.

Y, de pronto, Archer se materializó a su lado y la volvió hacia él. Los espejos de sus gafas de sol brillaban a la luz del día.

—¿Adónde vas? —preguntó, mirando el rostro de ella, que escocía como un demonio—. Quería curarte ese corte y ponerte hielo en la cara.

—Iba a hacer eso —contestó ella.

Y lo haría. En cuanto se fortaleciera, apuntalara las paredes de ladrillo alrededor de sus cimientos temblorosos. Pensó que unas magdalenas de Tina serían un buen comienzo.

Archer le apartó el pelo de la cara con una caricia y miró su rostro.

—¿Estás mareada? ¿Tienes náuseas? ¿Me ves entero?

—No, no y lo que veo de ti es más de lo que necesito en este momento —contestó ella. Le apartó la mano—. Y deja de mirarme como si quisieras echarme a tu hombro y llevarme a tu cueva.

—Es más probable que te ponga en mis rodillas —dijo él, cuya voz sonaba divertida.

Una mujer mayor que había cerca lanzó un respingo y lo miró de hito en hito.

Elle comprendió que, teniendo en cuenta el aspecto

de su cara, la mujer probablemente pensaba que Archer la había golpeado y ella encontró una sonrisa en aquel día horrible.

Archer no parecía nada divertido.

—Estamos de broma —le dijo a la mujer.

—Los hombres de tu edad no tienen modales —contestó ella—. En mis tiempos, a las mujeres se las conquistaba con flores y cartas de amor. Ahora son todo cadenas, látigos y esposas —apuntó a Archer con un dedo huesudo—. A los hombres no os gustaría tanto el sadomasoquismo si fuéramos nosotras las que tuviéramos el látigo.

Después de esa perorata, la mujer se alejó.

—Ha creído de verdad que te iba a dar una azotaina —dijo él, escandalizado—. Me ha mirado y me ha juzgado.

Elle se echó a reír.

—Oh, pues ya eres mayorcito. Afróntalo.

Él movió la cabeza y la miró a los ojos.

—Y a ti se te va a poner un ojo morado y te ríes. ¿Por qué no estás enfadada?

—Lo estoy, pero me he defendido y eso me ha sentado bien —ella sonrió—. Gracias por el consejo de la grapadora pesada.

Él sonrió de mala gana.

—Eres increíble, ¿lo sabes?

—¿Tanto como para comprarme magdalenas?

—Dime que quieres algo más que eso de mí —dijo él.

De pronto ella supo que él ya no bromeaba y se puso seria.

—¿Podemos empezar con las magdalenas? —dijo.

Él la miró un momento y asintió. La sorprendió deslizando la mano por el brazo de ella para entrelazar sus dedos y cruzar el patio con ella de la mano hasta la cafetería de Tina.

La sonrisa de bienvenida de Tina se apagó cuando vio la cara de Elle.

—Siéntate —le dijo, señalando una mesa libre—. Siéntate ahí y no te muevas.

Menos de un minuto después, Tina llegaba a la mesa con un paquete de hielo, una cesta de magdalenas y un té humeante.

—Te quiero —dijo Elle con fervor.

—Lo mismo digo —repuso Tina. Miró a Archer—. Lo que queráis, invita la casa. A los dos.

—Yo quiero café —contestó él—. Y gracias.

Tina puso los brazos en jarras y lo miró.

—Tú te encargas de esto, ¿verdad?

Archer miró un momento a Elle.

—Sí.

—¿Necesitas ayuda para dar palizas y anotar nombres?

—Si la necesito, te lo diré —respondió Archer, tomándose la petición de Tina tan en serio como la había dicho ella.

Tina asintió cortante, le apretó el hombro a Elle, fue a preparar el café de Archer y se lo llevó de inmediato.

Archer le dio las gracias. Extendió el brazo, retiró el paquete de hielo del ojo de Elle, lo miró y volvió a ponérselo.

—¿Voy a vivir? —preguntó ella, intentando aligerar la atmósfera.

—Sí, pero yo quizá no —él movió la cabeza con una sonrisa en los labios—. ¡Cristo! Le has dado con una grapadora a un hombre del doble de tu tamaño. Cuando me lo has dicho, casi se me para el corazón.

—Una grapadora muy pesada —dijo ella—. Como tú me enseñaste.

Él soltó una risita.

—Le he dado bien —dijo ella con orgullo.

Los ojos de él mostraban el mismo orgullo.

—Es verdad, luchadora. No me necesitabas a mí, lo tenías todo controlado tú sola.

—Tal vez —dijo ella—. Pero no sabes cómo me he alegrado de verte. Has recibido mi llamada.

—He recibido tu llamada. Y ahora tenemos más preguntas que respuestas.

Elle asintió.

—Lo sé. Y Morgan no contesta al teléfono.

—Porque he pensado que esto había que hacerlo en persona —Morgan apareció al lado de la mesa. Parecía pálida y temblorosa—. Tengo que deciros algo a los dos.

Y en aquel momento, Elle supo que sus atacantes habían dicho la verdad. Morgan había hecho una de las suyas. Los había engañado a todos.

Archer sacó una silla para Morgan.

—Me parece que tienes que decirnos más de una cosa —comentó con calma.

—Sí —Morgan se sentó como si sus piernas fueran demasiado débiles para sostenerla y enterró la cara en las manos.

—Déjate de melodramas y dínoslo —pidió Elle, con lo que le parecía una calma increíble—. Dinos que has olvidado mencionar que sigues en la vida de Lars. O él en la tuya.

—¿Cómo lo sabes? —preguntó Morgan con voz apagada.

—Yo lo sé todo —contestó Elle, deseando que aquello fuera verdad.

Por ejemplo, le gustaría saber si iba a sacar buenas

notas ese cuatrimestre. O si Hacienda le devolvería lo bastante para comprarse unas botas nuevas.

O si iba a hacer lo que temía y empezar a confiar en Archer con lo único que siempre se había prometido conservar: su corazón.

Él la miró a los ojos y ella intentó sostenerle la mirada, pero él tenía el pelo revuelto y estaba deliciosamente sentado allí todo malote y cabreado porque le habían hecho daño a ella, y Elle quería echarse en sus brazos, así que rompió el contacto visual.

–Habla –le dijo a Morgan.

Archer observó a Morgan levantar su cara pálida y quitarle una magdalena a Elle, que tenía la cesta cerca como si fuera un caldero de oro.

Ni siquiera él era tan tonto como para robarle comida a Elle. Y se le ocurrió un pensamiento ridículo. Si ella estaba embarazada, tal vez de una niña de pelo sedoso y ojos azules, él sería hombre muerto.

Morgan suspiró, dio un mordisco grande y tragó saliva.

–Os dije que había ido un par de veces a rehabilitación y eso es cierto. Lo que no os dije fue que en medio tuve un par de rachas duras y... bueno, continué con el negocio familiar de las estafas para mantenerme a flote.

–¡Eh! –dijo Elle–. No todos los de la familia son estafadores.

–Está bien –contestó Morgan–. Yo soy la única que mete la pata. Pero es en serio que todo eso es del año pasado. He trabajado duro en los empleos que podía conseguir, pero en ninguno gano lo suficiente para mantenerme. No puedo hacerlo sola. Necesito una aldea. Mi aldea –miró a Elle.

Esta negó con la cabeza.

–¿Sabes? Ayer podría haberte creído. ¿Por qué estás aquí? ¿Qué quieres de mí? Porque obviamente, no son solo referencias para trabajar.

Morgan se desinfló como si sus pulmones fueran globos que acababa de explotar.

–Lars me contactó y me pidió que le ayudara una última vez.

–Y tú le dijiste: «Cuando se congele el infierno», ¿verdad?

Morgan se mordió el labio inferior.

–¿Verdad? –repitió Elle.

Morgan lanzó un suspiro.

–¡Oh, Dios mío, Morgan! –Elle alzó las manos en el aire–. ¿En serio?

–Escucha. No pensaba con claridad, ¿de acuerdo? Tenía problemas para pagar el alquiler. No tengo amigos en los que pueda confiar y tú…

–¿Yo qué? –preguntó Elle, con los ojos entrecerrados.

–Tú me abandonaste.

Archer sabía que no era fácil pillar a Elle por sorpresa, y como sabía que probablemente seguía con adrenalina en la sangre por lo ocurrido arriba, le puso una mano en el brazo. No porque pensara impedirle que saltara por encima de la mesa para arrojarse al cuello de Morgan –qué narices, estaba dispuesto a ayudarla a ocultar el cuerpo si se lo pedía– sino porque quería que lo pensara bien antes.

–Yo no te abandoné a ti –dijo Elle a Morgan entre dientes–. Me abandonaste tú a mí, ¿recuerdas?

—Quería protegerte —Morgan miró la cesta de magdalenas que Elle sujetaba todavía.

—Nada de magdalenas hasta que digas la verdad —dijo esta—. Dime qué hiciste y te compraré una maldita cesta.

Morgan vaciló.

—Acabo de golpear a un hombre en la cabeza con mi grapadora —le advirtió Elle—. Empieza a hablar o te haré lo mismo a ti.

Archer enarcó una ceja.

—¿Qué? —preguntó Elle a la defensiva—. Es mi hermana, puedo hablarle así.

Morgan se quedó inmóvil. Sus ojos se humedecieron. Elle entrecerró los ojos.

—¿Y ahora qué? —preguntó.

—Acabas de llamarme hermana —susurró Morgan. Se llevó una mano a la boca temblorosa.

Archer observó a Elle esforzarse por aferrarse a su furia y fracasar. Podía ser fría como el hielo cuando lo necesitaba, pero también tenía un corazón de oro. Él siempre había considerado eso una debilidad, pero empezaba a ver que era todo lo contrario. Era una fuerza. Y la convertía en una persona mucho mejor de lo que él podría ser nunca.

Elle extendió el brazo y tomó la mano de Morgan.

—Eres mi hermana —gruñó—. Siempre lo serás. Y si algo de lo que dijiste cuando llegaste aquí iba en serio...

—Sí —respondió Morgan con fiereza.

—Pues dímelo todo. Todo Morgan, o que Dios me ayude, pero...

—Lo sé. Lo sé. La grapadora en la cabeza —Morgan asintió—. Está bien. Ya sabes que mamá y Lars trabajaron juntos en sus tiempos. Ella hacía timos para él y así ganaba más de lo que podía sacar sola. A menudo se hacía pasar por una gitana rusa que leía el porvenir. Diagnosticaba «maldiciones familiares» y prometía curarlas. Por supuesto, siempre localizaba la maldición en joyas valiosas. A veces me hacía interpretar el papel de experta en maldiciones por teléfono...

Elle frunció el ceño.

—¿Cómo dejaste que te metieran en eso?

—Fue Lars. Pero yo solo tenía que hacer unas llamadas a la víctima. Y eso fue hace muchos años. Pero como las dos sabemos, uno de los timos salió mal. Intervino la policía y mamá entregó pruebas para esquivar la cárcel. Lars no tuvo tanta suerte. Salió en libertad bajo fianza y luego se retrasó el caso pero al final le cayeron cinco años. Cuando salió, inmediatamente metió la pata y violó la condicional y le echaron unos años más. Volvió a salir hace poco y no sé cómo se le metió en la cabeza que yo todavía tengo el cofre del tesoro, o en este caso, un maletín de joyas de aquel trabajo.

—Pero tú no lo tienes —repuso Elle—. Porque tú solo tenías el broche y yo lo devolví la noche que nos pillaron a todos.

La famosa noche. Una noche que Archer siempre había visto como una tragedia, pero no lo era. Era la noche que Elle había entrado en su vida.

—Tú no tienes el botín —repitió Elle con voz tensa—. ¿Verdad?

Morgan se mordió el labio inferior.

—El maletín entero no —hizo una mueca—. Pero tengo un reloj de bolsillo del siglo XIX que supuestamente perteneció a un miembro de la realeza rusa.

«Maldición», pensó Archer, «era eso».

Elle miró a su hermana.

—¿Por qué?

—Tú no lo entenderás.

—Prueba –dijo Elle.

—Tú no dejas que los sentimientos dominen a la lógica —contestó Morgan—. Tú desconfías de los sentimientos profundos y, sinceramente, me gustaría ser más como tú.

Por un instante, Elle puso una cara como si acabara de recibir una bofetada. Pero se recuperó pronto.

—Háblame del reloj, Morgan.

Su hermana se encogió de hombros.

—Él me engañó. Una vez hace tiempo, durante nuestro primer timo, y después también cuando estaba en libertad condicional. Yo estaba furiosa y me sentía traicionada. Quería que él sintiera algo de eso y sí, me llevé el reloj. No estoy orgullosa y no lo hice para venderlo a escondidas de él ni nada parecido, aunque lo pensé. Pero era más bien un... premio de la victoria. Él no me quería, pasaba de mí. Mamá me dijo que lo considerara como mi propina.

Ella la miró de hito en hito.

—Si mamá nos enseñó algo desde el primer día fue a no aferrarnos nunca a nada, ni por sentimiento ni por amor ni por beneficio ni por nada, porque eso te hundiría todas las veces.

—No fue por beneficio –dijo Morgan. Cerró los ojos–. Fue por sentimiento.

—¿Qué significa eso? –preguntó Elle.

Morgan abrió los ojos y la miró.

—Guardé el reloj porque me recordaba a ti.

—¿A mí?

—Porque era de aquella noche –comentó Archer con voz queda. Comprendía a Morgan más de lo que habría esperado.

—El reloj que va con el broche que devolviste —dijo Morgan—. Y ahora te he echado a Lars encima porque cree que tengo más que eso. He violado tu confianza y lo he estropeado todo.

Elle suspiró.

—Esto no es culpa tuya solo. También es de mamá.

—Y mía. Yo lo hice —repuso Morgan—. Pero puedo arreglarlo.

—No —intervino Archer—. Pero yo sí.

Las dos hermanas se volvieron a mirarlo, sorprendentemente unidas.

—Este es nuestro problema —declaró Morgan—. Mi problema.

—Tiene razón —Elle lo miró a los ojos—. No puedo permitir que te metas en esto. Otra vez no. Sabe Dios cómo te perjudicaremos ahora.

Él le tomó la mano. La necesitaba a su lado en aquello.

—Esto entra dentro de mi trabajo. Necesito que dejéis que mis muchachos y yo nos ocupemos de esto.

—Solo si me dejas participar —exigió ella—. No te dejaré hacer esto sin mí.

—Ni sin mí —añadió Morgan, igual de testaruda.

¡Qué demonios! Aquello tenía todas las marcas de un desastre completo, pero las dos mujeres lo miraban confiando en él y solo querían que él hiciera lo mismo.

—Lo haremos a mi modo —advirtió—. Lo que significa que las dos os quedaréis conmigo —miró a Morgan—. No vuelvas a desaparecer. Y si salís de este edificio, vais juntas u os lleváis a uno de mis hombres.

—¿Puedo llevarme al guapo de los tatuajes? —preguntó Morgan.

—¿Reyes? —preguntó él—. Definitivamente, no.

—¿Por qué?

—Porque te lo comerás vivo —dijo Archer.

—Pues claro que sí —respondió Morgan con una carcajada—. Pero te prometo que le gustará.

Elle alzó los ojos al cielo.

Morgan señaló a su hermana con la cabeza, mirando todavía a Archer.

—Debes de estar haciendo algo mal si eso la irrita. ¿Necesitas indicaciones?

Archer estaba considerando estrangularla cuando ella se levantó riendo.

—Está bien, voy arriba a ganarme la vida —hizo una pausa—. Pero quiero repetiros que lo siento. Sé que no es suficiente, que tendría que haber confiado antes en vosotros. Pero lo siento de verdad.

Y se marchó.

—Haces demasiado por mí —comentó Elle—. Odio que hagas tanto.

—Tú también haces mucho por mí a cambio.

—¿Por ejemplo? —preguntó ella.

—Lograr que siga siendo humano.

Ella pareció sorprendida por la confesión y a él le ocurría lo mismo. Se levantó, dejó dinero en la jarra de las propinas de Tina y salió con Elle de la cafetería. Pasó con ella delante de la fuente y la llevó al callejón del viejo Eddie, que agradeció encontrar vacío.

Apoyó a Elle con gentileza en la pared de ladrillo y la besó. Sentía una necesidad implacable, alimentada por la preocupación por su seguridad, por las sensaciones extrañas que invadían su pecho cuando estaba cerca de ella y por un fuerte impulso de tomarla en sus brazos y no dejarla marchar nunca.

Elle lo sorprendió mostrando aparentemente la misma necesidad porque lo abrazó fuerte y profundizó en el beso. Cuando su lengua tocó la de él, el sabor de ella invadió sus sentidos y perdió un poco la cabeza. Quería comérsela. Devorarla entera.

Ella se apartó sin aliento. Sacudió la cabeza como para despejarse, con la risa brillando en sus ojos.

—¿Quieres volverme cuerda con tus besos? —preguntó, con los dedos enredados todavía en el pelo de él.

—Quiero volverme cuerdo a mí —era cierto—. Me estás matando. Tú me necesitas sano y salvo, ¿verdad?

—Por supuesto —dijo ella.

—¿Pues puedes intentar entender que yo tenga la misma necesidad contigo?

Ella lo observó con atención. Asintió despacio.

—Sí.

Él le pasó un dedo por la curva de la mejilla, por los labios y después por la garganta, absorbiendo el estremecimiento de ella con su cuerpo.

—¿Eso es un sí, me dejarás protegerte?

—Sí. Intentaré no matarte mientras lo haces.

Ella hablaba en broma, pero él no. No podía. Le tomó el rostro entre las manos.

—Dime que lo comprendes.

Elle asintió. Su respiración era todavía irregular.

—Lo entiendo. Igual que tú deberías entender que, si mi espalda se mancha algo en esta pared, me debes un vestido nuevo.

Aquella noche, Elle miró el sofá en forma de L en la sala de estar de Archer. Era cómodo, pero si era sincera consigo misma, no quería molestarse en fingir que iba a dormir allí.

Una vez más, Archer estaba en la ducha y Morgan en el sofá, mirándola con una mueca burlona.

–Cállate –dijo Elle. Entró en el dormitorio de Archer y cerró la puerta con más fuerza de la necesaria.

Se metió en la cama y se tapó con el edredón. Abrazó la almohada de Archer e inhaló profundamente su olor. Olía de maravilla. Si pudiera embotellar ese olor, ganaría millones. No supo cuánto tiempo yació allí, dejándose llevar por aquella idea hasta que se dio cuenta de que no estaba sola en la habitación. Y por el modo en que se alegraron sus pezones, supo exactamente quién se había reunido con ella.

Capítulo 22

#SoyAfortunado

Archer se paró en seco al ver a Elle boca abajo en su cama, intentando al parecer inhalar su almohada. Ella se quedó inmóvil, como si lo sintiera, y se dejó caer de espaldas.

–Tu cama es cómoda –dijo.

–Gracias, Ricitos de Oro –él se acercó al borde de la cama con la vista fija en ella–. ¿Estabas oliendo mi almohada?

–No –ella suspiró–. Quizá un poco. ¡Hueles siempre tan bien! –se sentó en la cama y dejó que el edredón le cayera hasta las caderas. Llevaba una camiseta de él y, con suerte, nada más–. ¿Cansado? –preguntó.

–Ni lo más mínimo –contestó él. Se sentó en la cama y puso una mano a cada lado de las caderas de ella, apresándola.

Ella tiró de él y él dejó que lo tumbara de espaldas y lo clavara al colchón. Se inclinó sobre él sujetando sus manos a cada lado de su cabeza con aire decidido.

–Quería darte una sorpresa –dijo. Movió la cabeza

como si fuera ella la sorprendida–. Y ni siquiera me gustan las sorpresas.

Él sonrió.

–Pero te gusto yo.

Ella movió de nuevo la cabeza.

–A mi pesar.

Él flexionó las manos debajo de las de ella, pero se dejó sujetar.

–Pareces una mujer con un plan.

–Siempre tengo un plan. Pero este requiere que estemos muy callados.

Se retorció encima de él y Archer reprimió un gemido. Ella osciló las caderas y la camiseta se subió lo bastante por sus muslos para ofrecer una vista tentadora del paraíso en la tierra.

–¿Puedes estar muy callado? –murmuró ella. Se inclinó a mordisquearle la barbilla.

–Nací callado –él deslizó las manos de debajo de las de ella y las subió para agarrarle el trasero desnudo, lo que arrancó un gemido satisfecho a la garganta de ella–. Creo que la pregunta aquí es si tú puedes estar callada.

Ella se mordió el labio inferior, recordando sin duda lo poquísimo callada que estaba cuando él la tocaba con las manos o con la boca. Archer sonrió.

–Quítate la camiseta –dijo.

–Es mi plan, ¿recuerdas? –ella le agarró las manos y las colocó en sus pechos–. Tú solo tienes que estarte callado y mono.

Él soltó una risita estrangulada, que se convirtió en otro gemido cuando ella se sacó lentamente la camiseta por la cabeza y mostró su piel suave y lisa y sus apetitosas curvas.

–Eres guapísima –dijo él con reverencia–. Lo mejor

que me ha pasado nunca –la miró a los ojos–. Nunca he deseado nada ni a nadie como te deseo a ti.

Ella vaciló un segundo, como sorprendida por esa declaración.

–Morgan dijo que no me deje llevar por los sentimientos –comentó–. Y tiene razón.

–No la tiene.

–Sí la tiene –insistió Elle–. Pero cuando estoy contigo siento... hambre. Como si se me hiciera la boca agua por ti –se inclinó y le susurró al oído–: Y tengo intención de saborear cada centímetro...

Él respiró con fuerza cuando ella recorrió su oreja con la lengua. A continuación, ella tocó cada centímetro de su cuerpo con la boca y dejó para el final la parte que más vibraba por ella.

Cuando por fin posó la boca allí, él ya no pensaba con coherencia. Y momentos más tarde, cuando el mundo comenzó a girar fuera de control, quedó patente que ella no solo era dueña de su cuerpo sino también guardiana de su alma.

A la mañana siguiente, Elle se sentó en la cama y vio a Archer de pie al lado de la cómoda, desnudo, buscando algo en un cajón. Sacó unos boxers negros de algodón, pantalones de camuflaje y una camiseta negra. Luego se acercó a una caja fuerte que había en la pared y empezó a colocarse armas. Una Glock en la cadera derecha, un cuchillo en uno de los bolsillos y el móvil en otro. Se puso una gorra de béisbol del revés, botas y se ató un chaleco antibalas en el pecho y detrás.

Elle no sabía por qué la excitaba tanto eso, pero el deseo casi no la dejaba respirar.

Cuando Archer terminó, se volvió y la vio observándolo y probablemente salivando. Sus ojos se oscurecieron.

—Di una palabra y me lo quito todo —dijo—. Llegarás tarde a tu clase, muy tarde, pero yo haré que valga la pena.

Ella notó que se mojaba. Se sintió tan tentada, que tuvo que morderse la lengua para no decirle: «Oh, sí, por favor».

Archer debió de leerle el pensamiento, porque echó a andar hacia ella con mirada sexy y pícara. Cuando llegó a la cama, llamaron a la puerta con los nudillos.

—Daos prisa —gritó Morgan al otro lado—. Necesito la ducha.

Archer gimió y dejó caer la frente en el hombro de Elle.

—Tenías que haberme dejado que la matara —dijo esta.

Al final del día, Elle seguía en su escritorio cuando llegó un mensaje a su móvil.

Morgan: Me quedo en el edificio en vez de ir a casa de Archer con vosotros. Tengo planes.
Elle: ¿Qué planes?
Morgan: Partida de póquer en el sótano a las siete.
Elle: No. De eso, nada. Me niego a dejar que desplumes a mis amigos.
Morgan: No haré trampas. El empollón sexy dice que él me llevará a casa de Archer después. ¿Te parece bien, MAMÁ?
Elle: Ni se te ocurra acostarte con Spence.

Morgan: ¡Ah! ¿Te preocupas por mí?
Elle: Me preocupo por ÉL.

La respuesta de Morgan fue un emoticón del dedo corazón. Elle alzó los ojos al cielo y se levantó para prepararse para marchar. Sonó de nuevo el teléfono, esa vez una llamada.

—¿Cómo estás? —preguntó Archer.

Ella captó el agotamiento en su voz.

—Mejor que tú, me parece. ¿Qué tal si cenamos?

—¿Cocinas tú? —preguntó él, con un anhelo tal en la voz que la pilló desprevenida.

—Sí —contestó, sorprendentemente. ¿Sí? ¿Estaba loca?—. Salgo ahora.

—¿Con Morgan?

—No, ella se queda al póquer de esta noche.

—Llévate a Joe —dijo Archer—. Dale cinco minutos para que llegue ahí.

—No es necesario.

—Hay un capullo suelto por ahí que os envía gorilas a tu hermana y a ti —dijo Archer—. Hazme caso.

Tres minutos después, estaba Joe en su puerta.

—Tengo que parar a comprar comida —le advirtió Elle. Se pusieron en camino y, al cabo de un rato, ella lo miró con curiosidad—. Supongo que no sabrás cocinar.

—Pues claro que sí —contestó él—. Eso atrae a las chicas.

Elle lo arrastró al supermercado con ella.

—Ayúdame a elegir algo que pueda cocinar un tonto y aun así impresionar a alguien.

Él sonrió.

—¿Vas a seducir esta noche al jefe?

—Eso no es asunto tuyo. ¿Me vas a ayudar o qué?

Él eligió un paquete de bistecs, patatas y una ensalada ya preparada.

—No hay nada como un bistec a la barbacoa, patatas y algo de verde para hacerte sentir sano —dijo.

—No sé hacer un bistec a la barbacoa —protestó ella.

—Enciendes el botón, pones la carne en la parrilla, esperas unos minutos y le das la vuelta. Créeme, ese hombre comerá de la palma de tu mano —sonrió—. O de donde tú quieras que coma...

Elle le lanzó una mirada de reproche.

Joe no se inmutó lo más mínimo.

—Llámame si tienes algún problema.

La acompañó a casa de Archer, buscó monstruos en todos los rincones, declaró que todo iba bien y la dejó sola.

Elle salió de la sala de estar por las puertas de cristal y miró fijamente la barbacoa más grande que había visto en su vida. Efectivamente, tenía un botón. Además de instrucciones grabadas en el lateral de acero. Encender el gas. Girar el botón hasta la altura de llama deseada. Grill.

—Muy fácil —dijo en voz alta.

Encendió el gas. Oyó que siseaba. Luego giró el botón y...

Wummp.

La llama subió desde debajo de la parrilla y estuvo a punto de quemarle las cejas y las pestañas.

—¡Madre mía! —dijo un respingo, se echó hacia atrás, tropezó con una tumbona y cayó de culo al suelo. Allí sentada, se llevó una mano a la cara.

Seguía allí.

Aliviada, se levantó y observó la llama antes de bajarla un poco. Decidió que los hombres eran tontos. Cinco minutos después, tenía los bistecs y las patatas en la parrilla.

—Chúpate esa, *Master Chef* —murmuró.

Se sirvió una copa grande de vino, volvió al patio y miró las calles ajetreadas de abajo, el puerto marítimo y la hermosa bahía. Las vistas le hicieron suspirar de placer. Si ella tuviera una vista así, no saldría nunca. Se quitaría los tacones, se acurrucaría en el sillón y vería pasar el mundo.

Que, al final, fue exactamente lo que hizo. Se quitó los tacones, se subió el vestido lo bastante para estar cómoda y miró las vistas mientras sorbía el vino. Estaba muy satisfecha por haber hecho la cena con sus propias manos para el hombre al que... ¿Qué? Eso era algo complicado. Le gustaba. Mucho. También admiraba su fuerza, tanto interior como exterior. Era listo, hecho a sí mismo y, cuando quería, muy divertido.

Y sí, posiblemente, probablemente, lo amaba.

Ante aquella idea aterradora, se echó hacia atrás y cerró los ojos, mientras su mente se llenaba de imágenes. Archer sonriéndole aquella misma mañana como solo le sonreía a ella, con la sonrisa que decía que podía contar con él. Y era verdad. La cuidaba como nunca la había cuidado nadie. Archer enfadado después del último trabajo de distracción que había hecho para él cuando, sin embargo, la había tomado en sus brazos en la pista de baile y se había movido con ella al ritmo de una canción lenta. Alterando de paso su mundo porque nadie podía volverla tan loca como él, y tampoco había nadie más en el planeta que pudiera hacerle sentir tanto. Archer entrando como una tromba en su despacho, dispuesto a jugarse la vida para salvar la de ella, siempre, sin cuestionarlo...

Lo único más sorprendente que eso era que ella sabía que haría lo mismo por él.

No supo cuántos minutos después se despertó. Lo primero que le llegó fue el olor a carne quemada. Lo segundo fue el humo. Y después, cuando volvió la cabeza, vio las llamas que salían de la barbacoa.

Se puso en pie de un salto, y se golpeó un dedo del pie en la pata de la barbacoa cuando bajaba la tapa y la desconectaba antes de agacharse a apagar también el gas.

Cuando se enderezó, las llamas habían muerto.

Y lo que habían sido bistecs y patatas se habían convertido en bloques negros de carbón.

Elle extendió el brazo, tomó un trozo de carne carbonizada, se quemó la mano y lo dejó caer. Se apartó con un suspiro el pelo de la cara sudorosa, temerosa de que el calor procedente de la barbacoa le quemara la piel, y sacó el teléfono.

—Eres malo —le dijo a Joe.

—Solo si me lo pides con amabilidad.

—Lo he quemado todo.

—¿Has cortado la grasa? —preguntó él—. ¿Mantenido la llama media, dado la vuelta a los bistecs después de cuatro minutos y los has sacado rápidamente de las llamas?

No, no, no y no. Elle colgó el teléfono y miró el desastre con los brazos en jarras. A continuación marcó el número de su restaurante italiano favorito, que repartía a domicilio. Hizo el pedido y prometió duplicar la propina si se daban prisa.

Cuando terminó de limpiar el desastre de la barbacoa y eliminar las pruebas, había llegado la comida. El repartidor llevaba una sonrisa preparada, que se apagó al verla. Como no tenía tiempo de pensar en eso, Elle le pagó y entró en la cocina a colocarlo todo en platos y poner la mesa.

Acababa de terminar cuando entró Archer. Este arrojó las llaves sobre la encimera y se acercó directo a ella con las aletas de la nariz palpitantes.

—¿Qué es ese olor?

Ella entró en pánico. Había encendido dos velas que había conseguido encontrar y había cerrado la puerta de la terraza, y también se había quedado un rato como una idiota en la sala de estar agitando una revista en el aire intentando echar fuera todo el humo.

—Ah...

—Italiana —dijo él con una sonrisa, mirando la mea—. Eso me parecía. ¿Pollo a la parmesana? Tiene una pinta increíble.

Ella respiró y sonrió aliviada.

—No sabía que supieras cocinar —dijo él.

—Oh, bueno, yo... —ella dio un respingo cuando él le pasó un brazo por la cintura y la atrajo hacia sí.

Le dio un beso en los labios y se apartó a observarla con la cabeza inclinada a un lado.

—¿Qué? —preguntó ella.

—Me gusta el *look*.

Elle se apartó, se miró en el frigorífico de acero inoxidable y le costó reprimir un grito. Su pelo se había rebelado y tenía manchas de lo que parecía carbón en la barbilla, en la mejilla y en la frente.

Archer se acercó por detrás, sin dejar ni aire entre ellos, le puso las manos en las caderas y apretó su barbilla contra ella. Tuvo que agacharse, porque Elle había dejado los zapatos en el patio.

Y, al parecer, el cerebro también.

—Descalza en mi cocina —murmuró él en el oído de ella.

Y quizá embarazada. Elle pensó en la prueba de embarazo que llevaba en el bolso. Uno de esos días tendría que decidirse a hacerla. Pronto.

—No te acostumbres —consiguió decir.

—¿A qué, a que estés descalza?

—A que esté hecha un desastre.

Él la volvió hacia sí y le tomó la cara entre las manos, serio de pronto.

—Hacía mucho tiempo que quería penetrar detrás de tu armadura, Elle. No me lo niegues ahora.

Aquello fue más fuerte que ella. La dejó sin habla.

Él volvió a sonreír. Parecía complacido consigo mismo.

—¿Podemos comer ya? Me muero de hambre y tu comida tiene una pinta fantástica.

Ella lo miró sentarse y empezar a comer. La invadió la culpa.

—Respecto a la comida...

—Espera un segundo —él se llevó un trozo a la boca, se inclinó hacia atrás y cerró los ojos—. Es un momento especial.

—Pero...

—Me he saltado el almuerzo —aclaró él—. Y esto es casi tan bueno como un orgasmo. Solo casi, porque la verdad es que nada es tan bueno como un orgasmo.

—No lo he cocinado yo —dijo ella.

Él le lanzó una sonrisa.

—Lo sé.

Ella lo miró.

—¿Lo sabías desde el principio?

—Bueno, sí —él tenía un trozo grueso de pan italiano

con mantequilla suficiente para provocar un infarto en una mano y atacaba el pollo a la parmesana con la otra. Elle no sabía cómo podía comer así y no estar más gordo.

¡Bastardo!

—¿Cómo? —preguntó—. ¿Cómo lo has sabido?

Él la miró divertido.

—Mi barbacoa sigue echando humo y huele como si la hubieras arrojado a una hoguera. Tienes hollín en la cara y en los pies. La basura no está cerrada del todo y desde aquí se ve un recipiente de comida para llevar encima de todo.

—¿Tienes que ser tan observador? —quiso saber ella.

—Si no, ¿cómo voy a seguir el ritmo de lo que haces? —Archer tiró de ella y la sentó en sus rodillas, donde enterró el rostro en su pelo—. Te importo lo suficiente para que quisieras alimentarme. Eso me excita tanto como tenerte descalza en mi cocina. Descalza y...

Ella le puso un dedo en los labios.

—No lo digas —no quería oír la palabra «embarazada» en boca de él. Archer sonreía detrás de su dedo—. Eres un hombre muy raro.

—¿Te has hecho una prueba de embarazo? —preguntó él.

—Todavía no.

—Háztela, Elle. Tenemos que saberlo.

Elle pensó que un embarazo cambiaría el comportamiento de él. Seguiría con ella todavía más por obligación y...

—Basta —él le alzó la cara como si le leyera el pensamiento—. Sea lo que sea lo que ocurra, podrás contar conmigo. Seas solo tú o nuestro bebé y tú. Siempre. Pero es un hecho que tú te llevas la peor parte del trato.

Ella negó con la cabeza.

—No es cierto.

Él mordisqueó el dedo que ella tenía todavía en su boca.

—Un hombre muy raro —repitió ella con suavidad.

Él sonrió sin sentirse insultado, apartó la mano de ella de su boca y subió esa boca por el cuello de ella, despacio, hasta la oreja.

—¿Aquí, Archer? —preguntó ella sin aliento. Echó atrás la cabeza para permitirle acceder mejor.

—En la mesa no. He soñado con todas las cosas que quiero hacerte y no quiero que nos interrumpan.

—¿Hay más… cosas? —preguntó ella un poco sin aliento.

—Oh, sí.

Elle se estremeció. Archer se levantó y la llevó al dormitorio, donde cerró la puerta con el pie, corrió el pestillo y la arrojó sobre la cama.

Elle esperaba que Archer la desnudara rápidamente, pero él se instaló entre sus muslos y acercó su cara a la de él.

—Te quiero en mi vida —dijo—. Hasta adentro.

—Pues si no me equivoco —ella osciló las caderas contra la impresionante erección de él—, estás a punto de entrar tú en mí.

Pero él no jugaba.

—Tú ya me entiendes. Intento darte todo el tiempo que necesites, pero yo necesito una pista de por dónde va esto.

—El hecho de que esté a medio camino de un orgasmo en tu cama debería ser una buena pista —contestó ella.

Él sonrió.

—O sea, que ya estás a medio camino del orgasmo, ¿eh? Soy un as.

Ella le besó la barbilla y el cuello.

—Lo eres —se echó hacia atrás y tomó su rostro entre las manos—. ¿Podrás dejar de manipularme?

Él suspiró.

—Yo manipulo a todo el mundo.

—Sí, pero yo no soy todo el mundo.

Se miraron a los ojos en silencio. Él fue el primero en romperlo.

—Quédate conmigo —dijo.

Las palabras parecían una orden, pero las dijo con suavidad. Elle pensó que probablemente eso era lo más cerca que él podía estar de pedir y el corazón le latió con fuerza. ¿De verdad quería hacer eso, enamorarse de él y darle así un poder que no había dado nunca a nadie?

—¿Qué tal si vamos paso a paso? —preguntó—. O noche a noche.

—Por mí bien —murmuró Archer.

Cerró la distancia que había entre sus bocas y la besó.

Capítulo 23

#SeVaSeVaSeFue

A la mañana siguiente, Elle entró en la cocina seguida de Archer, equipado ya de malote para el trabajo. Él fue directo al horno, lo encendió y colocó un *bagel* en la rejilla. Miró a Elle con aire interrogante, pero ella negó con la cabeza.

Los hidratos de carbono eran el demonio.

En vez de eso, ella se acercó a la cafetera y sirvió dos tazas. Entregó una al gran macho alfa silencioso que se apoyaba en la encimera esperando que se calentara el *bagel*. Él le correspondió con una de esas sonrisas que hacía que a ella se le doblaran las rodillas.

Entró Morgan y los miró a los dos.

–Muy hogareño –comentó.

Elle no le hizo caso. Encontró una naranja en el frigorífico y se la apropió.

–En serio –comentó Morgan–. El grandullón hasta sonríe. Bien hecho, hermana.

Elle alzó los ojos al cielo.

–Tengo que ir a clase –dijo. Tomó su bolso.

—Yo te llevo —Archer miró a Morgan—. Y a ti.

—Yo puedo pedir un taxi.

Archer negó con la cabeza.

—Me ha llamado Trev. Han conseguido triangular las últimas llamadas del teléfono de prepago y todas se hicieron desde el distrito de Tenderloin. Esta mañana tenemos un trabajo que no podemos dejar, pero esta tarde vamos a intentar buscar a Lars. Hasta entonces, quiero que las dos os quedéis en el Pacific Pier Building.

Viajaron en silencio, cada uno con sus pensamientos. Los de Elle eran caóticos. Iban desde el peligro en que los había puesto Morgan hasta si darle a Archer otra oportunidad con su corazón, que de las dos cosas era probablemente la que más la asustaba.

Cuando aparcaron y echaron a andar por el patio, Morgan se volvió hacia Elle.

—No me gusta que os pongáis todos en peligro para protegerme a mí.

—Lo entiendo —contestó Elle—. Pero ahora mismo no veo otra elección. Los hombres llegarán pronto al fondo de esto.

—¿Cómo?

—Encontrarán a Lars.

Morgan se mostró preocupada.

—Los atacará —tomó la mano de Elle—. ¿Podemos hablar? —miró a Archer, que se había adelantado—. Solas.

Elle tuvo un mal presentimiento.

—Sí, pero tengo una clase y luego dos reuniones. ¿Puede esperar a después?

—Iré a verte en el almuerzo.

Elle asintió. Tomó la mano de Morgan, en la que llevaba esta su teléfono.

—Confías en mí, ¿verdad? —preguntó.

Morgan parpadeó.

—¡Ah! ¿Sí?

Bien.

—Si eso es cierto, no te importará descargarte la aplicación de Buscar a Mis Amigos en el móvil para que sepamos dónde está la otra.

En honor a la verdad, Morgan apenas vaciló en entregarle el teléfono a Elle para que le descargara la aplicación. Elle decidió aceptar ese gesto como un paso de gigante en el programa Confiar Una En La Otra.

Hasta que Morgan no se presentó a la hora del almuerzo.

A las doce y media, Elle llamó a Mollie para ver si su hermana estaba trabajando. Varias horas antes había recibido un mensaje de Archer para recordarle que sus hombres y él se iban del edificio y no quería que fuera a ninguna parte sola.

Mollie le dijo a Elle que Morgan había salido media hora atrás sin decir nada.

Como se tardaba menos de dos minutos en ir desde las oficinas de Archer hasta su despacho, aquello era una mala noticia. ¿En qué estaba pensando Morgan? ¿Creía que podía enfrentarse a un hombre peligroso ella sola?

¡Maldición! Aquello era exactamente lo que pensaba. Elle abrió la aplicación Busca A Mis Amigos en su móvil y esperó con el corazón galopante a que le diera la ubicación aproximada de Morgan.

El Tenderloin.

Llamó a Archer, pero saltó el buzón de voz. A continuación probó con Spence.

—Tengo un problema —dijo.

—Tus problemas son mis problemas —contestó él.

Ella confiaba en que dijera eso.

—Es con Morgan.

—Está bien.

—Necesito que me acompañes a impedirle que cometa una estupidez.

—Nos vemos en la puerta en cinco minutos.

Cuando Elle salió a la calle, Spence estaba ya allí con una camioneta Ford vieja. Se inclinó a abrirle la puerta del acompañante.

Ella tardó un minuto en averiguar cómo subirse a la camioneta sin mostrar al mundo sus partes íntimas y, cuando lo hizo, encontró al viejo Eddie apretujado en el asiento de atrás.

—Es su camioneta —dijo Spence—. Él ya no puede conducir. No conduce desde los años setenta, cuando le quitaron el carné.

—¿Y todavía funciona? —se maravilló ella.

Spence sonrió.

—Digamos que he invertido bastante trabajo en ella.

Eddie hizo una mueca.

—No seas modesto, muchacho. La desmontaste y volviste a armarla. Esta belleza está mejor ahora que cuando era nueva. Es biónica —miró a Spence—. Una cosa puede ser biónica, ¿verdad, genio?

—Sí —repuso Spence—. Pero solo es biónica en el interior —miró a Elle—. No quiso que cambiara nada de fuera.

—Por supuesto que no —Eddie acarició la camioneta—. A esta belleza le gusta no llamar la atención.

—Y en cuanto a tu siguiente pregunta —le dijo Spence a Elle—. Es casi legal.

—Yo nunca cuestiono un favor —Elle buscó el cinturón y encontró solo uno de regazo. Tendría que servir—. Pero tenemos prisa. ¿Esta cosa corre?

Spence rio y aceleró un motor que sonaba ya a carrera de Fórmula 1.

Ella sacó su teléfono.

—Voy a llamar a Archer para dejarle un mensaje y decirle lo que hacemos.

—Buena idea —contestó Spence—. Puesto que ya lo he hecho yo.

Elle le lanzó una mirada que normalmente tenía la capacidad de hacer emigrar a los testículos de un hombre.

—¿No confiabas en que supiera que eso era lo que tenía que hacer? —preguntó.

—Los hermanos antes que las parejas —dijo Eddie desde el asiento de atrás.

—Ha intentado llamarte a ti —intervino Spence—. No contestabas.

Ella miró su teléfono. Sí. Tenía una llamada perdida.

—Ponle un mensaje con adónde vamos —continuó Spence—. Él vendrá allí. Hazlo ahora antes de que nos mate a los dos.

Tengo el punto de Morgan en el mapa, pero voy a intentar volver a llamarla para conocer su posición exacta —dijo Elle.

Casi se desmayó de alivio cuando contestó su hermana.

—Hola.

—Hola a ti también —contestó Elle—. ¿Dónde demonios estás?

—No te va a gustar.

—Prueba.

—En camino a casa de Lars.

—No.

—No quiero que os pase nada a Archer ni a ti. Necesito hacer esto, Elle. Tengo que borrar el pasado. Quiero empezar de cero sin nada colgando sobre mi cabeza. Así podré conseguirme una vida como la tuya, con un buen trabajo, un buen hombre...

—Morgan...

—Y me voy a entregar con el reloj ruso de bolsillo –dijo Morgan con firmeza–. Volverá a su legítimo dueño y, cuando todo esto termine, seré libre, estaré limpia y podré por fin empezar algo nuevo.

A Elle se le encogió el estómago.

—Morgan, no sé cuándo prescriben las antigüedades robadas. Podrías ir a la cárcel.

—Lo robé, Elle –dijo Morgan con suavidad–. Yo hice eso. Voy a asumir que tengo que pagar las consecuencias, pero primero quiero arreglar algunas cosas. Odio toda la porquería y el peligro que he llevado a tu vida y estoy furiosa con Lars. Quiero verlo.

—No –dijo Elle con firmeza–. Nada de eso.

—Le voy a decir que tengo el reloj bien escondido y que se lo daré si promete dejarnos en paz a ti y a mí.

Elle estaba al borde del pánico.

—Nunca lo hará. Y tú no eres tan ingenua como para pensar que sí.

—Claro que no –dijo Morgan–. Pero ya sabes lo arrogante que es, cómo le gusta hablar de sí mismo. Grabaré nuestra conversación y espero que se incrimine solo. Yo voy a caer, pero él caerá conmigo. Y lo mejor de todo es que no se lo esperará. Jamás creerá que una timadora como yo pueda ir a la policía. Pero eso es justamente lo que voy a hacer.

—Ni siquiera sabes si está en casa.

—Si no está, buscaré el broche y lo devolveré también. Lars heredó la casa de su abuela en Tenderloin cuando estaba en la cárcel. Es un antro, pero es un antro gratuito y vive ahí.

En Elle resucitó la antigua necesidad de proteger a su hermana.

—Esto es una locura. Lo sabes, ¿verdad? —dijo.

—Probablemente no esté en casa, en cuyo caso me colaré en una casa por última vez —Morgan rio un poco, pero su risa no sonaba sincera—. Tú no me vas a estropear la última diversión que voy a tener en un temporada, ¿verdad?

—Muy bien, pero espérame —dijo Elle—. ¿De acuerdo? Espera unos minutos. Estoy en camino. Y llevo a la caballería.

Pero Morgan había colgado ya.

—¿Has oído eso? —preguntó Eddie a Spence desde el asiento de atrás—. Nosotros somos la caballería.

Antes de que Elle pudiera corregirlo, sonó su teléfono.

Archer.

—Morgan se ha puesto en marcha sin nosotros —dijo ella inmediatamente—. Yo voy a pararla.

—Dirección.

La voz de él sonaba tranquila como siempre, aunque ella detectó bastante tensión mientras le daba la mejor dirección que podía.

—Nos vemos allí —dijo él—. Esperadme.

—Desde luego.

—Lo digo en serio, Elle. Ese hombre está pirado.

—Lo sé —dijo ella, pero él había colgado ya.

¿Por qué la gente que quería tenía tan malos modales al teléfono? Guardó su móvil, irritada.

—¿Sabéis qué es peor que saber que siempre tiene razón? —preguntó—. Que él sepa que siempre tiene razón.

Eddie le dio una palmadita en el hombro desde el asiento de atrás.

—Me han dicho que es una condición genética masculina.

Gran parte de lo que hacía Archer era correr y esperar. El noventa por ciento de ese correr y esperar era rutina y si sus hombres y él hacían bien su trabajo, las probabilidades subían todavía más.

Pero siempre había una posibilidad de que las cosas se estropearan y descontrolaran. Archer estaba entrenado y preparado para eso, así que raramente sentía subidones de adrenalina y miedo sincero en un trabajo.

Pero en aquel momento lo sentía.

Lucas, Reyes y él pararon en la dirección que le había dado Elle y aparcaron detrás de la vieja camioneta Ford de Eddie. Le alivió ver a Elle en el asiento del acompañante y respiró por primera vez desde que lo llamara Spence para informarle.

Se había sentido mucho mejor cuando Elle lo había llamado también, pero hasta que no la vio sentada allí, nerviosa y preocupada por su hermana pero esperándolo a él, no reconoció lo que sentía.

Alivio, sí, pero también mucho más. Abrió la puerta del acompañante, tiró de ella y la tomó en sus brazos.

—¿Qué? —preguntó Elle—. ¿Qué ocurre?

Él la estrechó con fuerza y, por un momento, dejó que se notara su vulnerabilidad mientras se reconfortaba con el abrazo.

—Me has esperado.

—Me lo has pedido —dijo ella.

Archer suspiró. Tenía por costumbre no ser vulnerable y no se le daba mal, pero esa era una causa perdida con aquella mujer.

—Infórmame.

—Creo que Morgan ya está dentro. Su plan era tentar a Lars con el reloj de bolsillo ruso, decirle que lo tiene escondido y que se lo dará si promete dejarnos en paz a ella y a mí...

Archer hizo una mueca de desprecio.

—No es estúpida, sabe que él es un estúpido arrogante —dijo ella—, pero es un estúpido arrogante que suelta mucho la lengua para presumir. Ella quiere incriminarlo. Y después entregarlo y entregarse.

Él la miró a los ojos.

—Y tú plan era ir tras ella.

—No, porque tú me has dicho que esperara. Oh, y por si te interesa, sigues sin pedir bien las cosas.

Eddie asomó la cabeza.

—A las chicas les gusta que les pidan. Es una cosa femenina.

—Es una cosa de ser humano —corrigió Elle—. Tú querías que te esperara y lo he hecho. No veo un coche delante, así que seguro que Lars ni siquiera está en casa. Podemos sacar a Morgan de ahí y...

—Nada de «podemos». No te incluyas.

—¿No?

—Demonios, no —Archer miró a Spence—. Vigílala —se volvió a Reyes y Lucas—. Vosotros vais por delante, yo voy por detrás.

Los dos se movilizaron al oír la orden y se movieron como el humo. Archer empezó a desaparecer detrás de la casa.

Elle lo siguió. Oyó a Spence lanzar un juramento detrás de ella, pero no le importó.

Archer le lanzó una mirada de irritación, pero ella consideró buena señal que asintiera con la cabeza a Spence.

—Vigila la calle.

El callejón era estrecho, tenía vallas y algún contenedor de basura que otro. Archer detuvo a Elle delante de una verja.

—Puedo entrar y salir más deprisa solo —dijo.

—Pero yo puedo evitar que ella haga una estupidez —contestó ella.

Notó que a él no le gustaba eso, pero una vez más no intentó retenerla. La puerta de atrás no estaba cerrada con llave y el picaporte cedió fácilmente en su mano. Miró a Archer, sorprendida.

Él extendió el brazo con expresión sombría para impedir que entrara y se colocó delante de ella.

—Vuelve atrás —ordenó.

Antes de que ella pudiera obedecer, sonaron disparos. Ella se quedó paralizada de horror y Archer se lanzó a por ella, la lanzó de los escalones a la hierba, la colocó detrás de un árbol y la mantuvo allí agachada.

Ella extendió los brazos y le agarró los brazos. Morgan. ¡Morgan estaba dentro!

—Archer, tenemos que sacarla.

—Lo sé. Quédate aquí —le ordenó él al oído. Y se marchó.

Ella no tenía nada que objetar a eso. Miró sus manos temblorosas y lanzó un respingo de horror.

Una de ellas estaba cubierta de sangre roja. Sangre que no era suya.

—Elle —Spence se arrodilló a su lado.

Ella lo miró.

—Archer está herido.

Capítulo 24

#Grillos

Elle intentó controlar su respiración desbocada, pero no podía. Spence le tenía agarrada la mano, probablemente para impedir que corriera a la casa más que como consuelo. No veían gran cosa. No había habido más disparos y el extraño silencio la asustaba más que los tiros. Sacó la navaja que le había dado Archer tantos años atrás, la que se metía todas las mañanas en el bolsillo por la fuerza de la costumbre y se asomó con cuidado desde detrás del árbol.

–¡Madre mía, Elle! –dijo Spence, que parecía impresionado por la navaja.

Reyes y Lucas salieron por la puerta trasera con las pistolas en la mano. Morgan iba entre ellos y parecía ilesa. Localizaron fácilmente a Elle, así que, o no estaba muy bien escondida o Archer les había dicho que fueran a buscarla.

–¡Gracias a Dios! –susurró ella abrazando a Morgan con fiereza. Luego miró a Reyes–. Archer –preguntó. Lo agarró por la camisa–. ¿Dónde está Archer?

Él miró la navaja que tenía ella en la otra mano y frunció las cejas como había hecho Spence.

—Viene detrás de nosotros.

—Está herido —dijo ella, con el corazón en la garganta.

—¡Mierda! —exclamó Reyes.

Volvió hacia la casa justo en el momento en el que salía Archer, empujando a Lars delante de él.

Reyes y Lucas corrieron a detener a Lars. Al fondo se oían ya sirenas.

Cuando liberaron a Archer de su carga, él vaciló y cayó de rodillas.

Elle corrió a su lado y lo sostuvo contra ella cuando empezó a caer.

—Yo te tengo —dijo, apretándolo contra sí. Lo tenía y no lo soltaría dijera lo que dijera. Le desgarró la camiseta para ver cómo era de grave.

—Llevas mi navaja otra vez.

—Todavía —corrigió ella.

Él sonrió débilmente.

—Mejor que los diamantes cualquier día.

A Elle se le nubló la vista cuando vio que estaba herido en el hueco entre el pecho y el hombro y que perdía demasiada sangre demasiado rápido. Había palidecido y estaba frío al tacto cuando ella lo ayudó a tumbarse y le colocó con cuidado la cabeza en el regazo para poder presionar la herida e intentar parar la hemorragia.

—Elle —dijo él, mirándola con intensidad cuando los paramédicos empezaron a cortarle la camiseta—. ¿Estás…?

—Estoy bien —prometió ella. Dejó escapar un sollozo cuando él cerró los ojos. Casi no podía respirar—. Archer…

Él abrió los ojos a medias.

—¡Eres tan guapa Elle! Las dos lo sois.

Uno de los paramédicos se esforzaba por detener el chorro de sangre mientras el otro comprobaba las constantes y hablaba por el móvil. Spence estaba al lado de Elle.

—No te preocupes —dijo—. Le pondrán una tirita y estará bien.

Archer le agarró la mano a Elle.

—¿Estás bien de verdad?

—Sí —ella se situó al lado de los paramédicos que trabajaban en él y apretó la mano de él contra su pecho. Estaban rodeados de caos y, sin embargo, parecía que estuvieran solos—. Y tú también, maldita sea —dijo con fiereza.

Una sonrisa tensa entreabrió los labios de él.

—Me gritas incluso cuando estoy caído —él cerró los ojos y murmuró algo que sonó parecido a «Te quiero».

Esas palabras resonaron por todo el cuerpo de ella y la sacudieron hasta los cimientos.

—¿Qué? —preguntó—. ¿Qué has dicho?

Spence, que estaba observando a los sanitarios, la miró preocupado.

—Yo no he oído que dijera nada.

—Pues lo ha dicho —ella se inclinó sobre Archer—. ¡Repítelo!

—Lo siento —dijo el paramédico—. Está inconsciente.

Elle acercó su rostro al de Archer.

—Si eso ha sido una despedida, Archer, juro que te seguiré y te traeré de vuelta personalmente. ¿Me oyes?

—Señora, la oyen hasta en China —dijo el sanitario—. Los extraterrestres también la oyen. La oye todo el mundo menos él. Ahora tengo que pedirle que se aparte.

Spence tiró de ella hacia atrás.

—Tranquila, tigresa. Hay un montón de polis aquí. No tendría gracia que te detuvieran con el malo, ¿verdad? Yo te pagaría la fianza, por supuesto, pero quizá tendrías que pasar unas horas encerrada con un pijama naranja y sé lo que piensas del naranja.

—Le han disparado —¡Dios santo! Le habían disparado por su causa—. Tiene que sobrevivir, Spence.

—Sobrevivirá por puro mal genio, créeme.

A su alrededor había un auténtico caos. Policías por todas partes. Reyes y Lucas se habían separado y estaban contestando preguntas. Morgan también. Elle soltó un respingo horrorizado cuando esposaron a su hermana y corrió a su lado.

—Te sacaré —le prometió.

Morgan sonrió.

—Primero cuida de Archer. No te vayas de su lado por mí.

—Morgan...

—Yo puedo esperar —dijo su hermana con voz firme, aunque su mirada no lo era tanto.

Elle la abrazó con fiereza.

—Estoy muy orgullosa de ti.

Los ojos de Morgan se llenaron de lágrimas y un sollozo escapó de sus labios.

—Lo mismo digo, hermana. Pero en serio, he sobrevivido a todas las meteduras de pata que he hecho y las dos sabemos que algunas han sido espectaculares. Me irá bien.

Elle le dio otro abrazo fuerte antes de que se la llevaran. Miró a Spence.

—Quiero buscarle un abogado.

—Llamaremos al mío de camino al hospital.

Los sanitarios seguían trabajando en Archer. Habían

controlado la hemorragia y le habían colocado una vía. Cuando terminaron, levantaron la camilla y se dispusieron a meterla en la ambulancia.

—Nosotros los seguimos —dijo Elle a Spence.

Este tenía ya las llaves en la mano.

—Sí.

Esa vez no hubo comentarios sarcásticos en el gallinero de la parte de atrás. Eddie guardaba silencio. Spence dio su teléfono a Elle y, mientras él conducía, ella llamó a su abogado.

Cuando llegaron al hospital, les dijeron que Archer estaba en el quirófano y les indicaron una sala de espera. Elle llamó a Willa, que a su vez llamó a los demás y menos de una hora después estaban con ella Pru y Finn, Willa y su novio Keane, Haley con su bata de optometrista; Kylie, todavía con polvo de serrín y con un bulto sospechoso del tamaño de Vinnie en el bolsillo de la sudadera.

También estaban todos los hombres de Archer y Mollie.

—No esperaba volver tan pronto al hospital comentó Joe.

El abogado de Spence llamó a Elle para decirle que la vista por la fianza de Morgan sería al día siguiente a primera hora. Más allá de eso, no podía decir nada de cierto, pero sentía que era posible que quedara libre devolviendo los objetos y sin condena de cárcel.

Elle sabía y creía que Morgan quería limpiar el pasado más que nada en el mundo, así que aquello le dio esperanzas para el futuro de su hermana. Dio las gracias al abogado y colgó el teléfono.

—Tengo que llamar al padre de Archer —dijo.

Spence tragó aire por la boca.

—No sé si Archer querría eso.

Elle miró a todos los demás.

Joe negó con la cabeza.

—Se cabreará.

—Se cabreará mucho —asintió Finn.

—Pero hay que hacerlo de todos modos, ¿verdad? —preguntó Elle.

Nadie contestó.

Eso implicaba que tendría que llamar ella. Muy bien, había tomado todas las decisiones difíciles e incómodas toda su vida, así que una más no importaba. No tenía su número de teléfono, pero sabía en qué comisaría había trabajado antes de jubilarse. Al menos podía hacerle llegar un mensaje.

Spence le prestó una vez más su teléfono. Tenía en él el móvil del padre de Archer. Elle le dejó un mensaje y luego se dio cuenta de lo llena que estaba la sala de espera.

Para ser un hombre que vivía como si fuera una isla, Archer tenía mucha gente que se preocupaba por él. Confió en que él lo supiera.

—Siéntate —dijo Willa. Señaló una silla entre Pru y ella.

«¡Dios, mujer! Te quiero». Las palabras de Archer resonaban en su cabeza. O al menos ella esperaba que hubiera dicho eso.

—¿Cómo lo haces? —preguntó a Pru, que era la que más tiempo llevaba enamorada de ellos—. ¿Cómo controlas estos sentimientos abrumadores? Y lo más importante. ¿Por qué?

Pru sonrió.

—Cuando encuentras a alguien que sabe que no eres perfecta, pero te trata como si lo fueras, alguien cuyo mayor miedo es perderte, eso vale todo lo que tengas que pasar –Pru miró a Finn–. Y si esa persona es alguien con quien puedes despertarte por la mañana y dejar que te vea sin maquillaje y sin las demás armaduras que usas para esconderte del mundo... Bueno, entonces agárralo fuerte, porque si sueltas eso, no hay esperanza para ti.

Finn abrazó a Pru.

–Nunca te dejaré ir –murmuró él.

Aquello fue un golpe directo al corazón de Elle. Ella no quería que Archer se fuera...

Dos horas más tarde, un hombre vestido con pijama de cirujano y con una tabla sujetapapeles en la mano apareció en la puerta y miró la sala llena de gente.

–¿Familiares de Archer Hunt? –preguntó.

Elle se levantó de un salto. Todos los demás hicieron lo mismo y empezaron a hablar todos a la vez.

El doctor parpadeó.

Spence y Elle se adelantaron y el doctor pareció aliviado.

–Ha salido del quirófano y está en recuperación –dijo–. Pronto lo trasladaremos a una habitación privada y allí podrán verlo unos pocos cada vez. Tiene la clavícula rota y algunos daños en tejidos blandos. Ha perdido mucha sangre y ha necesitado una transfusión, pero se pondrá bien.

Varias horas después, ella estaba con Joe en la habitación en penumbra de Archer. Spence había ido a buscar cafeína. A todos los demás los habían enviado a casa hasta el día siguiente.

Con la luz que entraba desde el pasillo, Elle podía ver a Archer en la cama, con mucho vendaje y muy sedado. Respiraba oxígeno a través de un tubo y recibía suero mediante una vía colocada en la mano izquierda.

La enfermera les había dicho que estaba muy ocupado durmiendo y sanando y que cuanto más tiempo durmiera, mejor, porque no se iba a sentir muy bien cuando despertara.

Elle, que estaba sentada a su lado, le apartó el pelo de la frente.

—He tenido emociones suficientes para el resto de mi vida —murmuró—. Pero lo importante es que te vas a poner bien.

—No me siento bien, me siento como la mierda —contestó él.

Sus ojos seguían cerrados y si ella no lo hubiera estado mirando en ese momento, probablemente no lo habría oído. Joe y ella se levantaron de un salto.

—¿Estás despierto? —preguntó Elle.

Sus ojos se llenaron de lágrimas y sintió una opresión en la garganta. Nunca en su vida había estado tan emocionada como cuando se inclinó sobre la cama y le pasó los labios por la barbilla donde crecía ya la barba.

Archer intentó levantar un brazo hacia ella, pero a juzgar por la mueca que hizo y el gruñido de agonía con el que la acompañó, el dolor lo pilló desprevenido.

—¿Qué... narices...?

—No te muevas —ella puso las manos en el cuerpo de él—. Tienes que quedarte inmóvil. Estás en el hospital. ¿Recuerdas lo que pasó?

Archer parpadeó un par de veces, probablemente intentando apartar las telarañas.

—Casi te disparan.

—Ni mucho menos, porque tú te pusiste delante de mí y la bala te dio a ti.

—Porque no soy yo el que quizá lleva a nuestro hijo dentro.

Joe se puso de pie.

—Creo que debo irme a... a cualquier parte menos aquí —señaló la puerta y salió casi corriendo.

Elle se sentó de nuevo en la silla, agotada. Obviamente, Archer estaba más lúcido de lo que ella había creído posible. Y puesto que ella había tenido pruebas de que no estaba embarazada una hora atrás, podía al menos quitarle esa preocupación.

—No estoy... —dijo, justo cuando entraba la enfermera sonriendo ampliamente y seguida de Spence.

—Buenas noches —dijo la enfermera, animosa—. ¿O debería decir ya buenos días? —se acercó al palo que sostenía el suero y empezó a apretar botones—. Es agradable verlo despierto, señor Hunt. Ha tenido toda la noche una sala de espera llena de gente preguntándose cómo estaría. ¿Cómo se encuentra?

—Muy bien —repuso él, con los ojos todavía fijos en Elle—. Quiero firmar el alta voluntaria.

La enfermera sonrió y le dio una palmadita en el brazo.

—Pronto —dijo. Lanzó una mirada a Spence y Elle con la que expresaba que tenía experiencia en tratar con pacientes difíciles. Puso un control remoto en la mano buena de Archer—. Púlselo si siente la necesidad de más analgésicos —dijo—. No se preocupe, no importa las veces que lo pulse, no podrá tener una sobredosis.

—Me alegra saberlo —repuso Archer. Pulsó repetidamente el botón con el pulgar, sin dejar de mirar a Elle.

—No estoy embarazada —dijo ella.

Spence parpadeó.

—¿Qué?

Archer la miró con expresión inescrutable.

—¿Estás segura?

—Sí.
—¿Completamente segura?
—Sí.

Él siguió mirándola y ella habría jurado que leía decepción en sus ojos. ¡Santo cielo! Quizá era ella la que necesitaba medicinas. Luego él empezó a intentar sentarse, murmurando algo de opciones y de que había sido un estúpido al disminuir las de ella.

—¿Pero qué haces? —gritó Elle—. ¡Para! —se levantó y lo sujetó—. Tienes que estarte quieto. ¿Qué necesitas?

—Que no te acuestes con Caleb ni con Mike. Ni con nadie que tenga pene.

—Eso limita mucho el panorama —comentó Spence.

Elle miró el dedo que tenía Archer en el botón de la medicación.

—Esa cosa debe de ser muy buena —dijo.

—No es la maldita medicina —contestó él.

—Déjame comprobar si he entendido bien, ¿vale? ¿Solo queda fuera la gente con pene? ¿La gente que no tiene pene no cuenta? ¿Es eso lo que dices?

Archer parpadeó una vez, tan despacio como un búho.

—Quizá podamos hacer una excepción solo una vez —contestó—. Si yo puedo mirar... —hablaba con voz pastosa. Cerró los ojos y se llevó una mano a la cabeza—. ¡Malditos analgésicos!

Ella miró a Spence.

—Sí, son las drogas —dijo él, que parecía divertido—. Es un peso ligero para las drogas. Las odia. Normalmente rechaza todos los analgésicos. Pero no creo que esta vez le hayan dado opción, teniendo en cuenta que estaba inconsciente. Se cabreará mucho cuando se le pase.

—Lo digo en serio —comentó Archer. Levantó su brazo bueno para apuntar a Elle, pero apuntó varios metros más allá–. No te compartiré con nadie, ni siquiera con Spence.

–Entendido –Spence alzó las manos en el aire–. Es toda tuya.

–Disculpa –protestó Elle–. Yo no soy de nadie. Soy solo mía. ¿Y me has oído? No estoy embarazada.

Spence se hundió en la silla con expresión dolorida, como si deseara que le hubieran disparado a él.

–Sigues siendo mía –dijo Archer desde la cama, con los ojos cerrados todavía.

Elle soltó una risa estrangulada. O reía o gritaba.

–En primer lugar, eres el único hombre que conozco al que tengo impulsos de atacar en una cama de hospital. Y en segundo lugar, si soy tuya, entonces tú eres mío. Y yo tampoco comparto, así que ya puedes decírselo a todas esas mujeres que siempre tropiezan en cuanto te dignas sonreírles.

Archer abrió los ojos y la miró con fijeza, como si le costara enfocar.

–O podríamos atar el nudo y hacerlo oficial para que no hubiera dudas –dijo.

–¿Oficial? –preguntó ella. O más bien gritó.

–Sí –dijo él–. Nos casaremos. ¿Spence?

–¿Sí?

–Reserva dos billetes para Las Vegas.

Spence sacó su teléfono.

Elle los miró a los dos con la boca abierta.

Archer sonrió entonces.

–Eres tan guapa, que quiero comerte entera, Elle.

Ella miró a Spence, que estaba con el teléfono.

–No se acordará de nada de esto, ¿verdad? –preguntó.

–Es difícil saberlo. La morfina es algo complicado.

—Ya lo veo —dijo ella.

Miró a Archer. Este había cerrado los ojos pero sonreía todavía. Solo Dios sabía a qué. Ella estaba dividida entre disfrutar de aquello o aprovechar la oportunidad para hacerle hablar. Decidió hacer ambas cosas.

—Spence, necesitamos un minuto a solas —dijo.

—Con placer —Spence se mostró aliviado y salió de la habitación.

Elle se sentó al lado de Archer y le tomó la mano.

—¿Hablabas en serio? —susurró. Necesitaba desesperadamente saber si él recordaba el «Te quiero».

Archer seguía con los ojos cerrados y una respiración profunda, la clase de respiración de alguien que duerme profundamente.

Elle pensó, decepcionada, que eso respondía a su pregunta. Pero se llevó un susto cuando habló él.

—Todo lo que te he dicho siempre iba en serio —dijo con voz queda, sin mover un solo músculo, como si le doliera todo, quizá—. Ahora me voy a desmayar —anunció.

Ella lo observó con el corazón latiéndole con fuerza.

Unos minutos después, volvió Spence y la encontró sentada allí todavía.

—¿Estás bien? —preguntó.

—Ha perdido mucha sangre —murmuró ella.

—Ha estado peor.

—Creo que está en *shock*.

Spence hizo una mueca.

—Probablemente tenga miedo de que tú quieras usar los billetes que os he reservado. A mí eso me haría entrar en *shock*.

Ella lo miró atónita.

—Espera. ¿De verdad has reservado billetes para Las Vegas?

−Eh, él parecía hablar en serio. Y Dios sabe que tú lo vuelves loco. He pensado que quizá había perdido el juicio por fin.

Elle no tuvo más remedio que echarse a reír porque era ella la que tenía la sensación de haber perdido el juicio. Se preguntó si darían morfina para eso.

Capítulo 25

#EquipoArcher

Lo primero de lo que Archer fue consciente fue de un pitido apagado. Lo siguiente fue el olor a antiséptico, lo que implicaba que no había sido todo una pesadilla. La verdad era que recordaba claramente que se había acercado a la puerta trasera de Lars y oír cómo amartillaban una pistola. En aquel momento solo había tenido un segundo para tomar una decisión. Y esa decisión había sido Elle. Siempre había sido ella y siempre lo sería.

—¡Maldita sea! Me pegaron un tiro.

—Es lo que pasa cuando te haces el héroe —dijo una voz que no esperaba.

Archer abrió los ojos y vio a su padre a los pies de la cama del hospital.

—Creía que habías dejado de jugar a ser héroe —dijo su padre.

Archer no alzó los ojos al cielo, pero solo porque le dolería hacerlo. Le dolía todo.

—¿Qué haces aquí?

—Le han pegado un tiro a mi hijo. ¿Qué crees que

hago aquí? ¿Y por qué demonios no llevabas un chaleco antibalas? ¿Has olvidado todo lo que te enseñé?

—Eh, me siento de maravilla —repuso Archer—. De verdad. Gracias por preguntar. Y gracias también por devolverme alguna de mis llamadas.

Su padre lo miró fijamente un rato y Archer hizo lo posible por devolverle la mirada, pero tenía problemas. Uno, se sentía como si alguien lo hubiera ensartado con un hierro caliente. Dos, estaba colocado. Y tres... no veía a Elle.

¿Por qué no veía a Elle?

—Oye, no sé quién te ha llamado, pero...

—Lo llamé yo —dijo Elle. Y de pronto la vio levantándose de una silla en el otro lado de la habitación.

La miró de hito en hito.

—¿Por qué demonios?

Cualquier otra persona se habría amilanado, pero Elle no. Elle nunca. No quisiera Dios que se amilanara por nada. Alzó la barbilla y lo miró con ojos llameantes, aunque habló con calma. Una calma de acero.

—Perdiste mucha sangre y tardaste mucho en despertar —hizo una pausa y él comprendió que se esforzaba por no derrumbarse.

Y de pronto se sintió el mayor imbécil del mundo.

—Elle...

—Así que sí, lo llamé yo —dijo ella—. Enfádate conmigo, no con él.

La cuestión era que ella sabía lo que sentía, lo mala que era la relación entre su padre y él y que lo último que quería era lidiar con aquello allí.

—No debiste hacer esa llamada.

Spence se acercó al lado de Elle y lo miró.

—Eh. Yo fui el que le dio su número, así que, si necesitas entrar en el ring con alguien, lo tienes delante. Pero tengo que advertirte que estás bastante pachucho y probablemente pueda contigo.

–¡Oh, por el amor de Dios! –exclamó su padre–. ¿Es necesario todo este melodrama?

–Llévatela de aquí –dijo Archer a Spence, con la vista clavada en su padre. Solo respirar le suponía un dolor agudo.

–Me quedo donde estoy –elle lo miró de hito en hito–. Si tanto deseas que me vaya, dímelo a mí.

Archer no quería bajo ningún concepto que presenciara el numerito entre su padre y él. Ya estaba tumbado en una cama, tan vulnerable como pudiera estar un hombre. La miró a los ojos.

–Quiero que te vayas.

Ella respiró con fuerza y se volvió. Spence le tomó la mano y salieron juntos, dejando a Archer a solas con el hombre que lo miraba como si fuera la mayor decepción que había tenido en toda su vida.

–Muy bien, hijo –dijo–, alejando a la gente que te quiere. Eso se te da muy bien.

–Lo aprendí del maestro.

Su padre hizo una mueca y se sentó en una silla a su lado. Se inclinó hacia delante con los codos en las rodillas.

–Dicen que te vas a poner bien. Tendrás que hacer rehabilitación con el hombro, pero eres joven y estás en forma, así que será factible.

Era bueno saberlo.

–Ahora voy a decir algunas cosas –continuó su padre– Y quiero que las oigas.

–No sé, papá. Estoy muy ocupado en este momento, así que…

—Listillo. Eso lo sacaste de tu madre —su padre hizo una pausa y cuando volvió a hablar, su voz era más suave. Más cálida.

—Era una buena mujer. Podía contar con ella, Archer. Para todo. Y tú también.

Archer prestó atención entonces. No hablaban mucho de su madre, pero a él le gustaría que lo hicieran porque... Bueno, porque la echaba de menos. La echaba mucho de menos.

—Sabía manejarnos a los dos. Y habría sabido cómo hacer que siguieras siendo parte de la familia —su padre inhaló y soltó el aire despacio—. Pero yo no supe.

Aquello era más de lo que Archer había oído de boca del hombre que lo había criado.

—¿De verdad estás asumiendo parte de la culpa? —preguntó—. ¿Se ha congelado el infierno?

Su padre negó con la cabeza.

—No puedes evitarlo, ¿verdad? Ni siquiera cuando alguien intenta tenderte una rama de olivo. Estoy intentando pedir disculpas.

Archer se sentía como un imbécil. Se esforzó por sentarse. Odiaba tener aquella conversación tumbado en la cama, pero el maldito dolor...

—Espera.

Su padre se inclinó y tocó un mando a distancia unido a la cama. Apretó un botón que hizo que se moviera el colchón y se levantara la mitad de la cama, lo que arrancó una ristra de juramentos a Archer.

—¡Maldición! —dijo su padre—. Espera.

Golpeó otro botón que hizo que el colchón se moviera de nuevo, esa vez bajando la cabeza de Archer.

Su padre murmuró una obscenidad y empezó a tocar botones al azar.

Archer le quitó el mando, mareado y maldiciendo, pero estaba temblando y sudaba y el mando resbaló entre sus dedos.

—¡Ya lo tengo! —dijo su padre y se dejó caer al suelo. Apretó de rodillas unos cuantos botones más hasta que consiguió enderezar la cama.

—¡Madre mía! —dijo. Se secó el sudor de la frente y volvió a sentarse en la silla—. Eso ha sido más difícil que graduarse en la Academia de Policía.

Archer se echó a reír y luego gimió porque eso le causó un dolor intenso.

—¿Seguro que no quieres matarme? —preguntó.

Su padre dejó de sonreír y exhaló con fuerza.

—Hijo.

Hacía mucho tiempo que su padre no decía esa palabra con esa voz. No con la voz de policía ni con la voz de jefe, sino con una voz de padre.

Archer sintió una opresión en el pecho y los dos se miraron.

—La llamada de Elle me quitó diez años de vida —dijo su padre—. Así que la pregunta es: ¿Quién intenta matar a quién?

Archer consiguió sonreír un poco.

—Admitamos que a los dos nos sorprende que no nos hayamos matado mutuamente antes de ahora.

Su padre resopló y se miró un momento las manos, que apretaba con fuerza, antes de mirar a Archer a los ojos.

—Sé por qué te marchaste. Incluso sé por qué no volviste. Lo que no sé es por qué seguimos haciendo esto, alejándonos el uno al otro. Yo no quiero hacerlo más. Soy un hombre mayor, Archer. No quiero morir solo.

—Papá, tienes cincuenta y dos años. Sol eres mayor

a medias y, además, tienes demasiado mal genio para morir.

Su padre se echó a reír.

—Sí, eso probablemente es verdad. Y hay otra cosa que también es verdad. Te echo de menos.

Archer sintió otra opresión en el pecho.

—No te creo. No puede ser que eches de menos al crío idiota que cuestionaba todas tus palabras, que no solo cruzaba todas las rayas que marcabas sino que además se enfrentaba a todo lo que rezumara autoridad. Porque yo diría que sería un alivio quedar libre de eso.

—No seas como tu viejo, maldita sea. Ahora no. Di que tú también me echas de menos —su padre se inclinó hacia delante y puso una mano en la de Archer—. Metí la pata más de una vez. Y antes o después iré a reunirme con tu madre y que me condenen si quiero que las primeras palabras que me diga sean: «Metiste la pata con nuestro único hijo». Cuando se moría...

—Papá...

—No, lo voy a decir, maldita sea. Cuando se moría, me hizo prometer que... Bueno, que no sería yo. Me hizo prometer que sería amable y gentil y...

Guardó silencio y los ojos le brillaron de un modo sospechoso. Carraspeó.

—Lo que quiero decir es que pensaba que ella se equivocaba. Pensaba que tenía que tratar a mi hijo como me trató mi padre a mí. Con dureza. Sin doblegarse. Para forjar carácter —movió la cabeza—. Pero se lo prometí aun sabiendo que no lo haría. Y le fallé. Te fallé a ti.

—No es cierto —dijo Archer. Estrechó la mano de su padre—. Yo no habría respondido a una amable y gentil y tú lo sabes. Era un gamberro, papá.

—Sí —su padre sonrió—. Lo eras. También eras listo,

agudo y muy serio. Tenías que serlo. Yo no te dejé ser niño. No escuché –se inclinó hacia delante con expresión muy seria–. Pero ahora escucho. Quiero más que esto, que vernos en Navidad o cuando te pegan un tiro.

–Sí, dejemos de vernos cuando nos disparan –Archer cerró los ojos.

–¿Lo pensarás?

–¿Qué?

–¿Volver a ser mi hijo?

Archer sintió de nuevo la opresión en el pecho que hacía que le costara respirar. Abrió los ojos y se encontró con la mirada de su padre.

–Nunca he dejado de serlo.

Su padre lo abrazó entonces. Y le dio una palmada en el hombro bueno.

–No aprietes –musitó Archer entre dientes.

–Cierto. Perdona –su padre se apartó y se pasó un brazo por los ojos húmedos–. ¡Maldita sea! Tengo algo en el ojo.

–O estás llorando.

–Cállate.

Archer consiguió sonreír, pero la sonrisa se apagó cuando vio la expresión de su padre.

–¿Qué pasa ahora? –preguntó.

–La mujer a la que has echado de aquí, Elle, no se ha separado de tu lado desde que te trajeron hasta ahora. No ha dormido y, por lo que tengo entendido, vuestros amigos tuvieron que presionarla para que comiera y comió poco. Es evidente que te quiere mucho. Le debes una disculpa. Quererte no es fácil, créeme.

–Dime algo que no sepa. ¿Papá?

–¿Sí?

—Quizá puedas conseguir que vuelva aquí. Pero tienes que pedírselo por favor. Le gusta que le digan por favor.

—Te la enviaré si quieres.

Unos minutos después volvió Spence a la habitación. Solo.

—¿Dónde está Elle? —preguntó Archer.

—Se ha ido.

—¿Adónde?

Spence no contestó y Archer miró por primera vez bien a su mejor amigo. Tenía la camisa arrugada, el pelo de punta como si lo hubiera peinado con los dedos, y lucía ojeras de cansancio.

—Por tu aspecto me parece que deberías estar en una de estas camas.

—¿Seguro que quieres insultarme? —preguntó Spence—. Porque soy el único que te protege de las chicas, que quieren saber qué narices le has hecho a Elle. Y por cierto, en ese tema eres un idiota.

—¿De qué hablas?

—¿Sabes que le dijiste que la querías cuando te dispararon? La bala dio en una arteria y te hundiste muy deprisa. Creíamos que te ibas a desangrar y le dijiste que la querías como si te estuvieras despidiendo. Y luego te despiertas y le dices que no la quieres aquí.

—Yo no he dicho eso.

—En realidad —dijo Spence—, ahora que lo pienso, no solo eres imbécil. Eres un imbécil y un capullo. Un capullo imbécil.

Archer intentó recordar haberle dicho a Elle que la quería, pero no lo consiguió. Sin embargo, sí sabía una cosa.

—Lo decía en serio.

—Yo también —Spence lo apuntó con el dedo—. Capullo imbécil.

—No, me refiero a que la quería. Dame un teléfono.

Su aspecto debía ser todavía peor de lo que creía, pues Spence marcó el número de Elle antes de pasarle el teléfono.

Saltó directamente el buzón de voz. Archer se esforzó por sentarse y dio un respingo de dolor. Su visión se llenó de telarañas.

—Tienes que sacarme de aquí.

—No creo que estés preparado —repuso Spence.

Archer sabía que tenía razón, pero Elle estaba fuera de allí y dudaba de él. Otra vez. Y todo era culpa suya.

—Firmaré el alta voluntaria.

—En contra de la opinión médica, no es buena idea —dijo Spence.

—Está bien. Cambio de planes. Tráemela tú. Haz que vuelva aquí.

—No contra su voluntad. Valoro mi vida, gracias. ¿Y te he dicho ya que eres un capullo imbécil?

—Sí. Y gracias, eso es de gran ayuda —Archer volvió a cerrar los ojos. Le pesaban mucho los párpados y se sentía fatal. Con el dolor y la resaca de la droga podía lidiar. Lo que no soportaba era que Elle estuviera pensando... Ni siquiera sabía qué. Estaba enamorado de ella y eso lo asustaba, pero lo asustaba todavía más vivir sin ella.

—Ve a buscarla.

Spence se limitó a mirarlo y Archer entrecerró los ojos lo mejor que pudo teniendo en cuenta lo colocado que estaba con la droga.

—¿Dónde está? —preguntó.

—No lo sé. Y ambos sabemos que, si quiere esconderse, sabe cómo hacerlo.

–¿Te ha pedido tiempo libre?

Spence de nuevo se limitó a mirarlo.

–Eso es que sí.

–Oye –dijo Spence con una mueca–. Estoy entre la espada y la pared, ¿vale? Los dos sois mis mejores amigos y...

–Sí o no. Te ha pedido tiempo libre, Spence.

–Sí.

¡Maldición! Definitivamente, era demasiado tarde.

Capítulo 26

#DoyMiVida

Archer no pudo salir del hospital hasta el día siguiente. Había pasado ese tiempo dando la lata a sus amigos para que buscaran a Elle.

Pero a ella se le daba bien esconderse.

Se enteró de que Morgan había salido bajo fianza gracias a que Elle le había buscado un buen abogado. Quería hacer un trato por una sentencia reducida a cambio de la restitución. Lars no había salido bajo fianza y, debido a sus antecedentes, probablemente tardaría mucho en salir de la cárcel.

Archer se había arrancado gran parte del pelo y envejecido diez años cuando la enfermera le entregó por fin un montón de recetas.

—La primera tres veces al día con el estómago vacío —le dijo.

Pru soltó un bufido en una de las sillas próximas a la cama.

—Yo no he tenido el estómago vacío desde 2001.

El padre de Archer sonrió. Sí, su padre seguía allí.

Incluso en ausencia, Elle había conseguido reunir al padre y el hijo. Lo que significaba que, al final, lo había salvado ella a él y no al contrario.

Y esa era una píldora amarga que tragar. Él era siempre el que salvaba... excepto en esa ocasión.

Quería darle las gracias. Quería estrecharla contra sí y no soltarla nunca. Pero como no estaba en condiciones de hacer eso –no podía usar ni el hombro ni el brazo hasta nuevo aviso–, no sería fácil. Qué narices, por el momento se contentaría solo con verla.

Pero ella seguía sin contestar al teléfono y, si alguien sabía dónde estaba, lo ocultaba muy bien.

Joe echó un bolso de viaje pequeño sobre la cama.

–Ropa, jefe. He pensado que querrías calcetines y ropa interior para llevar con ese camisón de hospital y el cabestrillo.

Archer tomó la bolsa y entró en el baño. Cuando salió después de cambiarse, temblaba como un bebé. Se sentó en la cama sudando.

–Me siento como si me hubiera atropellado un maldito camión –dijo.

–O una maldita bala –repuso Joe.

–¿Todavía no se sabe nada de Elle? –preguntó como el que no quiere la cosa.

Pero no engañó a nadie. Todos se miraron incómodos. Según todos ellos, nadie la había visto ni tenido noticias de ella, pero Archer no se lo creía. Eran un grupo muy unido y todos estaban conectados en al menos un grupo de Snapchat. Sospechaba que las chicas sabían dónde estaba Elle, lo que significaba que los chicos también lo sabían, pero, al menos en el caso de Finn y Keane, ninguno quería arriesgarse a verse repudiado por las mujeres.

—Escuchad —dijo—. He metido la pata. Todos lo sabemos. La he metido en más de una ocasión. Pero estoy intentando arreglarlo. Tengo que convencerla de que soy el hombre apropiado para el puesto de hacerla feliz, así que alguno tiene que ayudarme —hizo una pausa y suspiró—. Por favor.

El «por favor» los dejó pasmados. No estaban acostumbrados a oírselo. Pero él no se iba a andar con chiquitas.

—¿Y bien?

Willa se sentó a su lado y le apretó con cuidado el hombro bueno.

—¿Sabes qué es lo más hermoso de querer a una mujer con barreras? Que cuando por fin decide confiar en ti y te deja entrar en su mundo, no es porque te necesite. Todos sabemos que Elle dejó de necesitar a gente hace mucho. Elle te abrió la puerta porque te quiere. Quiere estar contigo tal y como eres, con defectos incluidos. Solo necesita saber que puede confiar en que a ti te pasa lo mismo, que la quieres tal y como es, con sus defectos.

—La quiero. Sacadme de aquí para que pueda arreglar esto.

Spence iba delante con Archer en el todoterreno de este, como estaba planeado. Había tres caras más apretadas en la ventanilla de atrás. Eso no estaba planeado.

—No —dijo Archer.

La ventanilla de atrás se bajó y las tres caras lo miraron a la vez.

—Podemos ayudar —dijo Pru.

—Puede que nos necesites para defender tu caso —dijo Willa.

—Porque eres un macho alfa —explicó Kylie—. Los alfas sois muy malos con las disculpas.

—Además, siempre hacemos esto en grupo —dijo Willa—. Es algo nuestro.

—¿Cómo? —preguntó Archer—. ¿Cómo es lo nuestro?

—¿Recuerdas a Finn suplicándole a Pru en el tejado? —preguntó ella—. Estábamos todos allí. ¿Y cuando Willa tuvo que arrastrarse con Keane en casa de él en Nochebuena? También estábamos allí. ¿Lo ves? Es algo nuestro.

Demasiado cansado para discutir, Archer se sentó agradecido en el asiento del acompañante y respiró hondo.

—¿Necesitas dormir un rato primero? —preguntó Spence.

Archer pensó que ya dormiría cuando estuviera muerto. Miró a Spence, que sonrió.

—Es que pareces un poco destrozado. Quizá quieras esperar hasta que...

—No —contestó Archer—. Elle ha esperado mucho a que yo sacara la cabeza de mi culo.

Willa aplaudió en el asiento de atrás.

—¿Te vas a arrastrar? Lo vas a hacer, ¿verdad? Quiero verlo.

—¿Quieres consejos sobre cómo arrastrarse? —preguntó Kylie.

Como girar el cuello le dolía mucho, Archer tuvo que contentarse con mirarlas mal por el espejo retrovisor.

Kylie alzó en sus manos a Vinnie, que dormía.

—Mira —dijo—. Un cachorrito.

Willa lanzó un bufido a ese intento de distracción y acarició a Vinnie.

—¿Adónde? —preguntó Spence.

Todos se miraron, lo que hizo que Archer comprendiera que era cierto que no sabían dónde estaba Elle.

—No está en su despacho —dijo Spence.

—Ni en casa —intervino Kylie—. Yo fui allí.

Archer se apoyó en el asiento y cerró los ojos para pensar. Era obvio que ella quería estar sola. ¿Por qué? Para lamerse las heridas. Nunca quería espectadores cuando sufría o se sentía vulnerable. No tenía dudas de que, dondequiera que estuviera, estaba sola, pensando demasiado. Lo cual la conduciría a malos recuerdos del pasado, probablemente hasta donde había empezado todo. Y entonces lo supo.

—Sé dónde está —dijo. Se enderezó en el asiento—. Pero antes tengo que dar un rodeo.

Media hora después, justo cuando se ponía el sol, Archer dirigió a Spence al parque donde había conocido a Elle aquella noche de tantos años atrás.

—Allí —dijo Willa, cuando aparcaron.

Señaló el parque infantil, donde había barras de escalar, columpios y un tobogán unido a escaleras de sogas. La hierba había muerto mucho tiempo atrás, si es que había habido hierba alguna vez.

Una figura estaba sentada en uno de los columpios. Una rubia hermosa, demasiado elegante para el barrio. Posiblemente la primera persona que se había sentado en esos columpios con tacones de doce centímetros.

A Archer le resultó casi irónico que se hubiera dicho a sí mismo que no se enamorara de ella porque su vida era muy peligrosa, cuando la verdad era que la vida de ella había sido a veces más peligrosa que la suya.

Sentía el corazón pesado desde que se había dado cuenta de que ella se había alejado de su lado y seguía sintiéndolo pesado todavía. Ella había tenido una infancia horrible, pero, a pesar de ello, o quizá por ello, se había convertido en la mujer más increíble que había conocido. Había intentado decirse que ella no era para él, que se merecía algo mucho mejor. Y eso seguía siendo cierto.

Pero no quería dejarla marchar.

Salió del vehículo y se volvió cuando oyó que todos los demás se disponían a salir también

—Quietos ahí —dijo.

—Pero...

—Pero...

—Pero...

Él levantó la mano buena.

—Yo me ocupo de esto.

—¿Estás seguro? —preguntó Willa, dudosa.

No. En realidad, nunca en su vida había estado menos seguro de nada.

—Tengo que hacer esto solo.

Todos asintieron de mala gana.

—Os llamaré cuando necesite volver —dijo.

—Casi resulta tierno que crea que nos vamos a ir, ¿verdad? —preguntó Willa a Spence.

—Sí, ¿pero es tierno o está delirando? —repuso él.

—Ambas cosas —declaró Pru—, con más de un poco de ego.

Archer respiró hondo, se volvió y cruzó el parque infantil en dirección a los columpios.

Elle lo vio acercarse con reservas. Había ido allí a recordar. A pensar. A poner las cosas en perspectiva. Pero aunque llevaba allí un rato, no había conseguido hacer nada de eso cuando llegó Archer con la caballería, a la que aparentemente dijo que se quedara en su sitio.

Y, por supuesto, ellos obedecieron.

Lo quería. Harían lo que fuera por él, incluido, pensó con cierta rabia, ayudarle a encontrarla.

Pero no podía enfadarse. Necesitaba aquello, necesitaba que fuera tras ella.

Tenía que admitir que estaba impresionada porque la hubiera localizado. Pero, por otra parte, cuando Archer quería algo, era muy decidido y, contra toda lógica, la quería a ella. Eso lo sabía. Igual que sabía que ella había huido asustada. No había sido porque dudara de él. Dudaba de sí misma. No tenía experiencia en aquel juego del amor y la aterraba ver cuánto poder tenían sobre ella sus sentimientos por Archer.

Él no intentó subirse al columpio contiguo al de ella, sino que se sentó en el banco enfrente de ella, pálido y tembloroso, y a ella se le encogió el corazón.

—¿Estás bien? —preguntó.

—No. El brazo y el hombro me arden y mi equilibrio es un desastre —él hizo una pausa y soltó una risita—. Pero al verte he empezado a respirar de nuevo, así que eso es un avance. ¿Quieres sentarte conmigo? Y verás que te lo he pedido, porque te gusta que te pidan, no que te digan. ¿Lo ves? Aprendo trucos nuevos.

Ella sonrió, pero él no.

—Tenemos que hablar, Elle.

Ella dejó de sonreír. Nunca había salido nada bueno de esa frase.

—No tengo nada que decir.

—No importa. Yo sí —él dio unas palmaditas en el banco con la mano buena.

Ella vaciló, pero se trasladó al banco. Aunque a cierta distancia de él. Si la tocaba, no podría pensar. Lo miró a los ojos. Estaba muy pálido y su respiración era irregular.

—No deberías estar aquí, deberías estar descansando.

—Necesitaba verte.

Ella movió la cabeza con una opresión en la garganta.

—Me has cuidado más de once años. Ya has cumplido con tu deber.

—No lo he hecho por deber. Todo lo que te dije iba en serio, incluso cuando no sabía lo que decía. Pero cuando te pedí que salieras de la habitación del hospital fue porque me avergonzaba que nos vieras discutir a mi padre y a mí. Quería que salieras de la habitación, no de mi vida.

—Ya lo sé —repuso ella—. Pero se me ocurrió que lo nuestro era ya muy profundo, que yo quería que lo fuera todavía más y eso me asustó. Todavía no estoy segura de lo que quieres de mí.

—Mucho —contestó él—. Pero empezaré por prometer dejar de decirte estupideces, si tú prometes olvidar todas las estupideces que te he dicho ya.

Ella lo miró fijamente.

—Eso son muchas estupideces.

Él soltó una carcajada estrangulada y a continuación hizo una mueca.

—Sí, lo sé. ¿Crees que puedes hacerlo?

—¿Sabías que Spence nos compró de verdad billetes para Las Vegas? —dijo ella.

—Sí —respondió él—. Sentía curiosidad por eso —ladeó la cabeza—. ¿Por eso saliste huyendo?

Ella apartó la vista y sus ojos se posaron en el todoterreno de Archer. Pru sujetaba un papel con el número 5 escrito en él. Willa alzaba cuatro dedos. Spence mostraba un 2 gigante en la pantalla de su iPad.

—¿Qué demonios...?

—Creo que califican mis esfuerzos para hacer que vuelvas y parece ser que podría hacerlo mejor. Sobre mi promesa...

—Si he aprendido algo de la vida —dijo ella—, es que las promesas no funcionan.

—Si no las rompes, sí funcionan. Y yo no rompo mis promesas, Elle. Nunca.

La atrajo hacia sí, rechinando los dientes, probablemente por el dolor que le suponía aquel movimiento.

—Has preguntado qué quiero. Lo que de verdad quiero es ser tuyo. Quiero que tú seas mía. Podemos volar a Las Vegas o ir a mi casa porque mi ducha es mejor. Lo que tú quieras siempre que estemos juntos.

—Pero nos irritamos mutuamente.

—Sí —dijo él—, pero he descubierto que quiero pasar todos mis momentos de irritación contigo.

Elle se estremeció y se acercó más a él.

—Es la fuente —gritó Kylie desde el todoterreno—. Funciona. La leyenda funciona. No puedes luchar contra la leyenda.

Elle movió la cabeza.

—El gallinero está loco.

—¿Y te das cuenta ahora? —Archer le tomó la mano y la acercó todavía más a él.

—Eh, ¿podemos ir ya? —gritó Willa.

—¡No! —respondió Archer, sin mirar. No quería apartar la vista de Elle—. Puede que Kylie tenga razón en lo de la fuente y el amor verdadero.

Elle parpadeó.

—No hablas en serio.

—Sí. Quiero una vida, Ellen, contigo. Lo quiero todo contigo, incluido tener un...

—¡Alto! —exclamó ella rápidamente—. Oíste que no estoy embarazada, ¿verdad? Y no sé si alguna vez estaré preparada...

—Perro —dijo él—. Quiero tener un perro contigo, Elle.

Ella se echó a reír. Vale, sí, la entendía, la comprendía bien. Y eso le encantaba.

—¿Pero y si yo no quiero una casa grande con una trona en la cocina? —preguntó.

La mirada cálida de él trasmitía afecto y sinceridad.

—Puedo vivir con hijos y sin ellos, tesoro. Lo que no puedo vivir es sin ti. ¿Lo has olvidado? Te quiero. A ti.

—No, no lo he olvidado —susurró ella—. Pero pensaba que quizá tú sí. O que era la droga la que hablaba.

Él hizo una mueca.

—Sí, las drogas me afectan mucho, pero eso no cambia nada. Estoy profundamente enamorado de ti.

Oh. Era bueno saberlo. Muy bueno.

—¿Y no te asusta estar atado a mí?

—Me aterra —respondió él—. Deberías abrazarme.

Elle soltó una carcajada.

—A ti no te aterra nada. Ni siquiera morir por mí.

—Te equivocas —dijo él en serio—. Me asustan muchas cosas. La que más, estar sin ti —le apretó los dedos con gentileza—. Tú eres mi chica, Elle. Desde aquella noche en la que me miraste como si fuera especial para ti hasta cuando me echaste la bronca porque las ardillas se habían comido los cables o cuando querías proteger a tu hermana aun sabiendo que podía pasarte algo a ti. Eres mi chica, Elle. Siempre lo has sido. Solo tú.

Ella exhaló el aire que no sabía que retenía.

—Siento cosas por ti a las que no puedo ponerles nombre.

—Me alegra oírlo —él la atrajo hacia sí con cuidado, lentamente—. Pero te toca a ti decirlo.

Elle vaciló y él dejó de sonreír y volvió a ponerse serio. Muy serio. Retiró el brazo con el que la rodeaba y cerró los ojos.

—No, no, no lo entiendes —murmuró ella. Volvió a entrelazar sus dedos con los de él—. Es difícil porque esas palabras... yo no las digo a la ligera —hizo una pausa—. En realidad, nunca las he dicho —admitió. Vio que él abría los ojos—. Pero te quiero, Archer. Siempre te he querido y siempre te querré.

Permanecieron sentados un momento largo, sorprendidos mutuamente. Después de todo el tiempo que habían esperado, por fin habían sido sinceros con sus sentimientos.

Elle, que se sentía más libre y ligera que en mucho tiempo, sonrió a la cara seria de él y observó la sonrisa de él, que nació en su boca y se extendió hasta sus ojos. Después él empezó a buscar algo en los bolsillos con una mano sola.

—Te mereces algo mejor —dijo—, pero hasta que no te viera, no podía concentrarme en nada más. ¡Maldición! —se volvió hacia ella, señalando con la barbilla el bolsillo derecho, al que no podía llegar debido al cabestrillo—. Sácalo tú.

—¿Estás de broma? Tenemos espectadores.

Él sonrió.

—Me refiero a la cajita.

Ella parpadeó.

—¡Oh!

Extendió el brazo y sacó una cajita de plástico. Con un anillo falso dentro. Un anillo de los que salían en una máquina de chicles. Ella lo miró con el corazón latiéndole con fuerza.

—¿Eso es...?

—Sí —dijo él.

El anillo estaba pintado de oro con una piedra hortera verde y ella sintió la garganta oprimida cuando él se puso de rodillas en el suelo, casi cayéndose en el proceso.

—¿Quieres casarte conmigo, Elle?

Ella tragó aire con fuerza.

—Has tomado muchos analgésicos, ¿verdad?

—No —él rio un poco—. Me estás matando. Elle, sí o no.

—Lo dices en serio.

—Mucho. Me estoy quedando sin rodillas.

Ella se dejó caer de rodillas delante de él y miró sus hermosos ojos cálidos, levemente impacientes. Lo besó y apoyó la frente en la de él.

—Sí —sus ojos se llenaron de lágrimas por el horror del último día. Por el horror y su amor abrumador por aquel hombre. Sorbió las lágrimas.

—Sí —dijo.

Él tomó el rostro de ella entre sus manos.

—No llores. Prometo darte un anillo mejor. No había joyerías abiertas.

Ella empezó a reír y llorar a la vez.

—El anillo es perfecto. Tú eres perfecto —pasó los dedos por la barbilla rugosa y sin afeitar de él—. Me encanta que no hayas podido esperar a que abrieran las tiendas. Así sé cuánto deseas esto.

—Ya puedes creer que lo deseo. Hemos luchado mucho por esto. Dejemos de perder el tiempo y pasemos el resto de nuestra vida juntos.

—Sí, por favor.

—Estupendo. Ya puedo levantarme.

Elle lo ayudó riendo a volver al banco, donde se acurrucó contra su pecho y alzó la mano para admirar el anillo hortera, diez tallas demasiado grande para su dedo.

—¿De dónde lo has sacado?

—Hay varias máquinas expendedoras en la pizzería de Divisadero —dijo él—. Y créeme, no ha sido fácil. Me he gastado veinticinco pavos en monedas de veinticinco centavos para sacar el que quería. Esas máquinas están amañadas. Spence estaba dispuesto a comprarlas todas solo para que yo me sentara. Pru y Willa se reían como locas y Kylie se lo ha perdido todo porque estaba coqueteando con un tipo que trabaja allí.

—No digas jamás que no eres romántico —musitó ella. Y él sonrió.

—Es que tú me inspiras —dijo.

Epílogo

#FueronFelicesYComieronPerdices

Dos semanas después, Archer fue el primero en despertar. Como estaba convaleciente, no tenía que levantarse al amanecer para entrenar y luego ir a trabajar. De no ser por Elle, haría ya días que se habría vuelto loco. Ella había insistido en que, como estaba incapacitado, necesitaba que lo cuidaran. Se había nombrado jefa y exigía que él descansara y se recuperara hasta que el doctor dijera otra cosa.

No había mucha gente que hubiera podido decirle a Archer lo que tenía que hacer. De hecho, solo había habido una persona.

Hasta ella.

Y la única razón de que le permitiera darle órdenes con su tono de voz afilado y sus ojos llameantes era que eso lo excitaba. Hasta tal punto que él a veces la provocaba para que le echara la bronca. Ella todavía no lo había pillado, aunque estaba prácticamente a su lado todo el tiempo para asegurarse de que descansaba.

En el tema del sexo, habían tenido que recurrir a la inventiva para sortear las limitaciones de él, pero resultó que, además de ser lista y maravillosa, Elle era también muy creativa.

Pero ese día era el primero que él volvía al despacho. Y, sin embargo, con el cuerpo de ella abrazado al suyo, no tenía ninguna prisa por regresar a la vida real.

Cuando se sintió incapaz de esperar más a que ella se despertara, se movió contra ella, que sonrió sin abrir los ojos cuando él la colocó de espaldas con gentileza. Cubrió el cuerpo de ella con el suyo y le fue dando besos leves por el cuello.

—¿Tienes que irte tan pronto? —murmuró ella, sonriendo todavía. Abrió los ojos y sus miradas se encontraron.

Él pasó la mano por la curva desnuda de la cadera de ella y enterró el rostro en su pelo.

—Voy a llamar para decir que estoy enfermo.

Elle se quedó inmóvil y luego luchó por sentarse, intentando apartar las manos de él para mirarle el hombro.

—Lo sabía. Te has esforzado demasiado y te has hecho...

—No me he hecho nada —le prometió él. Le agarró las manos—. Solo te quiero para mí solo un día más.

Ella lo miró a los ojos y sonrió de aquel modo suyo que siempre conseguía revolucionar el corazón de él.

—¿Tienes en mente algo concreto? —preguntó.

Archer lo tenía, así que tomó el mando a distancia de la mesilla de noche y pulsó un botón.

Al instante apareció un fuego en la chimenea.

—Eso es un poco trampa, ¿no te parece? —preguntó Elle.

Él miró por encima del hombro las llamas que bailaban en la chimenea y después a Elle.

—Es una chimenea de gas.

—Lo sé. Pero me habría encantado verte hacer fuego con tus propias manos —los ojos de ella brillaban con regocijo—. Sin camisa.

Él se echó a reír.

—¿Y supongo que también tendría que haber cortado la leña sin camisa?

Ella soltó un gemido que hizo sonreír a Archer.

—¿Sí? —preguntó

—Oh, sí.

—Bueno, tú eres la jefa.

Ella sonrió y lo besó. Fue un beso grande, profundo, un beso que provocaba cosquillas en el cuerpo y destruía células en el cerebro.

—Repite eso —susurró ella.

Él se colocó de espaldas y la situó encima de él.

—Eres la jefa —sonrió—. Un día más.

Aquello le hizo reír a ella.

—¿Solo un día más? ¿Eso es todo? ¿Luego te tocará a ti?

—Sí, después me tocará a mí. Aprovecha el día, Elle.

Ella lo besó con tanta ternura, que él pensó que le iba a estallar el corazón en el pecho. Deslizó una mano en el pelo de ella y la besó con todas sus fuerzas. Añadió un pequeño mordisco y pasó luego la lengua por él para calmar el dolor.

Elle rio con suavidad cabalgándolo y se frotó contra él hasta que él no pudo dejar de reír. ¡Qué narices! Ni siquiera podía respirar. Lo único que podía hacer era agarrarse a ella e intentar mostrarle con su cuerpo cuánto la amaba. Extendió el brazo hasta la mesilla de noche y agarró un condón.

—De momento duplicaremos la protección, a menos hasta que solucionemos el dilema de la trona en la cocina –dijo. Se incorporó para darle un beso en el corazón. Luego volvió levemente la cabeza y le besó el pecho hasta que ella tragó aire con fuerza.

–Te quiero, Archer –susurró ella. Y se sentó encima de su pene hasta que lo sintió muy adentro.

Archer empezó a moverse en ella y la abrazó fuerte, recorrido por un placer intenso, casi incapaz de creer que estaban por fin allí, en aquel mismo punto, haciendo lo que llevaba años soñando con hacer.

–Joder, Elle.

–Sí, por favor.

Él deslizó la mano en su pelo con un gemido estrangulado, de modo que ella no pudo apartar la vista cuando empezaron a moverse de nuevo uno contra el otro. Empezaba a ahogarse en los ojos de ella y se alzó para mordisquearle el labio inferior y asumir el control, haciendo que ella se derritiera en él mientras él se enterraba en ella una y otra vez, mirándola a los ojos y viendo todo lo que sentía por él. Gimió su nombre, lo cual le provocó un orgasmo fuerte a ella. Se estremecía todavía cuando la embistió una última vez y la siguió al abismo del clímax.

Cuando ella pudo respirar, levantó la cara desde el hueco del cuello de él.

–Tengo una última petición –dijo.

–Lo que quieras –repuso él. Y lo decía en serio. En aquel momento le habría entregado todo lo que tenía y todo lo que tendría alguna vez.

–Ámame –susurró ella.

–Eternamente.

ÚLTIMOS TÍTULOS PUBLICADOS EN HQN

Dulce como la miel de Susan Wiggs

Un lugar donde olvidarte de J. de la Rosa

Una boda en invierno de Brenda Novak

El hechizo de un beso de Jill Shalvis

La tentación vive arriba de M.C. Sark

Ardiendo de Mimmi Kass

Deletréame te quiero de Olga Salar

Las hijas de la novia de Susan Mallery

Los hombres de verdad no... mienten de Victoria Dahl

Lazos de familia de Susan Wiggs

La promesa más oscura de Gena Showalter

Nosotros y el destino de Claudia Velasco

Las reglas del juego de Anna Casanovas

Descubriéndote de Brenda Novak

Vainilla de Megan Hart

Bajo la luna azul de María José Tirado

www.ingramcontent.com/pod-product-compliance
Lightning Source LLC
LaVergne TN
LVHW091622070526
838199LV00044B/894